第十二卷

民国词学史著集成

姜方錟《蜀詞人評傳》 季灝《兩宋詞人小傳》

孙克强 和希林◎主编

南開大學出版社

图书在版编目(CIP)数据

民国词学史著集成. 第十二卷 / 孙克强，和希林主编. —天津：南开大学出版社，2016.12
ISBN 978-7-310-05276-9

Ⅰ. ①民… Ⅱ. ①孙… ②和… Ⅲ. ①词学—诗歌史—中国—民国 Ⅳ. ①I207.23

中国版本图书馆 CIP 数据核字(2016)第 287703 号

南开大学出版社出版发行
出版人：刘立松
地址：天津市南开区卫津路 94 号　　邮政编码：300071
营销部电话：(022)23508339　23500755
营销部传真：(022)23508542　　邮购部电话：(022)23502200
*
天津市蓟县宏图印务有限公司印刷
全国各地新华书店经销
*
2016 年 12 月第 1 版　　2016 年 12 月第 1 次印刷
210×148 毫米　32 开本　16 印张　4 插页　456 千字
定价：88.00 元

如遇图书印装质量问题，请与本社营销部联系调换，电话：(022)23507125

總序

清末民初詞學界出現了新的局面。在以晚清四大家王鵬運、朱祖謀、鄭文焯、況周頤為代表的傳統詞學（亦稱體制內詞學、舊派詞學）之外出現了新派詞學（亦稱體制外詞學）。新派詞學以王國維、胡適、胡雲翼為代表，與傳統詞學強調『尊體』和『意格音律』不同，新派在觀念上借鑒了西方的文藝學思想，以情感表現和藝術審美為標準，對詞學的諸多問題展開了全新的闡述。同時引進了西方的著述方式：專題學術論文和章節結構的著作。傳統的詞學批評理論以詞話為主要形式，感悟式、點評式、片段式以及文言為其特點；民國時期的詞學論著則以內容的系統性、結構的章節佈局和語言的白話表述為其主要特徵。當然也有一些論著遺存有傳統詞話的某些語言習慣。民國詞學論著的作者，既有新派大師王國維、胡適的追隨者，也有舊派領袖晚清四大家的弟子、再傳弟子。他們雖然觀點不盡相同，但同樣運用這種新興的著述形式，他們共同推動了民國詞學的發展。民國詞學論著的蓬勃興起是民國詞學興盛的重要原因。

民國的詞學論著主要有三種類型：概論類、史著類和文獻類。這種分類僅是舉其主要內容而言，實際情況則是各類著作亦不免有內容交錯的現象。

概論類詞學著作主要內容是介紹詞學基礎知識，通常冠以『指南』『常識』『概論』『講義』之名。這類著作無論是淺顯的入門知識，還是精深的系統理論，皆表明著者已經從傳統詞學中片段的詩詞之辨、詞曲之辨，提升到系統的詞體特徵認識和研究，是文體學意識的體現。史著類是詞學論著的大宗，既有詞通史，也有斷代詞史，還有性別詞史。唐宋詞成為後世的典範，對唐宋詞史的梳理和認識成為詞學研究者關注的焦點，如詞史的分期、各期的主要特徵、詞派的流變等。值得注意的是詞學史上的南北宋之爭，在民國時期又一次達到了高潮，有尊南者，有尚北者，亦有不分軒輊者，精義紛呈。南北宋之爭的論題又與新派、舊派基本立場的分歧對立相聯繫，一般來說，新派多持尚北貶南的觀點。史著類中清代詞史亦值得關注，詞學研究者開始總結清詞的流變和得失，清詞中興之說已經發佈，進而加以討論，影響深遠直至今日。文獻類著作主要是指一些詞人小傳、評傳之類，著者廣泛搜集歷代詞人的文獻資料，加以剪裁編排，清晰眉目，為進一步的研究打下基礎。

『民國詞學史著集成』有兩點應予說明：其一，收錄了一些中國文學史類著作中的詞學史部分。民國時期的中國文學史著作主要有兩種結構方式：一種是以時代為經，文體為緯，此種寫法的文學史，詞史內容分散於各個時代和時期。另一種則是以文體為綱，注重文體的發展演變，如鄭賓於的《中國文學流變史》的下冊單獨成冊，題名《詞（新體詩）的歷史》，篇幅近五百頁，可以說是一部獨立的詞史；又如鄭振鐸的《中國文學史》（中世卷第三篇上），單獨刊行，從名稱上看是唐五代兩宋斷代文學史，其實是一部獨立的唐宋詞史。

『民國詞學史著集成』視這樣的文學史著作中的詞史部分，為特殊的詞史予以收錄。其二，『民國詞學史著集成』收入五部詞曲合論的史著，著者將詞曲同源作為立論的基礎，合而論之，本套叢書亦整體收錄。至於詩詞合論的史著，援例亦應收入，如劉麟生的《中國詩詞概論》等，因該著已收入南開大學出版社出版的『民國詩歌史著集成』，故『民國詞學史著集成』不再收錄。

『民國詞學史著集成』收錄的詞學史著，大體依照以下方式編排：參照發表時間、內容分類、著者以及著述方式等各種因素，分別編輯成冊。每種著作之前均有簡明的提要，介紹著者、論著內容及版本情況。

在『民國詞學史著集成』中，許多著作在詞學史上影響甚大，如吳梅的《詞學通論》等，多次重印、再版，已經成為詞學研究的經典；也有一些塵封多年，本套叢書加以發掘披露，如孫人和的《詞學通論》等。這些文獻的影印出版，對詞學研究具有重要的參考價值。近些年，民國詞學研究趨熱，期待『民國詞學史著集成』能夠為學界提供使用文獻資料的方便，從而進一步推動民國詞學的研究。

孫克強　和希林

2016年10月

總目

第一卷

第二卷

第三卷

第四卷

第五卷

第六卷

第七卷

第八卷

第九卷

第十卷

第十一卷

第十二卷

第十三卷

第十四卷

第十五卷

第十六卷

本卷目錄

姜方錟《蜀詞人評傳》

姜方錟，四川瀘縣石馬鄉人，1930 年入四川大學。後任瀘縣參議員、瀘縣教育局長、專署教育科長等。著有《蜀詞人評傳》《唐五代兩宋詞概》等。

《蜀詞人評傳》卷首有吳虞序。全書以代為綱，以人為目，略依時代先後相次，收錄自唐至清蜀詞人120 多家，對各家均有簡要生平事跡的介紹和詞成就的評述。按照傳統詞選本文、選詞、引證、案語的形式：本文略述大綱，首敘事跡，次述著作，常見者略之，鮮見者詳之，有異論者兼著之；選詞多選後人有品隲及考證或罕覯者；引證各家之說，凡關於評證者盡量收錄，校勘注釋擇有新義或不常見者錄之；評有相反，證有歧出者亦錄之，此以類相從，不以時代，且書名與作者兩引，但前已兩引者後可略其一，唯僅知其一者不在此例；凡關於上列各項有補充或不同之見者述之。此書屬於專題詞史，相當於『地域詞史』。1934 年成都協美公司鉛印初版，1984 年成都古籍書店出版影印本。本書據 1934 年版影印。

甲戌六月

蜀詞人評傳

李植署檢

序

李太白菩薩蠻憶秦娥二詞。黃叔暘以爲百代詞曲之祖。亦蜀詞人之開山也。尊前集羅泌校歐陽公樂府引之。張炎樂府指迷引之。而尊前集收太白詞至十二首。則胡應麟謂太白無詞者誣矣。王靜安謂太白純以氣象勝。西風殘照漢家陵闕寥寥八字。遂關千古登臨之口。後世惟范文正之漁家傲。夏英公之喜遷鶯差足繼武。然氣象已不侔。然則謂菩薩蠻憶秦娥二詞非太白作。誰能作之耶。趙宏基花間集錄詞五百首。提要以爲詞源星宿。當以此集爲最古。陳振孫書錄解題歌詞類以花間集爲首。註曰。此近世倚聲塡詞之祖。東坡之詞。元遺山自題樂府引以爲樂府以來東坡爲第一。以後便到稼軒。略舉所知蜀人之於詞。開宗立派。籠罩後來實無多讓。而陳師道謂東坡以詩爲詞。如教坊雷大使舞。雖極天下之工。要非本色。李易安謂東坡學究天人。作爲小歌詞。直如酌蠡於大海。然皆句讀不葺之詩耳。又往往不協音律。晁以道又謂。東坡能謌古陽關。陸游謂東坡非不能謌。但豪放不喜剪裁以就音律耳。吾謂晚近詞家矜言音律。文道希深詆之。吾亦極不喜。嘗閱陶南村書（說郛卷廿五）。記慶元間姜夔上書乞正太常雅樂。送付太常同寺官校正。樂師出太常樂。首見錦瑟。姜問此是何樂。衆官已有慢文之歎。正樂不識樂器。姜又令樂師彈之。樂師曰。皷瑟希朩聞彈之。衆官咸笑而散去。其議遂寢。今其書流行於世。但據文而言。耳嚴杰白石道人小傳曰。慶元丁巳上書論雅樂。時有嫉其能者。以議不合而罷。卽指此也。東坡能謳。而多謂其不協音律。白石不能識樂器。而世稱其尤嫻於音律。吾誰使正之乎。夫詞之有音律。猶人之有耳目口鼻也。無音律固非詞。無耳目口鼻固非人矣。然徒有耳目口鼻不能謂之美人。則徒有音律不能謂之佳詞也。王靜安謂美成如倡伎。夢窗梅溪玉田草窗中麓輩。同爲鄉愿。白石無言外之味。弦外之響。如霧裏看花。終隔一層。不能與於第一流之作者。周介存謂。白石脫胎稼軒。然有俗濫處。寒酸處。補湊處。敷衍處。支離處。不可不知。胡適之曰。姜白石。史梅溪。吳夢窗。張叔夏。卽轉到音律技術上。不是詞人之詞。亦非詩人之詞。只可目爲詞匠之詞。無情感。無意境。却要作詞。故只好作詠物之詞。詠物之詞比於詩中之試帖。不得爲文學矣。夫詞家之說。言人人殊。而作詞不可爲鄉愿。爲詞匠。則斷斷然也。提要謂文之體格有高卑。人之學力有強弱。學力不足副其體格。則舉之不足。學力足以副其體格。則舉之有餘。然則作詞者仍貴乎學而已。姜君方鋑著蜀詞人評傳成。索吾爲序。聊述鄙見貽之。冀姜君其繼蜀之先達而起也。中華民國二十三年七月成都吳虞又陵序於宜隱堂。時年六十三。

蜀詞人評傳凡例

一編輯次第

以代爲綱。以人爲目。略依時代先後相次。其不可考者。附諸各代之末。

二入錄標準

凡蜀中今古詞人皆得入錄。

凡確知爲蜀人。而載籍或因題郡望誤爲他處者。錄之。如孫光憲段成式諸人是也。

凡上世籍在蜀。雖不生於蜀。而其自署或載籍稱爲蜀人者。錄之。如陳與義虞集諸人是也。

凡原非蜀籍而生於蜀者。錄之。如楊太真沈蕊仙諸人是也。

凡非蜀籍而仕宦不去蜀者。錄之。如韋莊牛嶠諸人是也。

凡有載籍稱其人爲蜀人。復稱其詞者。詞雖佚。亦錄其姓字。如韓琮楊繪諸人是也。

凡有此書稱其人爲蜀人。而他書又謂非蜀人者。並錄之以存疑。如張泌盧祖皐諸人是也。

凡蜀人而與詞學有關系者。雖無詞。亦錄之。如趙崇祚黃大輿諸人是也。

2

三　撰述體例

頂格爲本文。本文略述大綱。首敍事跡。次述著作。常見者略之。尠見者詳之。有異論者兼著之。

低一格爲選詞。選詞多選後人有品隲及考證或罕覯者。

低二格爲引證。引證各家之說。凡關於評證者盡量收錄。校勘注釋擇有新義或不常見者錄之。評有相反證有歧出者亦錄之。此以類相從。不以時代。且書名與作者兩引。但前已兩引者後可略其一。惟僅知其一者不在此例。

低三格爲案語。凡關於上列各項有補充或不同之見者述之。

本書蒙林山腴先生補正。吳又陵先生向仙樵先生撰序。李培甫先生書贉。范午范雁秋馬德輿三君校勘。謝戡梅深二君鈔錄。謹此誌謝。姜方錟識。

蜀詞人評傳目次

蜀詞人評傳

羣[illegible]人詞傳

6

蜀詞人評傳上

瀘縣姜方錟編

唐代

詞體起源。有謂起於三百篇者。有謂起於漢魏樂府者。有謂起於梁武帝江南弄。陳後主玉樹後庭花。沈約六憶詩者。有謂起於唐人律絕體者。雖言之成理。各執一端。而彼與此奪。莫衷一是。實則詞之成立。當在唐之玄肅間也。善夫陳亦峯之言曰。詞之祖。斷自太白可也。不必高語六朝。洵定論矣。

李白

[illegible]詞人評傳

李白。字太白。號青蓮居士。涼武昭王九世孫。其先隴西成紀人也。後徙居蜀彰明縣。長安元年。生於彰明之青蓮鄉。寶應元年卒。年六十二。葬姑孰東麓。一云葬當塗之青山。初。天寶中。白遊長安。賀知章見其文曰。子謫仙人也。言於明皇。召見金鑾殿。奏頌一篇。命供奉翰林。懇求還。賜金放歸。後坐永王璘事。郭子儀解官贖白罪。乃長流夜郎。會赦還。客當塗令李陽冰所。代宗立。以左拾遺詔。已卒。

楊用修李太白詩題辭云。南豐曾子固曰。李白。蜀郡人。遊江淮。娶雲夢許氏。去之齊魯入吳。至長安。明皇召爲翰林供奉。不合去。北抵趙魏燕晉。西涉岐邠。歷商於。至洛陽。遊梁最久。復之齊魯。南遊淮泗。再入吳。轉金陵。上秋浦潯陽臥廬山。永王璘以僞命逼致之。璘敗。白奔宿松。坐繫潯陽獄。宣撫崔渙與御史宋若思驗治。謂其罪薄。薦其才。不錄。先是白嘗識郭子儀於未遇時。子儀請解官贖白罪。乃長流夜郎。遂泛洞庭 上峽江。至巫山。以赦得釋。復如潯陽。族人陽冰爲當塗令。白過之。以病卒。年六十四。成都古今記云。李白生於彰明縣之靑蓮鄉。而劉全白李翰林墓碣記。以爲廣漢人。蓋唐代彰明屬廣漢。故獨舉郡稱云。載考公之自敍上裴長史書曰。白少長江漢。見鄉人相如大誇雲夢之事。云楚有七澤。遂來觀焉。又與逸人東巖子隱於岷山之陽。巢居數年。不跡城市。廣漢太守聞而異之 因舉二人有道。並不起。今按東巖子梓州鹽亭人趙蕤。字雲卿。岷山之陽。則指康山。杜子美贈詩所謂康山讀書處。其說見婁公類要。鄭谷詩所謂雲下文君沽酒市。雲藏李白讀書山者也。廣漢太守則蘇頲也。頲薦疏云。趙蕤術數。李白文章。卽其事也。公在淮南寄趙徵君詩云。國門遙天外。鄉路遠山隔。朝憶相如臺。夕夢子雲宅。可證矣。五代劉昫修唐書。以白爲山東人。自元稹序杜詩而誤。詩云。汝與山東李白好。樂史云。李白慕謝安風流。自號東山李白。杜子美所云。乃是東山。後又倒讀爲山東。元稹之序。由于倒讀杜詩也。不然。則太白之詩云。學劍來山東。又云。我家寄東魯。豈有誣乎。宋有晁公武者。孟浪人也。遂信舊唐書及元稹之誤。乃曰太白自敍及詩。皆不足信。噫。世安有己之族姓已自述之而傍取他證乎。新唐書知其誤。乃更之爲唐宗室 蓋以隴西郡望爲標也。善乎劉子玄之言曰。作史者爲人立傳。皆取舊號。施之於今。爲王氏傳。必曰瑯琊沂人。爲李氏傳。必曰隴西成紀人。欲求實錄。不亦難乎。

評傳

且人無定所○因地而生○生於荆者○言皆成楚○生於晉者○尚便成黄○豈有世歷百年○人更七葉○而猶以本國爲是○此鄉爲非○則是孔子里於昌平○陰氏家於辛野○而系纂微子○源承管仲○乃爲齊宋之人○非曰鄒魯之士可乎○宋景文修唐書○其弊正坐此○夫族姓郡國○關係亦大矣○誦其詩○不知其人○可乎○余故詳著而明辯之○以訂史氏之誤○姓譜之缺焉○

洪稚存北江詩話云○李太白○或以爲隴西人○或以爲蜀人○或以爲山東人○今以新舊唐書本傳及集中詩校之○云白十歲通詩書○既長○隱岷山○又爲益州長史蘇頲所禮○是白爲蜀人無疑○嗣後客任城○又與孔巢父等○便稱竹溪六逸○皆在山東○杜甫詩據見在而言○故云近來海内爲長句○汝與山東李白好也○至隴西李氏望○又非居地○又云○當稱拾遺○代宗立○以左拾遺召白○而白已卒○李翰林○則賀知章薦舉時供奉之署○皆非實職○故云當稱拾遺爲是○況朝廷之所授也○

補續全蜀藝文志云○東蜀楊天惠彰明逸事○謂李白爲邑人○又載李翰林墓碣記云○太白廣漢人○蓋唐時彰明縣屬廣漢郡故也○

綿州志載范傳正李太白傳云○卒年六十餘○葬姑孰東麓○按云○太白年譜○據太白詩文自述○系出隴西漢將軍李廣後○于涼武昭王爲九世孫○當隋之末○其先世以事徙西域○隱易姓名○故唐興以來○漏于屬籍○至武后時○子孫始還內地○遂于蜀之綿州家焉○欲詳太白土著○當以此爲稿證○

楊用修譚苑醍醐云○太白生于蜀之青蓮鄉○讀書于康山○康山亦在彰明○（餘略

同上說。一

按彰明縣。唐屬廣漢郡。宋屬成都府路綿州。故有數稱。實一地也。

侯鯖錄云。李白墳在太平州采石磯民家菜圃中。游人亦多留詩。然州之南。有青山。乃有正墳。或云太白平生愛謝家青山。葬其處。采石特空墳耳。世傳太白過采石酒狂捉月。竊憶當時槀葬於此。至范侍郎爲遷窆青山焉。

有草堂集。故詩餘亦以草堂名。

鄭樵通志云。李白草堂集。白蜀人。草堂在蜀。懷故國也。

蜀中詩話云。唐人長短句。詩之餘也。始於李太白。太白以草堂名集。故謂之草堂詩餘。

楊用修全蜀藝文志云。李太白客遊於外。有懷故鄉。故以草堂名其詩集。詩餘之繫於草堂。指太白也。太白作二詞。爲百代詞曲之祖。今人塡詞。非草堂之詩餘而何。

其詞今存者。尊前集共載十二首。全唐詩共載十四首。蜀十五家詞共載十五首。至選其詞者。花庵詞選選七首。草堂詩餘選二首

○詞綜選五首。張惠言詞選與董晉卿續詞選各選一首。唐五代詞選選七首。

按尊前集所載太白詞十二首○計連理枝一首○清平樂五首○菩薩蠻三首○清平調三首○全唐詩則分連理枝爲二首○復增憶秦娥一首○桂殿秋二首○而菩薩蠻祇一首○故云十四首○至蜀十五家詞則悉錄全唐詩所載○而合連理枝爲一首○復加菩薩蠻二首○故云十五首○其菩薩蠻遊人盡道江南好一闋○與韋莊馮延巳詞大同小異○未知孰是○

疑似之詞。亦間有之。

沈括夢溪筆談云○小曲有咸陽沽酒寶釵空之句○云李白作○花間集云○張泌作○莫知孰是○楊繪本事曲云○近世謂小詞起於溫飛卿○然王建有宮中三臺○宮中調笑○樂天有謝秋娘一曲○望江南○又曰○近傳李白製○

白。資才天縱。詩以仙稱。偶事倚聲。祖禰萬代。

徐炬事物原始云。詞始於李太白菩薩蠻等作。乃後世倚聲填詞之祖。

鄭樵通志云。李白菩薩蠻憶秦娥二首。爲百代詞曲之祖。

徐師曾詩體明辨云　詩餘者。古樂府之流別。而後世歌曲之濫觴也。蓋自樂府散亡。唐李白始作清平調憶秦娥菩薩蠻諸詞。時因效之。宋云。此近代依聲填詞之祖也。

歷代詩餘云。太白所製清平調菩薩蠻諸闋。實詞調所自起云。

蜀中詩話云。唐人長短句。詩之餘也。始於李太白。

楊用修刻花間集序云。李太白菩薩蠻憶秦娥二闋。附見本集。爲百代詞曲之祖。

案全蜀藝文志亦云。

顧起綸花庵詞選跋云。唐人作長短句。乃古樂府之濫觴也。李太白首倡憶秦娥。悽婉流利。頗臻其妙。爲千古詞家之祖。

王象晉詩餘圖譜序云。總之李青蓮之菩薩蠻憶秦娥。爲開山鼻祖。

徐世溥悅安軒詩餘序云。太白清平樂菩薩蠻二調倡始。譬之草木。太白其荄萌也。

陳仁錫草堂詩餘序云。憶秦娥菩薩蠻二詞。遂開宋待制屯田領樂創調之繇。

張惠言詞選序云。自唐之詞。李太白爲首。

徐鼎水雲樓詞序云。詩餘之作。蓋亦樂府之遺。太白飛卿。實導先路。

胡徵元大倪閣詞序云。吳郡顧丈子遠。謂詩亡而後詞作。長短合音之高下抑揚以宣其氣。三百篇楚辭漢鐃歌莫不然。自蘇李河梁。畫以五言。不復入樂。得李太白西風殘照漢家陵闕開其端，而復古者入律之源。可溯其意。頗與僕合。

白雨齋詞話云。太白菩薩蠻憶秦娥二闋。神在箇中。音流言外。可以爲詞中鼻祖。沫云。尊詞之祖。斷自太白可也。不必高語六朝。

與後之李後主李易安。有詞家三李之稱。

沈去矜云。男中李後主，女中李易安。極是當行本色。前此太白。故稱詞家三李。

其詞神理高絕。決非溫方城輩及兩宋諸人克辦。雖後人頗疑之。然亦有爲之辯證者。

吳子律蓮子居詞話云。太白詞。氣體俱高。詞中之漢魏也。又云。唐詞菩薩蠻憶秦娥二闋。花菴以後。咸以爲出自太白。然太白集本不載。至楊齊賢蕭士贇註。始附益之。胡應麟筆叢，疑爲僞託。未爲無見。竊詳其意調。絕類溫方城。殊不然，如暝色入高樓，有人樓上愁。西風殘照。漢家陵闕等語。神理高絕。却非金筌手筆所能。

王世貞四部稿云。楊用修所載太白清平樂二闋。識者謂非太白作。以其卑淺也。

按太白淸平調本三絕句而已。不應復有詞也。

胡應麟莊嶽委談云。今詩餘名望江南外、菩薩蠻稱最古。以草堂二詞出自太白也。近世文人學士。或以爲然。余謂太白在當時。直以風雅自任。卽近體盛行。七言律鄙不肯爲。寧屑事此。且二詞雖工麗。而氣衰颯。於太白超然之致。不啻霄壤。藉令眞出靑蓮。必不作如是語。詳其意調。絕類溫方城輩。蓋晚唐人詞嫁名太白若懷素草書。李赤姑孰耳。原二詞嫁名太白有故。草堂詞末末人編。靑蓮詩亦稱草堂集。後世以詞出唐人。而無名氏故僞題太白以冠斯編耶。

徐釚詞苑叢談云。杜陽雜編及南部新書云。太白之世。尙未有斯題。何得預塡其曲耶。北夢鎖言云。宣宗愛聽菩薩蠻詞。令狐丞相假飛卿新撰密進之事。按人中卽宣宗年號。此詞新撰。故人喜歌之。予屢疑近飛卿。至是釋然。自信具隻眼也。

按叢談此段前節。悉引胡應麟語。茲僅錄其後節。

胡適詞的起源據杜陽雜編唐音癸籤云。太白時無此調。又云。樂府詩集未收憶秦娥諸詞。故太白無詞。

王易詞曲史云。今觀太白諸作。除淸平調外。皆有疑問。似太白之於詞、並無所作。苟欲求眞。不能墨守故說而不辨也。惟殿秋懷苕溪漁隱叢話云。桂花曲二首。許彥周詩話謂是李衛公作。湘江詩話謂是均州武當山石壁刻之。云神仙所作、未知孰是。又邵博聞見後錄。謂李太尉文饒迎神送神二曲。秦中尙有能婉轉度之者○或并爲一曲○謂李太白作○非也○清平調據李濬松窗雜錄○謂開元中○禁中木芍藥盛開○明皇命宣李白立進清平調三章○援筆而就○明皇親調玉笛以倚曲○而碧鷄漫志云○明皇宣白進清平調○乃是令白於清平調中製詞○蓋古樂府取聲律高下○合爲三○曰清調○平調○側調○此謂三調○明皇止令就擇上兩調○偶不樂側調故也○況白詞七字絕句○與今曲不類○而尊前集亦載此三絕句○自目曰清平調○然唐人不深考○妄指此三絕句耳○此曲在越調○唐至今盛行○今世又有黃鐘商兩音者○歐陽炯稱白有應制清平樂四首○往往是也○此段論三調甚晰○而認應制者非三絕句而爲清平樂四首○則未深思○今審清平調詞意○曰一枝紅豔○曰名花傾國○明是賦木芍藥○唐書所謂高力士摘其詩以激楊妃者○即指飛燕新粧之句也○至清平樂○據呂鵬遏雲○曾載應制四首○黃升謂以後二首無清逸氣韵○疑非太白作○故止選二首○楊慎嘗補作二首○王世貞藝苑卮言謂用修所載二闋○識者以爲非太白作○謂其卑淺也○按太白清平調本三絕句而已○不應復有詞○則二首尚可疑○五首更何來乎○連理枝據尊前集列爲白詞之首○註調曰黃鐘宮○一首前後二段○全唐詩所集○則分作二首○未註宮○雖他家著錄未及○然玩其詞句○四言過多○有背由五七言遞變之序○非初期創作所應有○殆晚唐以後○歌場所播○誤傳爲白作耳○憶秦娥據聞見後錄○謂是太白作○而胡應麟莊嶽委談及胡亨讀書雜志○皆以爲非○今觀其詞○固絕佳○然其調實不類初期之作○且唐詞別無同調者○疑亦誤入也○菩薩蠻據釋文瑩湘山野錄○謂此詞寫於鼎州滄水驛○不知何

10

人所作○魏道輔泰見而愛之○後至長沙○得古風集於曾子宣內翰家○乃知太白所撰○已爲疑似之辭○故莊嶽委談亦謂非白作○按菩薩蠻調名○晚唐始有○錢易南部新書及蘇鶚杜陽雜編○皆載大中初○女蠻國人貢○危髻金冠○纓絡被體○號菩薩蠻隊○遂製此曲○當時倡優李可久作菩薩蠻舞○文士亦往往聲其詞○大中乃宣宗紀年○何以太白遽有此作○又尊前集○白作三首○其遊人盡道江南好一首○明系韋莊作破碎雜湊所成○可見尊前所收○未嘗精考○此調温韋所作○最多而工○平林漠漠一首○與之氣體亦略近○即張冠李戴○或所不免矣○

况蘷笙蕙風詞話云○永觀堂爲余書扇頭望江南二首菩薩蠻一首○（三詞均略）並識云○詞三闋○書於唐本春秋後語紙背○今藏上虞羅氏○樂府雜錄云○望江南始自朱崖李太尉鎮浙西日○爲亡妓謝秋娘撰○杜陽雜編云○菩薩蠻乃宣宗大中初所製○明胡元瑞筆叢據之○斥太白集中菩薩蠻四詞爲僞作○然崔令欽教坊記末所載教坊曲名三百六十五中○已有此二調○崔令欽見唐書宰相世系表○乃隋恆農太守宣度之五世孫○是其人當在睿玄二宗之世○其紀事訖於開元○亦足略推其時代○據此則望江南菩薩蠻皆開元教坊舊曲○此詞寫於咸通間○距李贊皇鎮浙西二十餘年○距大中末不過數年○而敦煌邊地已行此二詞○蓋知段安節與蘇鶚之說○非實錄也○蕙風詞隱曰○胡元瑞斥太白菩薩蠻四詞爲僞作○姑勿與辯○試問此僞詞○孰能作○孰敢作者○未必兩宋名家克辦○元瑞好駁升庵○此等冒昧之談○乃與升庵如騶之靳何耶○

按文體突變。識者多驚。蘇李贈答之辭。迄今猶存疑案。古賢固多如此。豈獨太白爲然哉。青樓北里。偶賦閑情。道貌儒冠。遽稱僞製。和凝作相。諱譔香奩。晏殊顯官。力排婦語。歐陽修爲落弟舉子所陷。司馬光爲宣和宵小所誣。柳屯田因淺斟低唱以除名。黃涪翁長犂舌地獄而擱筆。北宋猶羞詞鄙。盛唐烏敢入集哉。太白之詞若真。亦未敢麗詞人集。實千古之大不韙也。力持太白無詞之說者。始自胡氏應麟。謂太白以風雅自任。七律猶不肯爲。寧屑事此。不知太白抱負雄才。中年未展。悒鬱之懷。流爲狂放。歌樓豔製。累見詩篇。憶秦娥菩薩蠻二詞。當屬晚年感傷之製。至於七律。非其所長。鄙不肯爲。說尤未允。元瑞好騁博以駁升庵。而太白詞竟作索瘢之具。即曰升庵阿其鄉人。尊前花菴二書。當非蜀人之選。以時代而論。明人豈近宋人。以淹博而論。鄭漁仲黃玉林。何讓元瑞。數百年後。故作標新領異之辭。而徐釚竊之。以爲獨具隻眼之見。亦可羞也。胡適之說。悉和應麟。況夔笙辯證已明。毋庸贅矣。王易之論。縷析頗詳。雖略同胡。尚有新見。方鉄管窺蠡測。焉敢信口雌黃。聊攄一隅。且作商榷。王云。清平調外。太白無詞。然謂清平調係三絕句。非詞也。夫晚唐五代。詩詞之界未明。花間集所載絕句。不一而足。蓋其時所謂詞者。以樂爲主也。謂清平調爲詩固可。謂其爲詞。亦未始不可。清平樂。遏雲選其二。尊前選其五。花菴雖疑其二。其餘當不至疑。而五代歐陽炯已引之。焉有爲人撰序而信筆妄書。毫不參證者乎。且五代距唐未遠。未可斷其無據。

12

王灼之論。詎可謂其不深思也。卽以應制論。翰林與沈香亭。明係二次。豈應制可一卽不可再乎。王世貞之論。識者不知何人。苟謂已爲識者。恐非天下之公言也。所謂卑弱。不知以何者爲標準。卽卑弱矣。太白亦難保其無卑弱之製。若謂清平調外不應有詞。清平調與清平樂。字句不同。音節各異。既作清平調。未嘗不可再作清平樂。且世貞雖如是云云。然猶曰隋煬帝李太白。調始生矣。然望江南憶秦娥。則以詞起調者也。菩薩蠻。則以詞案調者也。觀此。則世貞亦謂太白有詞也。王氏據世貞之說。則云二首尚可疑。五首更何來乎。是不曾謂人不能飲酒。焉能食飯哉。又謂連理枝四言過多。有背由五七言遞變之序。非初期創作所應有。夫太白以豪縱之才。其所作當有人所不能逆料處。其詩如散文如騷賦者頗多。風格往往與他人殊。必曰遞變。然則歐陽炯之三字令。又何從而變來。五七言遞變之序。談詞者偶一言之。猶往往有牽強處。未爲定論。卽云定矣。豈無例外乎。此亦文法上必有之現象者也。謂憶秦娥不類初期之作。恐係王氏有所蔽之私言。若謂唐詞無同調。不知蘇李贈答。柏梁聯句。當時誰爲同調乎。且當時文人。鄙詞小道。非有太白之放浪不羈。誰敢爲者。至謂菩薩蠻。宣宗時不應遽有此作。況蕙風據教坊記已證其記之謬矣。遊人盡道江南好一闋。不特見韋詞。且馮正中陽春集中已錄之。古人詩詞。往往各集互載。數見不鮮。顧未可以一廢十也。平林漠漠一首。王氏謂其氣體與溫韋略近。竊以爲溫詞凝重。韋詞高雅。李詞闊大。不能混也。王氏乃吾國近日談

唐詞人評傳

詞專家。詞曲史一書。文辭清雅流暢。所見亦精核平正。而獨於太白。竟偏謂其無一詞。其以昔人疑其一二。故圂其說以概其餘耶。抑固有所蔽、如庖丁之解牛所見無非牛耶。王氏雖云博洽。豈晚近詞家如朱況周劉諸子皆疎忽乎。恐未足以服人心也。要之太白之詞。大部存疑則可。若斷斷然必曰太白無詞。方鈌雖譾陋。未敢苟同。

菩薩蠻憶秦娥二闋。意境闊大。感慨遙深。黍離麥秀之思。登臨弔古之歎。均詣極峯。萬世莫踵。開山之論。誰曰不然。

菩薩蠻　平林漠漠煙如織。寒山一帶傷心碧。暝色入高樓。有人樓上愁。玉堦空佇立。宿鳥歸飛急。何處是歸程。長亭更短亭。

枝更一作連。一作接。據詞譜。此字當平。但總覺更字妙。

憶秦娥　簫聲咽。秦娥夢斷秦樓月。秦樓月。年年柳色。灞陵傷別。　樂遊原上清秋節。咸陽古道音塵絕。音塵絕。西風殘照。漢家陵闕。

黃叔暘云。太白二詞。爲百代詞曲之祖。

沈天羽草堂詩餘四集序云。李白之憶秦娥菩薩蠻。昔日以爲詩而非詞。今日以爲詞而非詩。讀者自作岐觀。而作者夫何歧乎。故詩餘之傳。非傳詩也。傳情也。

毛大可跋納蘭成德顧貞觀合選之絕妙近詞云。詞非天賦以別才。雖讀萬卷書。總無當於作者。少陵千古奉爲詩聖。使其爲菩薩蠻憶秦娥諸調。必不能與青蓮爭勝。則下此可知矣。

李雨村詞話序云。詞非詩之餘。乃詩之源也。李白菩薩蠻等詞。亦被之管絃。實皆古樂府也。詩先有樂府而後有古體。有古體而後有近體。樂府即長短句。長短句即古詞也。

劉融齋藝概云。梁武帝江南弄。陶宏景寒夜怨。陸瓊飲酒樂。徐孝穆長相思。皆具詞體而堂廡未至大。太白菩薩蠻之繁情促節。憶秦娥之長吟遠慕。遂使前此諸家。悉歸環內。又云。太白菩薩蠻憶秦娥兩闋。足抵少陵秋興八首。想其情景。

殆作於明皇西幸乎○又云○太白菩薩蠻憶秦娥○張志和漁歌子兩家○一憂一樂○歸趣難名○或靈均思美人哀郢○莊叟濠上近之耳○

陳亦峯白雨齋詞話云○太白菩薩蠻憶秦娥二闋○自是高調○未臻無尙妙諦○

按陳氏標沈鬱○主飛卿○其抑李也○必然

以上合談二詞○

釋文瑩湘山野錄云○此詞不知何人寫於鼎州滄水驛樓○復不知何人所作○魏道輔泰見而愛之○後至長沙○得古風集於曾子宣內翰家○乃知李白所撰○

按古今詞話亦記此事○

沈天羽云○雲如髻○可方煙如織○古詞妙處○只是天然無雕飾○

雨村詞話云○詞中織字最妙○始於李太白平林漠漠煙如織○孫光憲亦有句云○野棠如織○晏殊亦有心似織句○此後遂千變萬化矣○

詞苑叢談引黎莊曰○太白菩薩蠻爲千古詞調之祖○又何嘗不言情○又何嘗以懊儂子夜爲情乎○

黃蓼園云○首二句意興蒼涼壯闊○三四句說到樓到人○又自靜細孤寂○眞化工之筆○闌干跟樓字來○佇立跟愁字來○末始點出歸字○是題目歸宿○所以愁者此也○所以寒山傷心者亦此也○更覺前半淩空結撰○意興高遠○結仍含蓄不說盡○雄渾無匹○

廬野翼先生云○太白菩薩蠻詞○姑無論其眞僞○惟就離合言之○無一字落空○上

半闋純是靜境。象河山之寂寥也。下半闋始變爲動境。關鍵在一飛字。因人在樓上。故林曰平。山曰一帶也。因愁而曰傷心。破寒字。著筆字。第一句寫林與煙二事。第二句只寫山一事。變句法也。而以暝色渾寫。其餘自遠至近。上而望下。全用逬筆。僅以一入字。輕輕寫出。下半闋第一句空字與愁字相合也。立堦望鳥。是下而望上。變也。長亭更短亭。自近推於遠。亦變矣。無宿字。便不能有飛字。何處二字一轉。更字雖不合律。然接字連字不如此字之有味。鳥尚歸飛。而以人君之尊。飄泊於外。欲歸不得。人君不如鳥矣。其感慨何如也。

以上談菩薩蠻。

邵公濟聞見後錄云。簫聲咽一闋。太白詞也。予嘗秋日餞客咸陽寶釵樓上。漢諸陵在晚照中。有歌此詞者。一坐淒然而罷。

顧起綸花庵詞選跋云。唐人作長短詞。乃古樂府之濫觴也。李太白首倡憶秦娥。悽惋流麗。頗臻其妙，爲千古詞家之祖。

郭茂倩唐詞紀云。憶秦娥。商調曲也。鳳樓春。即其遺意。李白之簫聲咽用仄韻。

劉毓盤詞史云。太白憶秦娥。無議其僞者。故錄之。

沈天羽云。太白此詞。有林下風。又云。憶秦娥自是閨房之秀。

劉融齋云。太白憶秦娥。聲情悲壯。

黃蓼園云。太白於君臣之際。難以顯言。故託興以抒幽思耳。言至今簫聲之咽。

無非秦地女郎。夢想從前秦樓之月耳。夫秦樓乃蕭史與弄玉夫婦和諧吹簫引鳳升仙之所。至今誰不慕之。豈知今日秦樓之月 乃是灞陵傷別之月乎。漢之樂遊原。極爲繁盛。今際淸秋古道之音塵已絕。惟見淡風斜日映照陵闕而已。歎古道之不復。或亦爲天寶之亂而言乎。然思深而託興遠矣。

吳瞿安詞學通論云。太白此詞。實冠古今。決非後人所可僞託。故論詞不得不首太白也。劉融齋之言。前人所未發。又云。旗亭畫壁。本屬歌詩。陵闕西風。亦承樂府。

吳虎臣能改齋漫錄云。語境則咸陽古道。可謂雅暢。

劉克莊跋劉叔安感秋八詞云。憶秦娥之西風殘照。漢家陵闕。以短而工也。

王昶淸詞綜序云。太白之西風殘照。漢家陵闕。黍離行邁之意也。

張望祖云。秦娥夢斷秦樓月。豔語也。

王靜安人間詞話云。太白純以氣象勝 西風殘照。漢家陵闕。寥寥八字 遂關千古登臨之口。後世唯范希文之漁家傲。夏英公之喜遷鶯。差足繼武。然氣象已不逮矣。

朱靑長先生云。詞中有大字者。太白耆卿而已。古今佳詞。太白得八字。西風殘照。漢家陵闕是也。耆卿十二字。霜風淒緊關河冷落殘照當樓是也。

淸平樂。桂殿秋。後人雖疑其僞。而詞則佳也。

18

清平樂　禁庭春晝。鶯羽披新綉。百草巧求花下鬥。只賭珠璣滿斗。　日晚却理殘粧。御前閑舞霓裳。誰道腰支窈窕。折旋消得君王。

清平樂　禁闈清夜。月探金窗罅。玉帳鴛鴦噴蘭麝。時落銀燈香灺。　女伴莫話孤眠。六宮羅綺三千。一笑皆生百媚。宸遊教在誰邊。

黃玉林云。唐呂鵬遏雲集載應制詞四首。以後二首無清逸氣韻。疑非太白所作。

升庵詞品云。太白應制清平樂詞。見呂鵬遏雲集載四首。黃玉林以其無清逸氣韻。止選二首。

沈天羽云。此四詞見遏雲集。眞贗未辨。殊情致可喜。後二首删。

按各家皆云四闋。而尊前集載五闋。上二闋即花庵所選也

許蒿廬云。禁闈秋夜一闋。怨而不怒。又曰。以解嘲爲怨悱。可與客難賓戲一例

看○

詞苑叢談云○女伴四句○有情語○余每誦之○

沈天羽云○諸末語○不勝低徊歎息○古來怨語○棄才何限也○

吳虎臣云○白樂天長恨歌云○回眸一笑百媚生○六宮粉黛無顏色○蓋用李太白應制清平樂詞女伴莫話孤眠云云○

清平樂 煙深水闊○音信無由達○惟有碧天雲外月○偏照懸懸離別○盡日感事傷懷○愁眉似鎖難開○夜夜長留半被○待君魂夢歸來○

劉克莊云○清平樂之夜夜長留半被○待君魂夢歸來○以短而工也○

桂殿秋 仙女下○董雙成○漢殿夜涼吹玉笙○曲終却從仙官去○萬戶千門惟月明○河漢女○玉鍊顏○雲輧往往在人間

。九霄有路去無跡。嫋嫋香風生佩環。

吳虎臣云。此太白遺詞。有得于石刻而無其腔。劉無言倚其聲歌之。音極清雅。東軒雜錄。又以爲范德孺謫均州。偶遊武當石室極深處。有題此曲崖山。未知孰是。

楊湜古今詞話云。唐詞李德裕步虛詞。即雙調搗練子。唐詞本無換頭。搗練子本無雙調。近刻列爲李白桂殿秋二首。李集之考覈者多矣。不聞菩薩蠻憶秦娥外別有桂殿秋也。吳虎臣得于石刻而無其腔　劉無言倚其聲歌之。其說亦未足信。

聞見後錄云　李太尉文饒迎神送神二曲。余遊秦尚有能宛轉度之者。或併爲一曲。謂李太白作。非也

丁紹儀聽秋聲館詞話云。按衞公步虛詞。詞綜作桂殿秋。列青蓮名下。然第三句與桂殿秋平仄不同。似作步虛詞爲是。

清平調三首。居於詩詞之間。造詣亦臻無限妙諦。

清平調　雲想衣裳花想容。春風拂檻露華濃。若非羣玉山頭見。會向瑤臺月下逢。

蜀詞人評傳　唐　十一

2

清平調　名花傾國兩相歡。長得君王帶笑看。解釋春風無限意。沈香亭北倚闌干。

清平調　一枝紅豔露凝香。雲雨巫山枉斷腸。借問漢宮誰得似。可憐飛燕倚新粧。

松牕雜錄云。開元中。李白供奉翰林。時禁中木芍藥盛開。明皇乘月夜召貴妃以步輦從。選梨園弟子度曲。李龜年捧檀板。押衆樂前欲歌。明皇曰。賞名花。對妃子。焉用舊詞。遂命龜年持金花牋宣賜李白立進清平調三章。白宿酲未解。援筆而就。太眞持頗黎七寶杯。酌西涼白葡萄酒。明皇親調玉笛以倚曲。每曲遍將換。則遲其聲以媚之。太眞飲罷。斂袖再拜。自此顧李白異他學士。

開元遺事云。李太白於便殿對帝撰詞。時天寒筆凍。莫能書字。帝敕宮嬪十人。侍白左右。各執牙筆呵之。其受寵眷如此。

沈雄柳塘詞話云。燒曲有清調。平調、清平相和曲。李供奉乃作清平調三章。教坊記作陽關曲。即王維送元二使安西渭城朝雨浥清塵也。寇萊公蘇東坡俱有是曲。又作緩緩歌。

雨村詞話云。太白詞有雲想衣裳花想容。已成絕唱。

楊太真

楊太真。小字玉環。其父元琰。永樂人。爲蜀州司戶參軍。太真生於蜀。始爲壽王妃。開元二十八年。詔度爲女道士。賜號太真。旋召入禁中。稱娘子。天寶初。册爲貴妃。全唐詩載其阿那曲一闋。

阿那曲　羅袖動香香不已。紅蕖嫋嫋秋煙裏。輕雲嶺上乍搖風。嫩柳池塘初拂水。

毛奇齡西河詞話云。楊太眞阿那曲。自是詞格。

吳又陵先生批蜀十五家詞補云。唐書。貴妃弘農華陰人。樂史楊太眞外傳。弘農華陰人。後徙居蒲州永樂之獨頭村。蒲州永樂屬山西。又云。父玄琰。蜀州司戶。貴妃生於蜀。嘗誤墜池中。後人呼爲落妃池。池在導江縣前。太平寰宇記。導江縣本屬都安縣地。太康地志。都安屬汶山郡。周武帝天和三年廢。汶山郡以縣併入益州之郫縣。別於灌口。置汶山縣。唐武德元年改爲盤龍縣。尋改爲導江。妃雖生於蜀。究不能竟指爲蜀人也。

按與先生之論。係爲張昌均君蜀十五家詞補而發。然與此編輯條例不相牴牾。故仍錄人。

段成式

段成式。字柯古。廣都人。一謂爲臨淄人。長慶宰相文昌之子也。

林山腴先生華陽人物志段文昌傳注云。按何光遠鑑誡錄稱文昌廣都人。後云三十年衣錦還蜀。蜀人贈之以詩云云。蓋唐宋人重郡望。如孫光憲本貴平人而稱富春。蘇軾本眉山而稱趙郡。此例甚多。史家或沿而書之。文昌爲廣都人。何光遠在宋世知之必審。故錄人廣都。又按唐詩紀事。文昌有別業在廣都縣南龍華山。俗。

稱段公讀書臺。則亦文昌爲廣都人之確證。而龍華今在華陽縣境。更足證華陽兼有廣都也。至書錄解題於酉陽雜俎下稱成式臨淄人。則尤爲差異。蓋記錄之誤。時有不免。如林罕溫江人。十國春秋訛爲西江人矣。

按詞人姓氏錄亦云臨淄人。係從陳振孫誤。

以蔭入官。爲祕書省校書郎。研精苦學。祕閣書籍。披閱皆遍。累遷尙書郎。咸通初。出爲江州刺史。解綬後。寓居襄陽。以閑放自適。家多書史。用以自娛。尤深於佛典。所箸酉陽雜俎傳於世。舊唐書有傳。

詞人姓氏錄云。成式會昌時累擢尙書。出爲吉州刺史。終太常少卿。

有閑中好詞一首。

閑中好　閑中好。塵務不縈心。坐對當窗木。看移三面陰。

張曙

張曙。小字阿灰。成都人。侍郎禕猶子。唐昭宗龍紀元年進士。官至右補闕。

孫光憲北夢瑣言云。唐右補闕張曙。吏部侍郎褘之子。褘之姪。文章秀麗。精神敏俊。甚有時價。後於裴贄侍郎下擢進士。官至右補闕。曾戲同年杜荀鶴曰。杜十四仁賢。大榮幸。得與張五十同年。有鄴郊賦敘長安離亂。亦哀江南悲甘陵之比。

有浣溪沙詞一闋傳世。

浣溪沙　枕障熏爐冷繡幃。二年終日苦相思。杏花明月爾應知。天上人間何處去。舊歡新夢覺來時。黃昏微雨畫簾垂。

按北夢瑣言○花間集○花菴詞選○草堂詩餘○歷代詩餘○詞綜○全唐詩○詞律○唐五代詞選○均載此詞○互校之○障一作帳○爐一作煌○杏花一作好風○爾一作始○

北夢瑣言云○張禕侍郎○朝望甚高○有愛姬早逝○悼念不已○因入朝未回○其猶子右補闕曙○才俊風流○因增大阮之悲○乃製浣溪沙詞○置於几上○大阮朝退○憑几無聊○忽睹此詞○不覺哀慟○乃曰○必是阿灰作○阿灰即中諫小字也○然於風教○還亦不可○以其侄叔年顏相似○恕之可耳○諺曰○小舅小叔○相追相逐○謔戲固不免也○

許蒿廬曰○不言而神傷○

賀黃公皺水軒詞筌云○此詞花庵以爲張泌作○按小說乃張曙代其叔傷妾之作○

按此詞花間集作張泌作○光憲與崇祚均五代蜀人○與作者時代極近○特光憲之說○似確鑿可憑耳○若黃玉林○則據花間而選者也○

又按黃昏微雨之句○神光離合○百詰莫追○此王漁洋所以有不念阿灰腸斷句○黃昏微雨畫簾垂之歎也○

無名氏

唐蜀人有詞二首○均無作者姓氏○

蜀詞人評傳

楊慎全蜀藝文志云　建隆中。旭川築城。掘得石刻。蓋唐人語也。

後庭怨　千里故鄉。十年華屋。亂魂飛過屏山蔟。眼重眉褪不勝春。菱花知我銷香玉。雙雙燕子歸來。應解笑人幽獨。斷歌零舞。遺恨淸江曲。萬樹綠低迷。一庭紅撲簌。

虞美人　帳中草草軍情變。月下旌旗亂。攬衣推枕愴離情。遠風吹下楚歌聲。正三更。烏騅欲上重相顧。豔態花無主。手中蓮鍔凜秋霜。九泉歸去是仙鄉。恨茫茫。

按上二詞諷高歷賞。百家爭選。而名氏竟不可考。豈眞吳文陵先生詩所謂我論諸家還一歎。古來佳作半無名者乎。

五代

十五國風息而樂府興。樂府微而歌辭作。自太白創始後。迄於五季。作者勃興。蓋所以繼近體之窮。而上承樂府之變也。其時所作。情麗乎中。秀隱於外。蹙金縷繡而無痕。斲月珊花而非巧。往往情至文生。纏綿宛轉。不獨爲蘇黃秦柳之開先。卽大晟擬樂之盛。皆兆於此。誠百代依聲塡詞之宗也。說者以爲詞於五代。猶文之有先秦諸子。詩之有漢魏樂府。洵非過譽。然當時作者。在吾蜀爲最。花間一集。十九蜀人。蓋其時中原鼎沸。西蜀敉安。故中土文人。咸萃於此。頗極一時之盛。益以山川淸淑。君臣唱和。是以浣花溪上。春水橋邊。駐馬銷魂。思君感興。滿樓紅袖。固多傾城名士之麗情。金鎖重門。豈無荆棘銅駝之隱憾。豔科之論。夫又烏足以概花間哉。

王衍

王衍。五代前蜀後主也。本名宗衍。字化源。建之子。先世許州舞陽人。初封鄭王。立爲太子。以戊寅嗣位。改元乾德咸康。乙酉降於後唐。後遇害。

舊五代史云。衍爲陳州項城人。徐賢妃子。最幼。封鄭王。以其母才色得寵。立爲太子。以戊寅嗣位。頗知書。能爲浮豔之詞。

新五代史云。衍少年驕淫好酒。嘗作奇冠異服。遊青城山。宮人衣服。皆畫雲霞。飄然望之若仙。衍自作甘州曲。述其仙狀。上下山谷。衍常自歌。使人和之。

自卽位後。改元乾德咸康。後唐同光四年。舉國降。後遇害。天成中。追封順正公。

衍本風流帝子。雅好度曲徵歌。

詞人姓氏錄云。衍有才思。好靡麗之詞。所製詞曲。蜀人皆傳誦焉。

北夢瑣言云。蜀王衍嘗晏於怡神亭。自執板歌後庭花思越人之曲。

幸蜀記云。衍嘗晏怡神亭。召嘉王宗壽赴宴。宗壽因持杯諫衍。宜以社稷爲事。稍節宴飲。其言慷慨激烈。至於流涕。衍有愧色。佞臣潘在迎顧在珣韓昭等奏曰。嘉王從來酒悲。不足責。乃相與諧謔載笑。衍命宮人李玉簫歌衍所撰宮詞侑宗壽酒。宗壽懼禍。乃盡飲之。

王國維云　魏承班詞。遜於薛昭蘊牛嶠。而高於毛文錫。然皆不如王衍。五代詞以帝王爲最工。豈不以無意於求工歟。

其詞有甘州曲醉粧詞二闋。全唐詩悉載之。

甘州曲　畫羅裙。能結束。稱腰身。柳眉桃臉不勝春。薄媚足精神。可惜許。淪落在風塵。

十國春秋後主本記云○蜀王衍奉其太后太妃禱於青城山○宮人皆衣雲霞之衣○後主自製甘州曲○令宮人唱之○其詞哀怨○聞者悽慘○衍意本謂神仙而在凡塵耳○後降中原○宮妓多淪落人間○始驗其語○

按今青城山上淸宮○尙有衍宮殿遺跡○

唐書禮樂志云○天寶間樂曲○皆以邊地爲名○甘州其一也○

古今詞話云○王衍歌詞○惟以畫羅裙能結束稱腰身三句爲最○

醉粧詞　者邊走。那邊走。只是尋花柳。那邊走。者邊走。

詞壇紀事云○蜀王衍裹小巾○其尖如錐○宮妓多衣道服○簪蓮花冠○施脂粉夾臉○號醉妝○自製醉粧詞○

莫厭金杯酒。

按北夢瑣言詞苑叢談亦云○嘗以瑣言爲早○惟少有出入耳○

鄭振鐸中國文學史云○雖爲遊戲之數語○却流利而富於享樂之直捷意味○

尙有宮詞一句。以其辭美。後人因取以爲曲子焉。

五代秋事云○蜀宮人李玉蕭○覆唱王衍宮詞○月華如水浸宮殿○有酒不醉眞癡人○後有以詩記之者云○雲散江城玉漏遙○月華浮動可憐宵○停歌不飲將何待○試

問當年李玉簫。

升庵詞品云。五代僭僞。十國之主。類皆能文。小詞尤工。如王衍之月明如水浸宮殿。元人用之爲傳奇曲子。

曲洧紀聞云。王衍之月明如水浸宮殿。有酒不醉眞癡人。李玉簫愛賞之。元人用爲傳奇。

孟昶

孟昶。五代後蜀後主也。知祥第三子。字保元。初名仁贊。先世邢州龍崗人也。嗣父僭號於蜀。改元廣政。宋太祖乾德三年。舉國降。封秦國公。卒贈尚書令。謚恭孝。

五代史云。昶常好打毬走馬。又爲方士房中之術。多採良家子以充後宮。其幸晉陽時。中國多故。而據險一方。君臣務爲奢侈以自娛。至於溺器。皆以七寶裝之。但後改悟。

昶工樂府。其功更在提倡。至若木板刻經。編撰韻會。亦嘉惠後學不少。

十國春秋云。昶好學。爲文皆本於理。居恆謂李昊徐光溥曰。王衍浮蕩而好輕豔之詞。朕不爲也。然昶亦工聲曲。有相見歡詞。

按相見歡詞今不傳。

張惠言云。五代之際。孟氏李氏君臣爲謔。競作新調。詞之雜流。由此起矣。至於工者。往往絕倫。亦如齊梁五言。依託魏晉。近古然也。

詞人姓氏錄云。昶性好學。嘗集古今韻會五百卷。亦工樂府。

邊州閒見錄云。孟昶嘗立石經於成都。又恐石經流傳不廣。易以木版　宋世書稱蜀本。始於蜀。今人求宋版。尚以蜀版爲佳。昶好文。有功後學。誠未可以成敗論。嘗言不效王衍作輕薄小詞。而其詞自工。

其玉樓春一闋。所謂無意爲詞而詞自工者。

玉樓春　冰肌玉骨清無汗。水殿風來暗香滿。繡簾一點月窺人。倚枕釵橫雲鬢亂。起來瓊戶啟無聲。時見疏星渡河漢。屈指西風幾時來。只恐流年暗中換。

溫叟漫錄云。蜀主孟昶。令羅城上盡種芙蓉。盛開四十里。語左右曰。古以蜀為錦城。今觀之。真錦城也。嘗夜同花蕊夫人避暑摩訶池上。作玉樓春詞。

升菴詞品云。孟昶之洞仙歌。東坡極稱之。曲洧紀聞則謂東坡俊衍其句。

按用修所謂洞仙歌者。蓋據東坡詞序而言。

全唐詞云。此曲東坡僅記二句。便稱賞不已。其洞仙歌。即櫽括此詞。

漁隱叢話云。蜀詞今傳者。乃好事者櫽括蘇詞之僞擬。原作非如是。未可據為典要也。

樂府餘論云。冰肌玉骨清無汗一詞。不過櫽括蘇詞。然刪去數虛字。語遂平直。了無意味。

劉毓盤云。朱錫鬯詞綜云。蘇軾洞仙歌。本櫽括此詞。然未免反有點金之憾。張惠言詞選。則以蘇詞為佳。宋翔鳳樂府餘論又反其說。實則洞仙歌。唐曲見教坊記。樂府餘論辨之詳矣。可不論也。

譚復堂云。此詞終當存疑。未必東坡點竄。

鄭振鐸云。此詞實高出於花間中諸作遠甚。非花間所能包括得住。

案鄭說太過。有以此語評南唐二主詞者。尚難免抹殺一切偏論之譏。

韋莊

韋莊。字端己。京兆杜陵人。一云遷居杜陵。唐宰相見素之孫。唐乾寧元年進士。授校書郎轉右補闕。時王建爲西川節度使。昭宗命莊同李珣宣諭。辟莊爲判官。時中原多故。潛欲依王建。初辟爲掌書記。尋召爲起居舍人。後梁篡唐改元。莊與諸將乃擁建稱帝。開國制度。皆莊所定。累官吏部尙書同平章事。卒諡文靖。新舊五代史俱有傳。

楊湜古今詞話云。莊奉命入蜀　王建聞其才名。遂羈留之。

歷代詞話云。莊少年能詩。有云。長年方惜少年非。人道新詩勝舊詩。十畝野塘留客釣。一軒春雨對僧棋。花間醉任黃鶯語。亭上吟從白鷺窺。大道不將爐冶去。有心重築太平基。包括生成。果爲臺輔。

莊性情疎宕。感興偏深。秦婦一吟。錚錚千古。

古今詞話云。其性疎曠。不拘小節。

唐才子傳云。端己少孤貧力學。才敏過人。莊應舉正黃巢犯闕。兵火交作。遂著秦婦吟。有云。內庫燒爲錦繡灰。天街踏盡公侯骨。公卿多訝。莊乃諱之。時人號爲秦婦吟秀才。

案秦婦吟作於中和癸卯。極摹黃巢作亂時情景。眞切淋漓。時人以此詩織諸錦幛。其爲人所尊重如此。北夢瑣言云。他日撰家戒內不許垂秦婦吟障子。以此止謗。亦無及也。其流播之廣又如此。此詩後失傳。近因敦煌石室之發現。得兩種五代寫本。於是復流傳於世。可謂幸矣。

來蜀後。僻居草堂。儉約澹守。卒於花林坊。葬於白沙，

唐才子傳云。莊自來成都。尋得杜少陵所居浣花溪故址。雖蕪沒已久。而柱砥猶存。遂誅茅重作草堂而居焉。性儉。秤薪而爨。數米而炊。達人鄙之。

唐詩紀事云。端己卒於花林坊。葬於白沙。

著有浣花集十卷。爲其弟藹所編。韋文靖箋表一卷。蜀程記一卷。峽程記一卷。採元集一卷。又元集三卷。今皆佚矣。

按浣花集本爲五卷。十卷乃後人析之。有明刻本。毛晉增補遺一卷。有謂爲六卷者。

四川通志云。韋莊浣花集五卷。乃其弟藹所編。以所居即杜甫草堂舊址。故名。史稱莊有集二十卷。今止存此。又撰採元集一卷。又元集三卷。又云。莊撰有韋文靖箋表一卷。蜀程記一卷。峽程記一卷。

宋史藝文志云。韋莊浣花集十卷。

唐才子傳云。弟藹撰莊詩爲浣花集六卷。及莊嘗撰杜甫王維等五十二人詩爲又玄集。以續姚合之極玄。今並傳世。

詞人姓氏錄云。有集二十餘卷。其弟藹編定其詩爲浣花集五卷。

計有功唐詩紀事云。莊集詩人一百五十人。得詩三百章。爲又玄集。序云。此蓋詩中鼓吹。名下笙簧。

錄其詞者。以趙崇祚花間集爲最古。凡四十八首。金匳集次之。

亦四十八首。尊前集錄其五首。草堂詩餘載應天長第一首。亦見陽春集中。唯花間屬之端己。共五十四首。全唐詩皆載之。王國維劉毓盤均裒爲一卷，各有校勘記及跋語。復有謁金門春雨足一闋。顧從敬草堂詩餘作韋莊詞。

按花間集載端己詞四十八闋。而注云四十七闋。故以劉毓盤之精審。亦隨之云四十七闋。以花間之四十八。加尊前之五。草堂之二。端己詞共五十五闋。

端己詞深入淺出。蘊藉風流。當不愧花間之冠冕人物。

賀黄公詞筌云。少游能爲曼聲以合律。寫景極悽惋動人。然形容處。殊無刻肌入骨之言。去韋莊尚隔一層。

按淮海詞北宋之名家也。比韋尚隔一層。端己於詞壇之地位可知矣。

吳任臣十國春秋云。韋北翩翩。藝苑之雄也。

周保緒云。端己詞。清豔絕倫。初日芙蓉春月柳。使人想見風度。

又云。王嬙西施。天下之美婦人也。嚴粧佳。淡粧佳。麤服亂頭。不掩國色。端已淡粧也。

蕙風詞話云。韋端己之風度。豈操觚之士。能方其萬一。

陳亦峯云。韋端己詞。似直而紆。似達而鬱。最爲詞中勝境。

又云。詞有質過於文者。韋端己是也。亦詞中之上乘也。

王國維云。弦上黃鶯語。端己語也。其詞品似之。

又云。端己之詞。骨秀也。

吳瞿安云。五代之際。政令文物。殊無足觀。惟茲長短之言。實爲古今之冠。大抵意婉辭直。首推韋莊。

又云。五季時詞以西蜀南唐爲最盛。而詞之工拙。以韋莊爲第一。

詞曲史云。其詞音響最高。詞家之大宗也。

鄭振鐸云。端己詞。明白如話。而蘊藉至深。

譚正璧云。韋莊詞甚婉約。

王夢曾云。端己意婉詞直。

陳秋帆序陽春集序引湯若士開山之說曰。實則五代之詞。僅西蜀南唐爲著。餘不足數。而此兩時間詞壇健手。西蜀則韋莊。

談詞者多以溫韋並稱。然亦有揚韋抑溫。或揚溫抑韋者。實則並駕齊驅。不相軒輕也。

張玉田詞源云。詞之難、難於令曲。如詩之難於絕句、一句一字閑不得。末句最當留意、有有餘不盡之意方妙。當以唐花間集韋莊溫飛卿爲則。

魯越序顧貞觀納蘭容若同選之絕妙近詞云、詞以溫韋爲則。

雨村詞話序云、溫韋以流麗爲宗。花間集所載南唐西蜀諸人、最爲古豔。

周介臣論詞雜著云。詞有高下之別、有輕重之別。飛卿下語鎮紙、端己揭響入雲、可謂極兩者之能事。

蓮子居詞話云。韋相清空善轉、殆與溫尉異曲同工。

白雨齋詞話云、千古詞宗、溫韋發其源。又云。溫韋創古者也、又云、熟讀溫韋詞　則意境自厚。

詞學通論云。端己雖一變飛卿面目、而綺羅香澤之中。別具疏爽之致　世以溫韋並論、亦難於軒輕也。

馮沅君云。溫詞如雲鬢花顏金步搖、韋詞如淡掃蛾眉朝至尊。

王元美云。溫韋豔而促。

劉熙載云、溫飛卿精妙絕人。然類不出乎綺怨、韋端己馮正中諸家詞　流連光景、惆悵自憐。蓋亦易飄搖於風雨中者。若第論其吐屬之美、又何加焉。

按此說係針對張皋文詞選而言、世人論詞、多以韋溫並稱　至皋文更極稱飛卿

韋詞人評傳

○劉氏此說、係抑温而揚韋。

王國維浣花詞跋云○端己詞、情深語秀、雖規模不及後主正中、要在飛卿之上。觀昔人顏謝優劣論可知矣。

胡適云莊詞長於描寫○技術樸素、多用白話、一掃温庭筠一派纖麗浮文習氣、在詞史上、可謂一開山大師。

胡雲翼云○世人號稱温韋、其實温詞遠不如韋詞

端己詞。章章錦繡。字字珠璣。幾無一闋不宜朝吟夕誦。舉不勝舉。茲惟錄其詞家習道者。

荷葉杯。小重山。爲姬作也。隱痛劇深。怨而不怒。

荷葉杯　絕代佳人難得。傾國。花下見無期。一雙愁黛遠山眉。不忍更思惟。　閑掩翠屏金鳳。殘夢。羅幕畫堂空。碧天無路信難通。惆悵舊房櫳。

荷葉杯　記得那年花下。深夜。初識謝娘時。水堂西面畫簾垂。攜手暗相期。　惆悵曉鶯殘月。相別。從此隔音塵。如今俱是異鄉人。相見更無因。

小重山　一閉昭陽春又春。夜寒宮漏永。夢君恩。臥思陳事暗銷魂。羅衣濕。紅袂有啼痕。　歌吹隔重閽。遶庭芳草綠。倚長門。萬般惆悵向誰論。凝情立。宮殿欲黃昏。

楊湜古今詞話云。韋莊以才名寓蜀。王建羈留之。莊有寵人。姿質豔麗。兼善詞翰。建聞之。託以教內人為辭。強奪之。莊追念悒怏。作荷葉杯小重山詞。情意悽怨。人相傳播。盛行於一時。

蔣一葵堯山堂外紀云。韋端己思舊姬。作荷葉杯小重山詞。流傳入宮。姬聞之。不食死。

劉毓盤浣花詞跋云。莊既為王建所知。貴為蜀相。而所茹之隱痛。有不能已於言者。建以屠牛盜驢販私鹽起家。人斥之曰賊王。入唐室不紐。割據一方。稱帝號以自娛。奪人臣之所愛。宮闈濁亂。初政不綱。二世而亡。亦夫幸也。朱溫兵起。世家之避趨者。以入蜀居多。故五代人文。西蜀爲盛。牛嶠叔姪。顛沛一官。無由可歸。以祿自給。錦官城下。了此餘生。揚一抑二之饒。非所計及爾。莊則躬膺帝簡。宣諭不庭。口舌折衝。以求報命。故君可念。初非爲擇木之棲焉。故土可懷。初非爲樂郊之適焉。喬煎蘭折。去而勿還。神州陸沈。望帝再見。南柯立國。傀儡衣冠。效張金義而未能。學顏眞卿而不可。中書伴食。不建一謀。綠珠墜樓。妻子莫保。銜杯箝口。顧影負負。彼庾信之入周。吳激之去家。雖虧臣節。尚愜閒居。莊則鰈鰈分飛。生離死別。於家於國。兩所難堪。張炎詞源以溫韋並論。怨而不怒。小雅所遺。此歐陽炯所謂懽愉之詞難工。愁苦之言易好也。

按劉氏之詞跋夥矣。而獨於此跋反覆長言之者。殆亦有同感之隱衷。聊借他人之酒杯。澆胸中之塊壘者歟。不然。何言之哀以思也。劉氏之作。査猛濟詞史序云。所著詞史外。有駢散文若干卷。瀟絡宦詩若干卷。唐五代宋金元詞輯若干卷。詩心雕龍若干卷。椒倉詞若干卷。中國文學史略若干卷。詞話若干卷。又有詞學斠注若干卷。詞律斠注若干卷。則早年將脫稿而燬於兵者也。然則劉氏之作。除詞史外。皆散佚矣。査氏又於詞學季刊第三號劉子庚先生的詞學云。唐五代宋遼金元詞輯。頗有很好的材料。北大排印本四册。外間流傳不多。朱彊邨先生也十分推重。予從友人處得其數十詞彙鈔之。每集後有校記及跋語

○疑即查氏所謂唐五代宋遼金元詞輯也○故繁鈔之○閱者倘亦惡冗而生厭乎○

詞苑叢談云，詞意悽惋，蓋爲姬作也○

湯玉茗云○情景逼眞○自與尋常豔語不同○（評荷葉杯記得那年花下一闋○以下二條同○）

許蒿廬曰○語淡而悲○

鄭叔問云○鍾仲偉云○觀古人勝語○多非補假○皆由直尋○於韋詞亦信○

吳子律云，韋相清空善轉○所撰荷葉杯○眞能攄摽擗之憂○發踟躕之愛○

升庵詞品云，韋莊小重山前段，今本衣濕下遺新揾舊啼痕五字○

沈天羽云○章法同趙德仁○而宮閨稍異○紅袂有啼痕○與羅衣濕句複○秦詞新啼痕間舊啼痕亦始此○

任中敏詞曲通義云○讀此首（小重山）可見五代小詞○多用三五七言奇數字之句配成全調○

菩薩蠻○精妙絕倫○選家不遺○

菩薩蠻

紅樓別夜堪惆悵○香燈半捲流蘇帳○殘月出門時○美人和淚辭○琵琶金翠羽○絃上黃鶯語○勸我早歸家○綠

窗人似花。

張皋文云。此詞盖留蜀後寄意之作。一章言奉使之志。本欲速歸。

譚復堂云。亦塡詞中古詩十九首。即以十九首心眼讀之。

菩薩蠻　人人盡說江南好。遊人只合江南老。春水碧於天。畫船聽雨眠。　鑪邊人似月。皓腕凝霜雪。未老莫還鄉。還鄉須斷腸。

劉毓盤云。此首或作李白詞。或作馮延己詞。莊一生足跡。未至江南。即曰文人寓言。不必實指其地。此或南唐故相納土後之所為也。

按此詞韋李馮三載而字句稍異。陽春花間尊前三集可校也。

張皋文云。此章述蜀人勸留之辭。即下章云滿樓紅袖招也。江南即指蜀。中原沸亂。故曰還鄉須斷腸。

按江南即指蜀之說。頗可通。且非如此。不足以通其說。唐才子傳載黃巢亂後。韋莊盆窘。移家於越。周遊南方。其弟妹於南方各縣散居焉。查其詩在南京有上元縣謁蔣帥。陪金陵府相中堂夜宴等詩。在揚州有過揚州江亭酒醒寄維揚餞客詩。蘇州有題姑蘇凌處士莊詩。其餘如浙江福建安徽江西兩湖等處。作詩頗多。浣花集可證。謂此詞實指江南亦可。劉毓盤足跡未至江南之說。所謂智者千慮者也。

譚復堂云。強顏作愉快語。怕斷腸。腸亦斷矣。

菩薩蠻　如今却憶江南樂。當時年少春衫薄。騎馬倚斜橋。滿樓紅袖招。翠屏金屈曲。醉入花叢宿。此度見花枝。白頭誓不歸。

張泉文云。上云未老莫還鄉。猶冀老而還鄉也。其後朱溫篡成。中原愈亂。遂決勸進之志。故曰如今却憶江南樂。又曰。白頭誓不歸。即此詞之作。其在相蜀時乎。

譚復堂云。如今卻憶江南樂。是半面語。後半闋意不盡而語盡。卻憶此度四字。度人金針。

菩薩蠻　洛陽城裏春光好。洛陽才子他鄉老。柳暗魏王隄。

此時心轉迷。桃花春水深。水上鴛鴦浴。凝恨對殘暉。憶君君不知。

張皋文云。此章致思唐之意。

譚復堂云。洛陽才子他鄉老。是至此揭出。又曰。項莊舞劍。怨而不怒之義。

陳亦峯云。韋端己菩薩蠻四章。辛稼軒水調歌頭鷓鴣天等闋。閒有樸實處。而抑鬱卽寓其中。淺率粗鄙者不得藉口。又云。端己菩薩蠻四章。惓惓故國之思。而意婉詞直。一變飛卿面目。而消息正自相通。余嘗謂後主之視飛卿。離而合者也。端己菩薩蠻云。未老莫還鄉。還鄉須斷腸。又云。凝恨對斜暉。憶君君不知。歸國遙云。別後只知相愧。淚珠難遠寄。應天長云。夜夜綠窗風雨。斷腸君信否。皆留蜀後思君之辭。時中原鼎沸。欲歸不能。端己人品未爲高。然其情亦可哀矣。

吳瞿安云。端己菩薩蠻四章。惓惓故國之思。最耐尋味。

按端己菩薩蠻五章。選家皆遺其第四闋。然此闋亦詞中妙品。瞻幽怨之深情。存逸響於絃外。與四闋度長較勝。未易稍遜。花間集具在。細玩可知也。

思帝鄉。女冠子。謁金門。清平樂。浣溪沙諸闋。亦皆琅琅之音

思帝鄉　春日遊。杏花吹滿頭。陌上誰家年少足風流。妾擬將身嫁與。一生休。縱被無情棄。不能羞。

詞筌云。小詞以含蓄爲佳。然亦有作決絕語而妙者。如韋莊誰家年少。足風流。妾擬將身嫁與。一生休。縱被無情棄。不能羞之類是也(詞苑叢談雨村詞話亦云)

柳塘詞話云。詞有言情得妙者。韋莊云。妾擬將身嫁與。一生休。縱被無情棄。不能羞是也。

女冠子　四月十七。正是去年今日。別君時。忍淚佯低面。含羞半斂眉。不知魂已斷。空有夢相隨。除卻天邊月。沒人知。

沈天羽云。月知不知都妙。

王湘綺云。不知得妙。夢隨乃知耳。若先知。那得有夢。惟有月知。則常語耳。

女冠子　昨夜夜半。枕上分明夢見。語多時。依舊桃花面。

頻低柳葉眉。半羞還半喜。欲去又依依。覺來知是夢。不勝悲。

按女冠子二闋。亦思姬之作也。

謁金門　春漏促。金燼暗挑殘燭。一夜簾前風撼竹。夢魂相斷續。有個嬌嬈如玉。夜夜繡屏孤宿。閑抱琵琶尋舊曲。遠山眉黛綠。

沈天羽云。情不知所起。一往而深。又云。子野亦云。彈到斷腸時。春山眉黛低。而花間草堂。語致微異。心手不知。

謁金門　春雨足。染就一溪新綠。柳外飛來雙羽玉。弄晴相對浴。　樓外翠簾高軸。倚徧闌干幾曲。雲淡水平煙樹簇。

寸心千里目。

沈天羽平首二句云。麗句。三四句云。說得雙羽有情。末句云。魚游春水詞。雲山萬重。寸心千里。亦自妙。此以上文布景。找一目字。意思完全。韻脚警策。

黃蓼園云。端己以才名入蜀。後王建割據。遂被羈留。爲蜀散騎常侍。判中書門下事。曰弄晴對浴。其自喻仕蜀乎。曰寸心千里。又可以悲其志矣。

謁金門　空相憶。無計得傳消息。天上嫦娥人不識。寄書何處覓。　新睡覺來無力。不忍把君書跡。滿院落花春寂寂。斷腸芳草碧。

沈天羽云。天上句粗惡。把君書跡四字頗秀。又云。落花寂寂。淡語之有景者。

按此詞疑亦思姬之作。

清平樂　野花芳草。寂寞關山道。柳吐金絲鶯語早。惆悵香閨暗老。　羅帶悔結同心。獨凭朱欄思深，夢覺半床斜月。

小窗風觸鳴琴。

許蒿廬曰。前半說遠。後半說近。

清平樂 鶯啼殘月。繡閣香燈滅。門外馬嘶郎欲別。正是落花時節。 粧成不畫蛾眉。含愁獨倚金扉。去路香塵莫掃。掃即郎去歸遲。

沈天羽云。杜少陵正是江南好風景。落花時節又逢君。一逢一別感共深。又云。無憾取識。細事巨。恆事奇。

許蒿廬曰。與飛卿門外草萋萋二語正相似。

按清平樂尚有二闋亦佳。春愁南陌一闋。一作馮正中作。何處遊女一闋。全蜀藝文志選之。均見花間集。

歸國遙 金翡翠。爲我南飛傳我意。罨畫橋邊春水。幾年花下醉。別後祇知相愧。淚珠難遠寄。羅幕繡帷鴛被。舊歡如夢裏。

詞學通論選此首云。端己菩薩蠻四章。惓惓故國之思。最耐尋味。而此詞南飛傳意。別後知愧。其意更爲明顯。陳亦峯論其似直而紆。似達而鬱。洵然。

浣溪紗　惆悵夢餘山月斜。孤燈照壁背紅紗。小樓高閣謝娘家。暗想玉容何所似。一枝春雪凍梅花。滿身香霧簇朝霞。

沈天羽云。爲花錫寵。又云。美人洵花眞身。花洵美人小影。

浣溪紗　夜夜相思更漏殘。傷心明月凭欄干。想君思我錦衾寒。咫尺畫堂深似海。憶來惟把舊書看。幾時攜手入長安。

沈天羽云。想君憶來句。水中着鹽。甘苦自知。

他若天仙子應天長之善於用字。不僅以善於用字爲長。

天仙子　夢覺雲屏依舊空。杜鵑聲咽隔簾櫳。玉郎薄倖去無蹤。一日日。恨重重。淚界蓮腮兩線紅。

雨村詞話云。詞用界字。始於端己。天仙子詞云。淚界蓮腮兩線紅。宋子京效之云。淚落胭脂。界破蜂黃淺。遂成名句。

應天長　別來半歲音書絕。一寸離腸千萬結。難相見。易相別。又是玉樓花似雪。暗相思。無處說。惆悵夜來烟月。想得此時情切。淚沾紅袖黦。

王漁洋花草蒙拾云。花間字法最著意設色。異紋細豔。非後人纂組所及。如淚沾紅袖黦。猶結同心苣。豈落花間惜晚日。洞庭波浪颭天晴。山谷所謂古蕃錦者。其殆是耶。

按花間集載端己應天長二闋。尚有綠槐陰裏一闋。見陽春集中者。

訴衷情可考證當時粧飾。又豈徒資攷證爲勝哉。

訴衷情

碧沼紅芳烟雨靜。倚蘭橈。垂玉珮。交帶。裊纖腰。鴛夢隔星橋。迢迢。越羅香暗銷。墜花翹。

升庵詞品云。韋莊訴衷情。有墜花翹。按此詞在成都作也。蜀之妓女。至今有花翹之飾。名曰翹兒花云。

薛昭蘊

薛昭蘊。字里無考。保遜之子。仕蜀至侍郎。

王國維云。案昭蘊字里無考。花間集只稱薛侍郎而已。惟全唐詩載薛昭緯河東人。乾寧中爲禮部侍郎。天福中累貶磎州司馬。昭蘊當其兄弟行。又北夢瑣言稱昭

緯恃才傲物○每入朝省○弃笏而行○旁若無人○好唱浣溪沙詞○今昭蘊詞中○亦以浣溪沙詞爲最多○殆一門有同好歟○

北夢瑣言云○澄州三十恃才傲物○有父風○而小詞宛轉○不類其行○其門生至有爾後不弄笏與唱浣沙詞○即某之幸也之請○抑何足怪○

其詞僅見花間所載十九首○王國維錄爲一卷○

王國維云○其詞花間有十九首○全唐詩同○今錄爲一卷○

案尊前集有謁金門一闋○花間集亦有之○

昭蘊詞之著名者爲浣溪沙○花間集載八闋○茲錄其二○

浣溪沙　紅蓼渡頭秋正雨○印沙鷗跡自成行○整鬟飄袖野風香○　不語含嚬深浦裏○幾回愁煞棹舡郎○燕歸帆盡水茫茫○

沈天羽云○何物棹船郎解愁煞耶○意在言外○

浣溪沙　傾國傾城恨有餘。幾多紅淚泣姑蘇。倚風凝睇雪肌膚。　吳主山河空落日。越王宮殿半平蕪。藕花菱蔓滿平湖。

沈天羽云。只今惟有西江月一想。

按此詞傷心弔古。韻響調高。與鹿太保臨江仙分庭抗禮。當無愧色。然鹿後於薛。其摹擬之勝者歟。

其小重山女冠子離別難諸闋亦佳。

小重山　春到長門春草青。玉堦華露滴。月朧明。東風吹斷玉簫聲。宮漏促。簾外曉啼鶯。　愁起夢難成。紅粧流宿淚。不勝情。手挼裙帶遶宮行。思君切。羅幌暗塵生。

沈天羽云○比古曲老女不嫁踢地喚天隱些○然亦急矣○三月無君則吊○士何異此○

按此詞沈校云玉蕭一作紫蕭○宮漏促亦作金爐冷○起當作極○紅亦作殘○流亦作和○宮一作花○一作堵誤○

女冠子　求仙去也○翠鈿金篦盡捨○入崑巒○霧捲黃羅帔○雲彫白玉冠○　野煙溪洞冷○林月石橋寒○靜夜松風下○禮天壇○

沈天羽云，直敍道情○可稱景純遊仙詩○

離別難　寶馬曉鞴彫鞍○羅幃乍別情難○那堪春景媚○送君千萬里○半妝珠翠落○露華寒○紅蠟燭○青絲曲○偏能鈎引淚闌干○　良夜促○香塵綠○魂欲迷○檀眉半斂愁低○未別心

先咽。欲語情難說。出芳草。路東西。搖袖立。春風急。櫻花楊柳雨淒淒。

雨村詞話云。今人呼馬加鞍轡曰鞴馬。見花間集薛昭蘊詞。寶馬鞴彫鞍。

蕙風詞話云。中國櫻花。不繁而實。日本櫻花。繁而不實。薛昭蘊詞離別難云。搖袖立。春風急。櫻花楊柳雨淒淒。此中國櫻花也。入詞殆至此始。此花以不繁。故益見娟倩。

牛嶠

牛嶠。字松卿。一字延峯。蜀之成都人。一云。隴西人。嶠自云唐宰相僧孺之後。僖宗乾符五年進士。歷官拾遺補尚書郎。王建鎭蜀。辟爲判官。及建立國。嶠爲給事中。詞品又謂爲孟蜀學士。有遺集三十卷。今佚。

蜀詞人評傳

全唐詩云。集內有歌詩三卷。今存六首。

其詞見花間集者三十二首。王國維錄為一卷。見詞林萬選者一首。但此詞花間作張泌詞。見詞律者女冠子一首。

松卿詞極穠豔。花間之健手也。其體變唐人絕句者頗多。

劉體仁七頌堂詞繹云。詞亦有初盛中晚。不以代也。牛嶠和凝張泌歐陽炯韓偓鹿虔扆輩。不離唐絕句。如唐之初。未脫隋調耳。然皆小令耳。

十國春秋云。牛嶠博學有文。以歌詩著名。尤善製小詞。

其詞足稱者頗不鮮。茲僅舉後人常云及者。

菩薩蠻　舞帬香煖金泥鳳。畫梁語燕驚殘夢。門外柳花飛。玉郎猶未歸。　愁匀紅粉淚。眉剪春山翠。何處是遼陽。錦屏春晝長。

菩薩蠻　綠雲鬢上飛金雀。愁眉斂翠春煙薄。香閣掩芙蓉。畫屏山幾重。　窗寒天欲曙。猶結同心苣。啼粉涴羅衣。問郎何日歸。

張臯文云。花間書菩薩蠻七首。詞意頗雜。蓋非一時之作。詞綜刪存二首。章法絕妙。

按上二首即詞綜所選。

又云。驚殘夢一點。以下純是夢境。章法似西洲曲。

沈際飛評其次闋云。幽惻。又云。此詞一作李易安。誤。又云。春一作輕。何日歸亦作歸幾時。

花草蒙拾云。花間字法最著意設色。異紋細豔。非後人纂組所及。如猶結同心苣。山谷所謂古蕃錦者。其殆是歟。

菩薩蠻　玉爐冰簟鴛鴦錦。粉融香汗流山枕。簾外轆轤聲。

斂眉含笑驚。柳陰烟漠漠。低鬢蟬釵落。須作一生拚。盡君今日歡。

彭孫遹金粟詞話云、牛嶠須作一生拚。盡君今日歡。是盡頭語。作艷語者無以復加。

王國維人間詞話云。詞家多以景寓情。其專作情語而絕妙者。如牛嶠甘作一生拚。盡君今日歡。顧夐之換我心爲你心。始知相憶深。此等詞。求之古人詞中。曾不多見。

按上說見王忠慤公遺書人間詞話下卷。

花草蒙拾云。牛給事須作一生拚。盡君今日歡。狎昵已極。南唐奴爲出來難。教君恣意憐。本此。至檀口微微。靠人緊抱腰兒貼。風斯下矣。

賀裳詞筌云。小詞以含蓄爲佳。亦有作決絕語而妙者。如韋莊誰家年少一段是也。牛嶠須作一生拚。盡君今日歡。抑亦其次。

菩薩蠻　畫屏重疊巫陽翠。楚神尚有行雲意。朝暮幾般心。向他情謾深。風流今古隔。虛作瞿塘客。山月照山花。夢迴燈影斜。

沈偶僧柳塘詞話云○詞有言情得妙者○牛嶠云○朝暮幾般心○爲他情謾深○

詞筌云○牛嶠風流今古隔○虛作瞿塘客○未免太涉於淫○然詞則妙矣○

十國春秋云○山月照山花○夢迴燈影斜○佳句也○

菩薩蠻　風簾燕舞鶯啼柳。粧臺約鬢低纖手。釵重髻盤珊。一枝紅牡丹。門前行樂客。白馬嘶春色。故故墜金鞭。迴頭應眼穿。

沈際飛云○綉襦記開場好詞○

望江怨　東風急。惜別花時手頻執。羅幃愁獨入。馬嘶殘雨春蕪濕。倚門立。寄語薄情郎。粉香和淚泣。

詞人詞作

陸放翁云。望江怨爲閨中曲。是盛唐遺音。
况周頤云。繁絃促柱間有勁氣暗轉。愈轉愈深。此等佳處。南宋名作中時一見之。北宋人雖綿薄如柳屯田。顧未克辦。
鄭叔問云。文情絃復。雜寫景中。致足諷味。

定西蕃　紫塞月明千里。金甲冷。戍樓寒。夢長安。　鄉思望中天闊。漏殘星亦殘。畫角數聲嗚咽。雪漫漫。

陸放翁云。定西蕃是塞下曲。是盛唐遺音。
鄭振鐸云。定西蕃一詞情調特異。

夢江南　啣泥燕。飛到畫堂前。占得杏梁安穩處。體輕惟有主人憐。堪羨好因緣。

夢江南　紅繡被。兩兩間鴛鴦。不是鳥中偏愛爾。爲緣交頸睡南塘。全勝薄情郎。

姜白石云。夢江南二首。一詠燕。一詠鶯鶯。是詠物而不滯於物也。詞家當法此。

柳塘詞話云。對句易於言景。難於言情。且開放則多迂濫。收斂則結無意緒。對句要非死句也。牛嶠之望江南。不是鳥中偏愛爾。爲緣交頸睡南塘。其下可接直叙薄情郎。此即救尾對也。

女冠子

錦江煙水。卓女燒香濃美。小檀霞。繡帶芙蓉帳。金釵芍藥花。額黃侵膩髮。臂釧透紅紗。柳暗鶯啼處。認郎家。

十國春秋云。嶠善製小詞。女冠子繡帶芙蓉帳。金釵芍藥花。佳句也。

沈天羽評其後片云。情到至處勿含蓄。

西神脞說云。婦人勻面。古惟施朱傅粉而已。至六朝乃競尚黃。幽怪錄神女智瓊額黃。牛嶠詞額黃侵膩髮。此靚粧也。

楊用修全蜀藝文志選此詞。被香作春。云燒酒名燒春。其法始於文君。

評詞人傳

應天長 雙眉澹薄藏心事。淸夜背燈嬌又醉。玉釵橫。山枕膩。寶帳鴛鴦春睡美。 別經時。無限意。虛道相思憔悴。莫信綵箋書裏。賺人腸斷字。

陸放翁云。讀其莫信彩箋書裏。賺人腸斷字。則細刻似晚唐矣。沈天羽評其上片云。細端相。評其下片云。後人翻出情說意。說說盟說誓。動是春愁滿紙。多應念得脫空經。是那個先生教底。

西溪子 捍撥雙盤金鳳。蟬鬢玉釵搖動。畫堂前。人不語。弦解語。彈到昭君怨處。翠蛾愁。不擡頭。

陸放翁云。翠蛾愁。不抬頭。細刻似晚唐。

楊柳枝 吳王宮裏色偏深。一簇纖條萬縷金。不憤錢塘蘇小

66

小。引郎松下結同心。

按樂府詩集載其楊柳枝五闋與花間集同。此其第二闋。

詞品云。楊柳枝詞數首尤工。

古今詞話云。其楊柳枝詞。見推於時。

筆精云。古人詠柳必比美人。詠美人必比柳。不獨以其態相似。亦柔曼兩相宜也。若松檜竹柏用之於美人。則乏婉媚耳。唐牛嶠楊柳枝詞。亦謂美人不宜松下也。譬柳貶松。殊有深興。

楊用修丹鉛總錄云。牛嶠楊柳枝詞。按古樂府小小歌有云。妾乘油碧車。郎乘青驄馬。何處結同心。西陵松柏下。牛詞用此意詠柳而貶松。唐人所謂鑽題格也。後人改松下作枝下。語意索然矣。

更漏子　星漸稀。漏頻轉。何處輪臺聲怨。香閣掩。杏花紅。月明楊柳風。挑錦字。記情事。唯願兩心相似。收淚語。背燈眠。玉釵橫枕邊。

雨村詞話云。牛嶠更漏子星漸稀。漏頻轉。何處輪臺聲怨。按漢武帝下輪臺之詔。語本此。

江城子　極浦煙消水鳥飛。離筵分手時。送金巵。渡口楊花。狂雪任風吹，日暮天空波浪急。芳草岸。雨如絲。

詞品云。甫史王曙詩。日薄當歸去。魚鳥見留連。俗本改薄作暮。淺也。孟蜀牛嶠詞。日薄天空波浪急。正用曙語。

按今花間集牛嶠詞作暮。想用修所見之本不同耳。

至若詞律所見之女冠子。詞品所見之酒泉子。茲錄之以待後日之考證焉。

女冠子　含嬌含笑。宿醉殘紅窈窕。鬢如蟬。寒玉簪。秋水輕紗卷碧煙。雪肌鸞鏡裏。琪樹鳳樓前。寄語靑蛾伴。早求仙。

酒泉子 紫陌青門。三十六宮春色。御溝輦路暗相通。杏園風。 咸陽沽酒寶釵空。笑指未央歸去。插花走馬落殘紅。月明中。

按松卿詞。後人揚多抑寡。且往往一字一句。亦注意及之。其價值可知矣。綜上所舉。不過一斑。佳製尚不止此。如女冠子綠雲高髻一闋之寫閨情。自是花間上品。江城子鵁鶄飛起一闋之懷古。其韻味風格。擬之金鎖重門一調。何多讓焉。

張 泌 泌一作佖

張泌。字子澄。舊說淮南人。胡適疑爲蜀人。官至內史舍人。

胡適云。舊說張泌淮南人。初官句容尉。上書陳治道。南唐後主徵爲監察御史。(案此處應增歷考工員外郎進中書舍人改十二字始詳)官內史舍人。後隨後主歸宋。仍入史館。遷郎中。歸後。寄家張毘陵。杜文瀾詞人姓氏錄。中國人名大辭典之說也。此說不知何據。但余以為此說殊多謬誤。花間集結於九四零年。其時南唐建國。不及四年。後主嗣位。在九六一年。相距二十餘年。而花間集已稱張舍人泌矣。花間集稱人之官爵。皆是結集之官爵。故和凝只稱學士。而不稱相。故疑詞人張泌。另是一人。大概亦蜀人。其年輩甚早。故其詞在花間集列於韋莊薛昭蘊之後。

按胡氏之說。持之有故。言之成理。時間不同。稱爵過早。此其最可疑者也。且趙崇祚花間集所錄詞人。率多蜀人。若其選及南唐。何獨延巳等均未及選。檢張氏詞中。有浣花溪上見卿卿之句。陸放翁云。浣花溪在成都縣西四五里。一名百花潭。若泌非在蜀。奚用遠寫蜀地乎。識此以補胡氏之未足。

其詞見花間集者二十七首。見尊前集者江城子一首。王國維錄爲一卷。泌詞以江城子而得名。

江城子　碧欄干外小中庭。雨初晴。曉鶯聲。飛絮落花。時節近清明。睡起捲簾無一事。勻面了。沒心情。

江城子　浣花溪上見卿卿。臉波秋水明。黛眉輕綠雲高綰。金簇小蜻蜓。好是問他來得麼。和笑道。莫多情。

江城子　窄羅衫子薄羅裙。小腰身。晚粧新。每到花時。長是不宜春。早是自家無氣力。更被伊。惡憐人。

按前二首見花間。末首見尊前。花庵亦只選前二闋。注云。唐詞多無換頭。如此詞兩段。自是兩首。今人合爲一首。誤。然均作泌詞。至花草粹編。選一三兩首。題獨延已作。且第三首之前三句。作碧羅衫子繡金裙。好精神。小腰身。伊作你。陳氏不知何據。

古今詞話云。泌嘗以江城子二闋得名。泌少時嘗與隣家女子名浣衣者友善。其後經年不見。常夜夢之。其後隣女別嫁。而泌復念之不置。因寄以詩云。別夢依依到謝家。小廊迴合曲闌斜。(此二句據詞壇紀事補)多情只有春庭月。猶爲離人照落花。旋復爲浣溪沙以達意云。

卓珂月詞統云。張泌二詞。風流調笑。類易安。

案詞林紀事遂子居詞話亦如此云云。

復有浣溪沙以紀豔。

浣溪沙　獨立寒堦望月華。露濃香泛小庭花。繡屏愁背一燈斜。雲雨自從分散後。人間無路到仙家。但憑魂夢訪天涯。

口口口云。張子澄時有幽豔語。露濃香泛小庭花是也。時遂有以浣溪沙爲小庭花者。

王國維云。沈文慤深賞淡綠楊花撲一溪煙爲晚唐名句。然其詞如露濃香泛小庭花。較前語似更幽豔也。

浣溪沙　偏戴花冠白玉簪。睡容新起意沈吟。翠鈿金縷鎮眉心。小檻日斜風悄悄。隔簾零落杏花陰。斷香輕碧鎖愁深。

雨村詞話云。張舍人泌。詞如其詩。花間集所載。皆可入選。更工於用字。如浣溪沙云。翠鈿金縷鎮眉心。又斷香輕碧鎖愁深。鎮鎖二字。開後人無限法門。

浣溪沙　小市東門欲雪天。衆中依約見神仙。蘂黃香畫貼金蟬。飲散黃昏人草草。醉容無語立門前。馬嘶塵烘一街煙。

雨村詞話云。唐張泌有馬嘶塵烘一街煙之句。烘字始此。

浣溪沙　馬上凝情憶舊遊。照花淹竹小溪流。鈿箏羅幕玉搔頭。早是出門長帶月。可堪分袂又經秋。晚風斜日不勝愁。

按古今詞話謂爲浣溪沙以達意。疑卽此類詞也。

浣溪沙　晚逐香車入鳳城。東風斜揭繡簾輕。慢迴嬌眼笑盈盈。消息未通何計是。便須佯醉且隨行。依稀聞道太狂生。

按近人謂此詞真摯活躍，豔而不淫，恨稍露耳。

女冠子　露花煙草。寂寞五雲三島。正春深，貌減潛銷玉。香殘尚惹襟。竹疎虛檻靜。松密醮壇陰。何事劉郎去。信沈沈。

女冠子亦佳。

沈天羽云，幽而動。又云，鹿虔扆詞，竹疎齋殿迥，松密醮壇陰。更工。全首不逮。

毛文錫

毛文錫。字平珪。蜀人。一云高陽人。一云南陽人。唐太僕卿龜範子。唐時登進士第。後仕蜀爲翰林學士。遷內樞密使。進文思殿大學士。累拜司徒。復貶茂州司馬。後隨王衍降唐。未幾。復事孟氏。

按孟氏二字。詞人姓氏錄作後唐。王國維云。此唐字疑蜀字之誤。王說是也。

與歐陽炯等並以詞章供奉內庭。以小詞爲後主所賞。尤工豔語。著有前蜀紀事二卷。茶譜一卷。

詞品云。毛文錫與歐陽炯鹿虔扆韓琮閻選皆蜀人。事孟蜀後主。有五鬼之號。俱工小詞。並見花間集。著有前蜀紀事二卷。茶譜一卷。

其詞花間集載三十一首。尊前集一首。王國維錄爲一卷。此外見歷代詩餘者。鞓紅一首。見詞律者。後庭花一首。

按詞律所選後庭花輕盈舞妓一闋。見花間集毛熙震詞中。紅友不知何據。疑誤。

平珪詞。率多平直。贊成功。即其實例。

贊成功　海棠未坼。萬點深紅。青色緘結一重重。似含羞態。邀勒春風。蜂來蝶去。任遶芳叢。　昨夜微雨。飄灑庭中。忽聞聲滴井邊桐。美人驚起。坐聽晨鐘。快教折取。戴玉瓏璁。

葉夢得云。文錫詞以質直爲情致。殊不知流於率露。諸人評庸陋詞者。必曰。此倣毛文錫之贊成功而不及者。

古今詞話云。文錫詞。大致勻淨。不及熙震。

王國維云。其詞比牛薛諸人殊爲不及。葉夢得之言是也。

巫山一段雲。紗窗怨。醉花間。虞美人諸闋。其傑作也。

巫山一段雲　雨霽巫山上。雲輕映碧天。遠風吹散又相連。十二晚峯前。暗濕啼猿樹。高籠過客船。朝朝暮暮楚江邊。幾度降神仙。

巫山一段雲　貌掩巫山色。才過濯錦波。阿誰提筆上銀河。月裏寫嫦娥。薄薄施鉛粉。盈盈掛綺羅。菖蒲花役夢魂多。年代屬元和。

按前闋見花間集。全蜀藝文志亦選此闋。後闋見尊前集。葉夢得云。覽其全集。有巫山一段雲詞。細心微詣。直造蓬萊頂上。

詞綜云。文人無奈。爭馳思杳冥。蓋自高唐作俑。而後遂漫淫不可禁矣。毛文錫巫山一段雲曰。遠風吹散又相連。十二晚峯前。暗濕啼猿樹。高籠過客船。朝寫雲氣。真覺氤氳蓊渤。滿於紙上。末云。朝朝暮暮楚江邊。幾度降神仙。雖用神女事。猶不失爲國風好色。

十國春秋毛文錫傳云。文錫工艷語。所撰巫山一段雲詞。當時傳詠之。

紗窗怨　新春燕子還來至。一雙飛。壘巢泥濕時時墜。涴人衣。後園裏看百花發。香風拂。繡戶金扉。月照紗窗。恨依依。

古今詞話云。其所撰紗窗怨。可歌也。

醉花間　休相問。怕相問。相問還添恨。春水滿塘生。鸂鶒還相趁。昨夜雨霏霏。臨明寒一陣。偏憶戍樓人。久絕邊庭信。

醉花間　深相憶。莫相憶。相憶情難極。銀漢是紅墻。一帶遙相隔。　金盤珠露滴。兩岸榆花白。風搖玉珮清。今夕爲何夕。

補續全蜀藝文志云。用修直肆明珠。選毛文錫醉花間深相憶一首。此花間集所無

按今本花間集有之。疑其時所見之本不同。

虞美人　寶檀金縷鴛鴦枕。綬帶盤宮錦。夕陽低映小窗明。南園綠樹語鶯鶯。夢難成。　玉爐香煖頻添炷。滿地飄輕絮。珠簾不捲度沈煙。庭前閑立畫鞦韆。豔陽天。

盧冀野先生云。案平珪後事孟蜀。嘗以詞韋供奉內庭。此等詞。想亦當時之作。

至若西溪子之善於用字。中興樂可考風俗。亦不朽之製焉。

西溪子　昨日西溪游賞。芳樹奇花千樣。鎖春光。金罇滿。
聽絃管，嬌妓舞衫香暖。不覺到斜暉。馬馱歸。

雨村詞話云。毛文錫西溪子云。嬌妓舞衫香暖。不覺到斜暉。馬馱歸。東坡臨江仙云。細馬遠馱雙侍女。馱字本此。

中興樂　豆蔻花繁烟豔深。丁香軟結同心。翠鬟女。相與。
共淘金。　紅蕉葉裏猩猩語。鴛鴦浦。鏡中鸞舞。絲雨。隔
荔枝陰。

雨村詞話云。古淘金多婦女。大約出於兩粵土俗。毛文錫中興樂詞云云。皆粵中俗也。今楚蜀多有之。皆用男子矣。

而後庭花䩞紅二闋。則罕見之佳品也。

䩞紅　粉香尤嫩。霜寒可慣。怎奈向。春心已轉。玉容別是。一般閑婉。悄不管。桃紅杏淺。　日影簾櫳。金堤波面斷。細細香風滿院。一枝折寄。故人雖遠。莫輒使。江南信斷。

按後庭花見詞律。已載熙震詞中。䩞紅見歷代詩餘。

牛希濟

牛希濟。嶠之兄子也。仕王衍爲翰林學士御史中丞。後降後唐。明宗時。拜爲雍州節度副使。以詩詞擅名。

堯山堂外紀云。同光二年。唐主命蜀舊臣王楷等賦蜀亡詩。牛希濟一律云。滿朝文武欲朝天。不覺隣師犯塞煙。唐主再懸新日月。國亡還却舊山川。末云。古往今來亦如此。幾曾歡笑幾潸然。唐主曰。希濟不忘忠孝也。賜縵百匹。詞亦富贍。見花間集。

其詞見花間集者十一首。見詞林萬選者二首。王國維錄爲一卷。

王國維二十一家詞輯牛希濟詞跋云。其詞花間集十一闋。復從詞林萬選補二闋。錄爲一卷。

全唐詩載十二闋。較花間集增生查子一闋。

復從補續全蜀藝文志補久不問世之女冠子四闋。茲悉錄之。

女冠子

蕙風芝露。壇際殘香輕度。蕊珠宮。苔點分圓碧。桃花踐破紅。品流巫峽外。名籍紫微中。真侶墉城會。夢魂通。

女冠子

澹花瘦玉。依約神仙妝束，佩瓊文。瑞露通宵貯。

幽香盡日焚。碧煙籠絳節。黃藕冠濃雲。勿以吹簫伴。不同羣。

女冠子　鳳樓瓊樹。惆悵劉郎一去。正春深。洞裏愁空結。人間信莫尋。竹疎齊殿迴。松密醮壇陰。倚雲低首望。可知心。

女冠子　步虛壇上。絳節霓旌相向。引真仙。玉步搖蟾影。金爐裊麝煙。露濃霜簡溼。風緊羽衣偏。欲留難得住。却歸天。

十國春秋云。希濟次牛嶠女冠子四闋。時輩嘖嘖稱道。

補續全蜀藝文志云。按女冠子起駱賓王代女道士王靈妃贈李榮長篇。王右丞集云

○李榮巴西綿州人也○爲道士○

按王國維云○此四詞今不可考矣○玆復見之○甚快○細味其詞○且信吳任臣之譽之非諛矣○

其詞○境界宏闊○辭藻富麗○方諸乃叔○有過之無不及○舉臨江仙○謁金門○生查子諸闋○可見一斑矣○

臨江仙　峭壁參差十二峯○冷煙寒樹重重○瑤姬宮殿是仙蹤○金爐珠帳○香靄晝偏濃○一自楚王驚夢斷○人間無路相逢○至今雲雨帶愁容○月斜江上○征棹動晨鐘○

臨江仙　江繞黃陵春廟閑○嬌鶯獨語關關○滿庭重疊綠苔斑○陰雲無事○四散自歸山○簫鼓聲稀香燼冷○月娥斂盡彎

環。風流皆道勝人間。須知狂客。拚死爲紅顏。

臨江仙　洞庭波浪颭晴天。君山一點凝煙。此中真境屬神仙。玉樓珠殿。相映月輪邊。萬里平湖秋色冷。星辰垂影參然。橘林霜重更紅鮮。羅浮山下。有路暗相連。

按花間集載希濟臨江仙七首。全蜀藝文志十國春秋均選其一四兩首。茲補選第七首。

仇遠云。希濟臨江仙。芊綿溫麗極矣。自憑吊悽愴之意。得詠史體裁。

十國春秋云。希濟素以詩詞擅名。所撰臨江仙二闋。有云。月斜江上。征棹動晨鐘。又云。風流皆道勝人間。須知狂客。拚死爲紅顏。特爲詞家之雋。

賀黃公云。牛希濟黃陵廟曰。風流皆道勝人間。須知狂客。拚死爲紅顏。抑何狂惑也。然詞則妙矣。

花草蒙拾引洞庭波浪颭晴天句。謂花間字法。善於設色。詳見韋莊條。

謁金門　秋已暮。重疊關山歧路。嘶馬搖鞭何處去。曉禽霜滿樹。夢斷禁城鐘鼓。淚滴枕檀無數。一點凝紅和薄霧。翠蛾愁不語。

吳瞿塘云。牛希濟之夢斷禁城。鹿虔扆之露泣亡國。言爲心聲。可得其概矣。

生查子 春山煙欲收。天淡星稀小。殘月臉邊明。別淚臨清曉。語已多。情未了。回首猶重道。記得綠羅裙。處處憐芳草。

生查子 新月曲如眉。未有團圞意。紅豆不堪看。滿眼相思淚。終日劈桃穰。人在心兒裏。兩朵隔墻花。早晚成連理。

按希濟生查子。花間載其一。詞林萬選載其三。均佳製也。近人胡適鄭振鐸等皆選之。以其情眞語摯。明白如話也。

歐陽炯

歐陽炯

林山腴先生華陽人物志云。迥與炯本兩人。李調元全五代詩誤爲一人。於炯小傳下云。炯一作迥。蓋誤以迥爲迥。又誤以炯卽迥也。故舊志仍之。此載炯而無迥矣。

按歐陽炯。載籍往往與宋史稱性坦率。無檢操。雅善長笛之歐陽迥混淆。猶花蕊夫人之有徐氏費氏也。

益州華陽人。

十國春秋云　歐陽炯蜀人。

林山腴先生注炯本傳蜀人句云。按李調元全五代詩云。益州華陽人。嘉靖通志亦云。華陽人。此言蜀者。大名也。

事蜀高祖後主。歷官武德軍判官。翰林學士。中書舍人。五鬼之一。

堯山堂外記。炯事孟後主。時號五鬼之一。嘗約同僚納涼於寺。寺僧可明作耘田鼓歌以刺之。遂撤飲。

善爲文章。尤工詩詞。

十國春秋云。唐張素卿嘗繪十二眞人像。世稱其妙。安思謙得素卿本。乃於明慶節上獻。後主命炯爲之贊。裝績成帖。其見重多此類也。

著有武信軍衙記。花間集序傳世。

王國維歐陽平章詞跋云。按昶廣政三年。炯作花間集序。其結銜署武德軍節度判官。而集中稱爲歐陽舍人。當在昶時。不應在王衍時也。

按王氏誤爲歐陽迥。故題曰平章。而有上列疑語。

其小詞。後人頗稱道之。

蓉城集云。歐陽炯。每言愁苦之言易好。懽愉之詞難工。其詞大抵婉約輕和。不欲強作愁思者也。

周昂十國春秋拾遺云。歐陽炯嘗應命作豔詞。淫靡甚於韓偓。

儒林公議云。（前段同周昂說）江南李煜。時為近臣。私以豔藻之詞聞於主聽。蓋將亡之召也。君臣之間。其禮先亡矣。

花間集載炯詞十七首。尊前集三十一首。全唐詩皆載之。王國維錄為一卷。

王國維云。全唐詩炯詩中又載柳枝軟碧搖煙一首。考係和凝作。故削之。

炯詞中如漁父之淡雅。浣溪沙之濃豔。南鄉子可考風物。三字令乃其創調。均有數名作。

漁父　擺脫塵機上釣船。免教榮辱有流年。無繫絆。沒愁煎。須信船中有散仙。

漁父　風浩寒溪照膽明。小君山上玉蟾生。荷露墜。翠煙輕。撥剌遊魚幾個驚。

十國春秋云。小辭十七章。人亦時時稱道之。漁父歌尤爲詞家所唱和。

按十七章當指花間所載。第漁父詞不見花間而見尊前。

浣溪沙　相見休言有淚珠。酒闌重得敍歡娛。鳳屏鴛枕宿金鋪。蘭麝細香聞喘息。綺羅纖縷見肌膚。此時還恨薄情無。

沈天羽云。嘗謂美人一日有嗔怪時。方有趣。一年有病苦時。方有韻。一生有別離時。方有情。歐陽早會之。

況夔笙云。自有豔詞以來。殆莫豔於此矣。半塘僧鶩曰。奚翅豔而已。直是大且重。苟無花間詞筆。孰敢爲斯語者。

浣溪沙　落絮殘鶯半日天。玉柔花醉只思眠。惹窗映竹滿爐烟。獨掩畫屏愁不語。斜欹瑤枕髻鬟偏。此時心在阿誰邊。

浣溪沙　天碧羅衣拂地垂。美人初著更相宜。宛如風舞透香肌。獨坐含嚬吹鳳竹。園中緩步折花枝。有情無力泥人時。

況天羽云。玉柔花醉四字。詞眼。又評此時心在阿誰邊句云。一問一躍然。又云。有情無力泥人時。可注玉柔句。

南鄉子　岸遠沙平。日斜歸路晚霞明。孔雀自憐金翠尾。臨水。認得行人驚不起。

周密云○李珣歐陽烱輩○俱蜀人○各製南鄉子十首○以誌風土○亦竹枝體也○
譚復堂云○未起意先直下○語似挫頓○認得行人驚不起○似直下○驚字倒裝○

南鄉子

袖斂鮫綃。採香深洞笑相邀。藤杖枝頭蘆酒滴。鋪葵席。荳蔻花間趖晚日。

王士正云○花間字法○善於着色○如歐陽烱荳蔻花間趖晚日是也○（詳見韋莊條內）

按歐陽烱南鄉子僅見花間八首○周公謹謂各製十首○其佚二首歟○

三字令

春欲盡。日遲遲，牡丹時。羅幌卷。翠簾垂。彩箋書。紅粉淚。兩心知。

人不在。燕空歸。負佳期。香燼落。枕函欹。月分明。花澹薄。惹相思。

堯山堂外紀云○烱始作三字令○蓋此詞爲歐陽烱所創○
許蒿廬曰○前半闋由內而外○又曰○春光欲盡○故曰花澹薄○

餘如玉樓春。菩薩蠻。巫山一段雲。亦婉麗之作也。

玉樓春　日照玉樓花似錦。樓上醉和春色寢。綠楊風送小鶯聲。殘夢不成離玉枕。　堪愛晚來韶景甚。寶柱秦箏方再品。青蛾紅臉笑來迎。又向海棠花下飲。

沈天羽云。把人驚覺。宛而有致。殘夢不成。婉而多感。

菩薩蠻　紅爐煖閣佳人睡。隔簾飛雪添寒氣。小院奏笙歌。香風簇綺羅。　酒傾金盞滿。蘭燭重開宴。公子醉如泥。天街聞馬嘶。

沈天羽云。沒情雅。此花間不如草堂處。

巫山一段雲 春去秋來也。愁心似醉醺。去時邀約早回輪。及去又何曾。 歌扇花光黦。衣珠滴淚新。恨身翻不作車塵。萬里得隨君。

鄭振鐸云。末二句能細膩婉曲以達其深摯之情緒。

歐陽彬

歐陽彬。炯之弟。字齊美。一作衡州人。一作衡山人。博學能文。先以所著詣馬殷。不用。乃入蜀獻賦王衍。衍大悅。擢爲翰林學士。兵部侍郎。充唐國通好使。後歸孟知祥。復事昶。至廣正中。累官尙書左丞。出爲寧江軍節度使。尋解官歸卒。

蔣一葵堯山堂外記云。歐陽彬。字齊美。歐陽炯之弟也。

其詞僅見尊前集載有生查子一闋。

生查子　竟日畫堂歡。入夜重開宴。翦燭蠟煙香。促席花光顫。　待得月華來。滿院如鋪練。門外簇驊騮。直待更深散。

觀此詞卽可知當時之宴安享樂矣。

顧夐

顧夐。字里不傳。前蜀時官至茂州刺史。後復事孟知祥。累遷至太尉。小詞頗工。

蜀詞人評傳

堯山堂外紀云。蜀通初正。顧敻爲內直小臣。命作山澤賦。有到處不生艸句。一時傳笑。後官太尉。小詞特工。

花間集載其詞十五闋。王國維錄爲一卷。

其詞以訴衷情醉公子等闋。最爲後人所豔稱。

訴衷情　永夜抛人何處去。絕來音。香閣掩。眉斂。月將沈。爭忍不相尋。怨孤衾。換我心。爲你心。始知相憶深。

蓉城集云。顧太尉訴衷情云。換我心爲你心。始知相憶深。雖透骨情語。已開柳七一派。

花草蒙拾云。徐山民妾心移得在君心。方知人恨深。全襲此。

人間詞話下卷云。詞家多以景寓情。其專作情語而絕妙者。如顧敻換我心爲你心。始知相憶深。此等詞。求之古人詞中。曾不多見。

況蕙風云。顧敻豔詞多樸質語。妙在分際恰合。

王壬父云。亦是對面寫照。有嘲有怨。放刁放嬌。詩所謂無庶於子憎　正是一種意。

醉公子　漠漠秋雲淡。紅藕相侵檻。枕倚小山屏。金鋪向晚扃。睡起橫波慢。獨望情何限。衰柳數聲蟬。魂銷似去年。

醉公子　岸柳垂金線。雨晴鶯百轉。家住綠楊邊。往來多少年。馬嘶芳草遠。高樓簾半捲。斂袖翠蛾攢。相逢爾許難。

十國春秋云。顧夐善小詞。有醉公子曲。爲一時豔稱。
五代詞話云。顧夐醉公子詞云。高柳數聲蟬。魂銷似去年。陳聲伯愛之。
許蒿廬許其柳岸一闋云。覺少遊連苑橫空。無此神味也。

虞美人。浣溪沙。河傳諸闋。亦頗當行。

虞美人　深閨春色勞思想。恨共春蕪長。黃鸝嬌囀泥芳妍。杏枝如畫倚輕煙。鎖窗前。　凭欄愁立雙蛾細。柳影斜搖砌。玉郎還是不還家。教人魂夢逐楊花。繞天涯。

沈天羽云。味深雋。詩詞轉關之際。又平其後片云。空翠。

浣溪沙　春色迷人恨正賒。可堪蕩子不還家。細風輕露著梨花。　簾外有情雙燕颺。檻前無力綠楊斜。小屏狂夢極天涯。

王國維云。顧詞在牛給事毛司徒間。浣溪沙春色迷人一闋。一見陽春集。與河傳訴衷情數闋。當爲顧最佳之作也。

浣溪沙　紅藕香寒翠渚平。月籠虛閣夜蛩清。塞鴻驚夢兩牽情。　寶帳玉爐殘麝冷。羅衣金縷暗塵生。小窗孤燭淚縱橫。

河傳　棹舉。舟去。波光渺渺。不知何處。岸花汀草。共依依。雨微。鷓鴣相逐飛。　天涯離恨江聲咽。啼猿切。此意向誰說。倚蘭橈。無聊。小爐香欲焦。

王國維說見上。

獻衷心首句。吾蜀李雨村據之。以證譜之誤謬。

獻衷心　綉鴛鴦帳暖。畫孔雀屏攲。人悄悄。月明時。想昔年歡笑。恨今日分離。銀釭背。銅漏永。阻佳期。　小爐煙細。虛閣簾垂。幾多心事。暗地思惟。被嫦娥牽役。魂夢如癡。金閨裏。山枕上。始應知。

雨村詞話云。顧夐獻衷心詞。繡鴛鴦帳暖。畫孔雀屏攲。此詞中折腰句也。今作譜斷爲句。誤。

孫光憲

孫光憲。字孟文。陵州貴平人。升庵詞品謂爲資州人。實卽一地。

按孟文四川通志十國春秋華陽人物志皆云陵州貴平人。貴平縣。唐時屬劍南道陵州。宋時屬成都府路仙井監。今仁壽縣東北六十里。實卽一地也。以時遷易屬。故變稱耳。

而光憲著書。自署富春人。蓋郡望故也。

林山腴先生云。按衞卿有孫林文。凡孫氏皆望富春。蓋始於魏晉。光憲本爲陵州貴平人。而其著書自署曰。富春孫光憲。蓋郡望族望。宋人皆重之。

唐時爲陵州判官。天成初。避地江陵。少游荆南。受高從誨之知遇。及高季興據有荆南。署爲從事。列事三世。皆在幕府。累官荆南節度副使。檢校祕書。兼御史中丞。後勸高繼沖歸宋。高氏獻地後。太祖授光憲爲黃州刺史。將用爲學士。未及而卒。時乾德六年矣。

光憲幼卽好學。博通經史。家多藏書。嘗自鈔寫校讎。號葆光子。有荆臺。筆傭。橘齋。鞏湖諸集。蠶書二卷。續通歷等書。今皆佚。傳者。惟北夢瑣言二十卷。多采詞家逸事。蜀人尤詳。

古今詞話云。孫光憲遭兵干戈之際。以金帛購書數萬卷。著北夢瑣言。亦多采詞家逸事。遺文瑣語。可資考證。

光憲詞。花間集選六十一首。尊前集二十三首。全唐詩共八十首。王國維共八十四首。輯爲一卷。詞律復有二首。

王國維孫中丞詞跋云。其詞花間集選六十首。兹從全唐詩補二十四首。輯爲一卷。

按花間集載光憲詞實六十一首。謂六十首。乃目次之誤。至四部叢刊影印明本。覺將竹枝詞二首合爲一首。以符其六十之數。而全唐詩僅八十首者。蓋花間所載之楊柳枝未錄故也。又按詞律卷二。尙載有光憲河滿子與望梅花又一體各一首。未考紅友所據。

光憲當時頗以詞鳴。以香豔穠縟見長。亦花間之雋也。

十國春秋孫光憲傳。光憲以文學自負。雅善小詞。蜀人輯花間集。采其詞至六十餘篇。

周之琦十六家詞選於孫孟文下系一詩云。一庭疏雨善言愁。倘筆荊臺耐薄遊。最苦相思留不得。春衫如雪去揚州。

白雨齋詞話云。孫孟文詞。氣骨甚遒。措語亦每警鍊。然不及溫韋處亦在此。坐少嫻婉之致。如浣溪沙。謁金門。河瀆神。菩薩蠻。思帝鄉。清平樂。思越人諸闋。後人嘖嘖稱譽之。

浣溪沙　蘭沐初休曲檻前。暖風遲日洗頭天。濕雲新斂未梳蟬。翠袂半將遮粉臆。寶釵長欲墜香肩。此時模樣不禁憐。

孫沬曰。小詞有絕無含蓄自爾入妙者。孫葆光之浣溪沙也。

沈天羽云。清商曲。宿昔不梳頭。絲髮披兩肩。腕伸郎膝上。何處不可憐。覺不必讀。又云。不禁憐。妙。

賀黃公詞筌云。光憲翠袂半將遮粉臆。寶釵長欲墜香肩。眞覺儼然如在目前。疑於畫工之筆。

浣溪沙　攬鏡無言淚欲流。凝情半日懶梳頭。一庭疎雨濕春愁。　楊柳祗知傷怨別。杏花應信損嬌羞。淚沾魂斷軫離憂。

黃玉林云。一庭疎雨濕春愁。佳句也。

詞品云。光憲有文學名。其一庭疎雨濕春愁。秀句也。

蜀中詩話云。光憲一庭疎雨濕春愁。李後主細雨濕流光本此。

浣溪沙　蓼岸風多橘柚香。江邊一望楚天長。片帆煙際閃孤光。目送征鴻飛杳杳。思隨流水去茫茫。蘭紅波碧憶瀟湘。

王國維云。昔黃玉林賞其一庭疎雨濕春愁爲古今佳句。余以爲不若片帆煙際閃孤光。尤有境界也。

吳梅云。閒婉之處。亦復儘多。如目送征鴻飛杳杳。思隨流水去茫茫。蘭紅波碧憶瀟湘。此等俊逸語。孟文獨有。

浣溪沙　風透殘香出綉簾。團窠金鳳舞襜襜。落花微雨恨相兼。何處去來狂太甚。空推宿酒睡無厭。爭教人不別猜嫌。

沈天羽云。眞情在猜疑上。又云。此句全不使性。妙。

浣溪沙　輕打銀箏墜燕泥。斷絲高罥畫樓西。花冠閑上午墻啼。粉籜半開新竹逕。紅苞盡落舊桃蹊。不堪終日閉深閨。

沈天羽云。一句情却裝裹得正。
吳梅云。花冠閒上午墻啼。俊逸語。孟文獨有。

浣溪沙　烏帽斜欹倒佩魚。靜街偷步訪仙居。隔墻應認打門初。將見客時微掩斂。得人憐處且生疎。低頭羞問壁邊書。

沈天羽云。且生疎。乖人。偶然看得。俗眼則失之矣。

謁金門 留不得。留得也應無益。白紵春衫如雪色。揚州初去日。 輕別離。甘拋擲。江上滿帆風疾。却羨綵鴛三十六。孤鸞還一隻。

沈天羽云。起句落宋。然是宋人妙處。又評末二句云。古不可言。賀黃公云。詞雖以險麗爲工。實不及本色語之妙。如孫光憲留不得。留得也應無益。觀此種句。覺紅杏枝頭春意鬧尚書。安排一個字。費許大氣力。吳梅云。孟文之沈鬱處。可與後主並美。即如此詞。已足見其不事側媚。甘處寂寞矣。

河瀆神 江上草芊芊。春晚湘妃廟前。一方柳色楚南天。數行斜雁聯翩。獨倚朱欄情不極。魂斷終朝相憶。兩槳不知消息遠。汀洲時起鸂鶒。

詞筌云。傷離念遠之詞。無如查藎斜陽影裏。雙槳去悠悠。令人不能爲懷。然尚不如孫光憲兩槳不知消息遠。汀洲時起鸂鶒。尤爲黯然。

詞苑叢談云。孫光憲兩槳不知消息遠。汀洲時起鸂鶒。尊以淡語入情。

升庵詞品云。卵色天。用唐詩殘霞蹙水魚鱗浪。薄日烘雲卵色天之句。東坡詩亦云。笑把鴟夷一杯酒。相逢卵色五湖天。今刻蘇詩。不知出處。改卵色爲柳色。非也。花間詞一方卵色楚南天。注以卵爲泖。亦非。

按今花間集注本未見。卵色仍作柳色。

菩薩蠻　月華如水籠香砌。金鐶碎撼門初閉。寒影墮高簷。鉤垂一面簾。碧煙輕裊裊。紅戰燈花笑。卽此是高唐。掩屏秋夢長。

雨村詞話云。孫光憲菩薩蠻詞。碧煙輕裊裊。紅戰燈花笑。戰字新。吳梅云。碧煙輕裊裊。紅戰燈花笑。蓋諷弋取名利憧憧往來者也。

菩薩蠻　小庭花落無人掃。疎香滿地東風老。春晚信沈沈。天涯何處尋。　曉堂屏六扇。眉共湘山遠。爭奈別離心。近來尤不禁。

沈天羽云。氣幽情快。

思帝鄉　如何。遣情情更多。永日水堂簾下。斂羞蛾。六幅羅裙窣地。微行曳碧波。看盡滿池疎雨。打團荷。

王湘綺云。常語常景。自然風采

清平樂　愁腸欲斷。正是青春半。連理分枝鸞失伴。又是一場離散。　掩鏡無語眉低。思隨芳草淒淒。憑使東風吹夢。與郎終日東西。

吳梅云。掩鏡無語眉低。思隨芳草淒淒。是自抱蠶脩楚蘂遺意也。

思越人　渚蓮枯。宮樹老。長洲廢苑蕭條。想像玉人空處所。月明獨上溪橋。　經春初敗秋風起。紅蘭綠蕙愁死。一片風流傷心地。魂銷目斷西子。

吳梅云。孟文詞。閑婉之處。亦復儘多。如思越人。渚蓮枯。宮樹老。長洲廢苑蕭條。想像玉人空處所。月明獨上溪橋。俊逸語亦孟文獨有。

河傳一闋。本載花間。升庵錄之而有異辭。

河傳　太平天子。等閑遊戲。疏河千里。柳如絲。隈倚淥波春水。長淮風不起。如花殿脚三千女。爭雲雨。何處留人住。錦帆風。煙際紅。燒空。魂迷大業中。

按升庵詞林萬選載河傳太平天子一闋。注云。向逸姓氏。而而今花間集孫光憲內有此詞。而未有異說。想又是升庵所見之本。今不傳也。

生查子一闋。丁紹儀據之以校詞譜。

生查子　暖日策花驄。嚲鞚垂楊陌。芳草惹煙青。落絮隨風白。　誰家繡轂動香塵。隱映神仙客。狂煞玉鞭郎。咫尺音容隔。

丁紹儀聽秋聲館詞話云。生查子調。五代以後。多用四十字體。惟陳亞之詞係四十二字。或言記得約當歸。語氣已足。分明二字似衍。不知孫光憲魏承班詞。亦間作七字句。孫詞誰家二字。似不可少。其諷世人見利爭趨意。當於言外得之。

魏承班

魏承班。字里無考。其父弘夫。爲王建養子。賜姓名王宗弼。封齊王。承班爲駙馬都尉。官至太尉。

其詞花間集十五首。尊前集六首。全唐詩皆載之。王國維錄爲一卷。見唐五代二十一家詞輯中。

案全唐詩云○魏太尉詞二十首○細檢其詞○卽花間尊前之二十一首○王國維魏太尉詞跋云○歷代詩餘謂承班詞花間集載十三首○注云○云十五首誤○復從全唐詩補七首○共二十首○然其所載詞○實卽全唐詩之二十一首○

承班措語遣辭。多屬平淡嫻雅之作。花間之上中人物也。

元遺山云○魏承班詞○俱爲言情之作○大旨明淨○不更苦心刻意以競勝者○王國維云○其詞遜於薛昭蘊牛嶠○而高於毛文錫○

如菩薩蠻生查子可證。

菩薩蠻　羅裙薄薄秋波染。眉間畫得山兩點。相見綺筵時。深情暗共知。　翠翹雲鬢動。斂態彈金鳳。宴罷入蘭房。邀人解珮璫。

沈偶僧云。承班詞。較南唐諸公更淡而近。更寛而盡。人人喜效爲之。愚按相見綺筵時。深情暗共知。難話此時心。梁燕雙來去。亦爲弄姿無限。只是一腔摹出。（續見後）

生查子　煙雨晚晴天。零落花無語。難話此時心。梁燕雙來去。　琴韻對薰風。有恨和情撫。腸斷斷絃頻。淚滴黃金縷。

沈天羽云。遠近含吐。精魂生怯。

沈偶僧評雖話二句見前。

若玉樓春與滿宮花之收處。弄巧反拙矣。

玉樓春　寂寂畫堂梁上燕。高捲翠簾橫數扇。一庭春色惱人來。滿地落花紅幾片。　愁倚錦屏低雪面。淚滴繡羅金縷線。好天涼月盡傷心。爲是玉郎長不見。

滿宮花　雪霏霏。風凜凜。玉郎何處狂飲。醉時想得縱風流。羅帳香幃鴛寢。　春朝秋夜思君甚。愁見繡屏孤枕。少年何事負初心。淚滴縷金雙衽。

沈偶僧云。好天涼月盡傷心。寫甚玉郎長不見。少年何事負初心。淚滴縷金雙衽。有故意求盡之病。

然亦有尖刻而勝者。如訴衷情。其上品也。

訴衷情

銀漢雲情玉漏長。蛩聲悄畫堂。筠簟冷。碧窗涼。紅蠟淚飄香。 皓月瀉寒光。割人腸。那堪獨自步池塘。對鴛鴦。

雨村詞話云。詞非詩比。詩忌尖刻。詞則不然。魏承班訴衷情之皓月瀉寒光。割人腸。尖刻而不傷巧。詞至唐末初盛。已有此體。

至於漁歌子之窗外曉鶯句。且爲柳三變名句之所本焉。

爰園詞話云。柳詞佳句。楊柳岸曉風殘月。亦有本祖。魏承班漁歌子。窗外曉鶯殘月。第改二字增一字耳（彭羨門詞藻亦云）

按韋莊荷葉杯有云。惆悵曉鶯殘月。當是魏詞所本。

鹿虔扆

鹿虔扆。蜀人。字里無考。事孟昶爲永泰軍節度使。進檢校太尉。加太保。

十國春秋云。虔扆與歐陽炯韓琮閻選毛文錫等。俱工小詞。供奉後主。時人忌之者。號曰五鬼。

其詞見花間集者六首。見詞律者二首。

唐五代二十一家詞輯鹿太保詞跋云。其詞只存花間集所載六首。在五代各家中爲最少矣。

按詞律載上行盃草草離亭離棹逡巡二闋。作鹿虔扆作。紅友不知何據。查花間集此二闋載入孫光憲詞內。

臨江仙一闋。感慨悲歌。獨絕千古。

臨江仙　金鎖重門荒苑靜。綺窗愁對秋空。翠華一去寂無蹤。玉樓歌吹。聲斷已隨風。煙月不知事人改。夜闌還照深宮。藕花相向野塘中。暗傷亡國。淸露泣香紅。

樂府紀聞云。虔扆初讀書古祠。見畫壁有周公輔成王圖。期以此見志。國亡不仕。詞多感慨之音。

王靜安云。樂府紀聞所云。蓋指臨江仙而言之。然花間集輯於蜀廣政三年。首載此詞。此時後蜀未亡。若云傷前蜀。則虔扆固事昶矣。紀聞之言。實無所據。

倪瓚云。鹿公高節。偶爾寄情倚聲。而曲折盡變。有無限感慨淋漓處。

沈天羽云。周美成燕子不知何世。向尋常巷陌。人家相對。如說興亡斜陽裏。從煙月不知句變化出來。結句藕花泣露。傷感復傷感。又云。唐人此詞。前後第四句寧各少一字。

詞統云。花有嘆聲。史識之矣。

譚復堂云。哀悼感憤。

詞學通論云。鹿虔扆之泣露亡國。言為心聲。亦可得其大概矣。

張祥齡云。詞主譎諫。與詩同源。鹿虔扆之金鎖重門。所謂國風好色而不淫。小雅怨悱而不亂。此固有之。但不必如張皋文膠柱鼓瑟耳。

按子馥之論允矣。靜安之疑。微嫌多事。夫詩人感興。隨處皆然。慨歎興亡。古今同調。暗傷亡國。豈必身受而然哉。紀聞所云。自難保其非僞。諷喻比興之論。自古有之。無執可耳。

劉咸炘先生論詞韻語云。不識何人王武子。並驅虔扆繼中唐。注云。王之玉樓十二春寒惻。與鹿太保金鎖重門相類。渾妙似中唐。謝任伯儘君王不能及也。

又云。雕髓唐餘陷溺深。秀才太保獨高吟。詞家爭說花間豔。誰識梁州感慨音。注云。自陳大鴻以來。論詞者以花間爲正宗。以綺語爲本色。不知蜀中自有不以綺語長者。鹿太保臨江仙一首。故國情深。與歐陽炯詞之專工綺語歷仕三代者固不同矣。亦足以洗吾蜀人之恥也。

思越人一闋。辭熔句冶。鏤玉鐫金。

思越人　翠屏欹。銀燭背。漏殘淸夜迢迢。雙帶繡窠盤錦薦。淚侵花暗香銷。珊瑚枕膩鴉鬟亂。玉纖慵整雲散。苦是適來新夢見。離腸爭不千斷。

十國春秋云。虔扆思越人詞。有雙帶繡窠盤錦薦。淚侵花暗香銷之句。詞家推爲絕唱。

閻選

閻選。後蜀人。故布衣。字里無考。善小詞。時人稱爲閻處士。當爲未入仕者。

其詞花間集八闋。尊前集二闋。全唐詩悉載之。王靜安二十一家詞輯錄爲一卷。升庵詞林萬選選其杏園芳一闋。注云。花間集作尹鶚。不知升庵何據而作閻選。

選詞以臨江仙二闋爲最。全蜀藝文志亦選其一。茲錄之。

臨江仙　十二高峯天外寒。竹梢輕拂仙壇。寶衣行雨在雲端。畫簾深殿。香霧冷風殘。欲問楚王何處去。翠屏猶掩金鸞。啼猿明月照空灘。孤舟行客。驚夢亦艱難。

王靜安閻處士詞跋云。其詞惟臨江仙二首爲軒翥之意。餘尚不足與於作者也。
十國春秋閻處士傳云。選酷善小詞。有臨江仙詞云。畫簾深殿。香霧冷風殘。又云。猿啼明月照空灘。

虞美人亦佳。

虞美人　楚腰蠐領團香玉。鬢疊深深綠。月蛾星眼笑微頻。柳夭桃豔不勝春。晚粧勻。　水紋簟映青紗帳。霧罩秋波上。一枝嬌臥醉芙蓉。良霄不得與君同。恨忡忡。

沈天羽云。諸相具況。又平一枝嬌臥句云。好句同人也好。

按處士詞後人多謂其直率平淡而無蘊藉。然其八拍蠻之遇人推道不宜春。定風波之露迎珠顆入圓荷。自然入妙。未必文錫熙震輩克辦。若謂金門之酥融香透肉。浣溪沙之此生無路訪東鄰。未免傖父狂妄耳。

尹　鶚

尹鶚。成都人。事王衍爲翰林校書。累官參卿。

十國春秋前蜀本傳云。尹鶚。成都人。工詩詞。與賓貢李珣友善。珣波斯之種。鶚性滑稽。常作詩嘲之。珣名爲頓損。累官至翰林校書。周昂云。按花間集稱鶚爲參卿。是鶚累官不止校書也。

張玉田云。後唐尹鶚參卿。

按詞人姓氏錄及十國春秋均謂鶚事後蜀。玉田謂爲後唐人。苟非誤。即曾隨衍降唐耳。

其詞見花間集者六闋。見尊前集者十一闋。全唐詩皆載之。王靜安輯尹參卿詞一卷。

參卿詞。其情調不外歡歌膩語。別苦離愁。其意趣則淡雅幽閑。倩巧可愛。

張叔夏云。其詞以明淺動人。以簡淨成句。

如醉公子滿宮花臨江仙。其佳製也。

醉公子　暮煙籠蘚砌。戟門猶未閉。盡日醉尋春。歸來月滿身。　離鞍偎繡袂。墜巾花亂綴。何處惱佳人。檀痕衣上新。

詞苑叢談云。寫景之工者。如尹鶚盡日醉尋春。歸來月滿身。按彭孫遹詞統源流。沈雄柳塘詞話。賀裳詞筌。均如上云。惟沈說易首句爲寫景入神。賀說未加入神之句四字而已。徐氏應有所據。後人每詆其不註出處。此其例也。

滿宮花　月沈沈。人悄悄。一炷後庭香裊。風流帝子不歸來。滿地禁花慵埽。　離恨多。相見少。何處醉迷三島。漏清宮樹子規啼。愁鎖碧窗春曉。

當

按

臨江

。後

屏。

臨汀

。相

芳。

柳塘

蕭娘

。

秋夜月杏園芳二闋。論者稍有微辭。

秋夜月　三秋佳節。罥晴空。凝碎露。茱萸千結。菊蕊和烟。輕撚。酒浮金屑。徵雲雨。調絲竹。此時難輟。歡極。一片豔歌聲揭。　黃昏慵別。炷沉煙。熏繡被。翠帷同歇。醉並鴛鴦雙枕暖。煖偎春雪。語叮嚀。情委曲。論心正切。夜深。窗透數條斜月。

古今詞話云。秋夜月頗覺遒古。而非正賞之音。

杏園芳　嚴粧嫩臉花明。教人見了關情。含羞舉步越羅輕。稱娉婷。　終朝咫尺窺香閣。迢遙似隔層城。何時休遣夢相縈。入雲屏。

古今詞話云。杏園芳。正多頹唐之句。

柳塘詞話云。尹鶚杏園芳第二句。教人見了關情。末句何時休遣夢相縈。遂開柳屯田俳調。

金浮圖一闋。後人且疑其作者焉。

金浮圖　繁華地。王孫富貴。玳瑁筵開。下朝無事。壓紅裀鳳舞黃金翅。玉立纖腰。一片揭天歌吹。滿目綺羅珠翠。和風淡蕩。偷教沉檀氣。堪判醉。韶光正媚。折盡牡丹。豔迷人意。金張許史應難比。貪戀歡娛。不覺金烏墜。還惜會難別易。金船更勸。勒住花驄轡。

王靜安云。金浮圖一闋。至九十四字。五代詞。除唐莊宗歌頭外。以此爲最長。然頗疑是柳耆卿康伯可手筆也。

毛熙震

毛熙震。蜀人。官祕書監。字里無考。其詞見花間集者二十九首。全唐詩同。王國維錄爲一卷。

熙震詞。含意蘊藉。綴句淸新，非陳腐直率者可比。

齊東野語云。蜀人毛熙震集。止二十餘詞，中多新警而不爲儇薄。古今詞話云。毛文錫不及熙震。

按詞貴含蓄。不貴顯露。顯露則乏味矣。古今詞話所謂不及處。指此。

玆舉後庭花。浣溪紗。酒泉子。菩薩蠻。淸平樂。南歌子。女冠子。河滿子諸詞以證之。

後庭花 鶯啼燕語芳菲節。瑞庭花發。昔時懽宴歌聲揭。管絃清越。自從陵谷追遊歇。畫梁塵黦。傷心一片如珪月。閑鎖宮闕。

後庭花 輕盈舞妓含芳豔。競粧新臉。步搖珠翠修蛾斂。膩鬟雲染。歌聲慢發開檀點。繡衫斜掩。時將纖手勻紅臉。笑拈金靨。

後庭花 越羅小袖新香蒨。薄籠金釧。倚闌無語搖輕扇。半遮勻面。春殘日暖鶯嬌懶。滿庭花片。爭不教人長相見。畫堂深院。

王國維毛祕書詞跋云○齊東野語稱其詞新警而不爲儇薄○余猶愛其後庭花○不獨意勝○即以詞論○亦有篤上清越之致○視文錫蔑如也○

柳塘詞話云○其後庭花云○傷心一片如珪月○閒鎖宮闕○淸平樂之正是銷魂時候○東風滿院花飛○南歌子之嬌羞愛問曲中名○楊柳杏花時節○幾多情○試問今人弄筆○能出一頭地否○

按李寶琛絕妙詞鈔注○則改云○弄筆神化○當時頗能出一頭地○

花草蒙拾云○花間善用字法○最著意設色，異紋細豔○非後人纂組所及○如書梁塵蹴等句○山谷所謂古番錦者○其殆是歟○

浣溪紗　雲薄羅裙綬帶長。滿身新裛瑞龍香。翠鈿斜映豔梅妝。　伴不覷人空婉約。笑和嬌語太猖狂。忍教牽恨暗形相。

沈天羽云○說風騷○千載萬載○又云○可敵光憲○

浣溪紗　春暮黃鶯下砌前。水精簾影露珠懸。綺霞低映晚晴天。弱柳万條垂翠帶。殘紅滿地碎香鈿。蕙風飄蕩散輕煙。

鄭振鐸云。能細膩婉約以描出無人曾畫之景色。

浣溪沙　半醉凝情臥繡茵。睡容無力卸羅裙。玉籠鸚鵡厭聽聞。慵整落釵金翡翠。象梳欹鬢月生雲。錦屏綃幌麝煙薰。

浣溪沙　晚起紅房醉欲銷。綠鬟雲散裊金翹。雪香花語不勝嬌。好是向人柔弱處。玉纖時急繡裙腰。春心牽惹轉無憀。

柳塘詞話云。毛祕書詞。象梳欹鬢月生雲。玉纖時急繡裙腰。曉花微斂輕呵展。裊釵金燕軟。（酒泉子句）不止以濃豔見長也。卒章情致尤爲可愛。（菩薩蠻晚起紅房一闋）

酒泉子　鈿匣舞鸞。隱映豔紅脩碧。月梳斜。雲鬢膩。粉香寒。曉花微斂輕呵展。裊釵金燕軟。日初昇。簾半掩。對粧殘。

按柳塘詞話之說見前。

菩薩蠻　繡簾高軸臨塘看。雨翻荷芰真珠散。殘暑晚初涼。輕風渡水香。無憀悲往事。爭那牽情思。光影暗相催。等閒秋又來。

菩薩蠻　天含殘碧融春色。五陵薄倖無消息。盡日掩朱門。離愁暗斷魂。　鶯啼芳樹暖。燕拂迴塘滿。寂寞對屏山。相思醉夢間。

清平樂　春光欲暮。寂寞閑庭戶。粉蝶雙雙穿檻舞。簾捲晚天疎雨。　含愁獨倚閨幃。玉爐煙斷香微。正是銷魂時節。東風滿院花飛。

按柳塘詞話之說均見前。

按胡適詞選選上列第一第三兩首。

南歌子　遠山愁黛碧。橫波慢臉明。膩香紅玉茜羅輕。深院晚堂人靜。理銀箏。　鬢動行雲影。裙遮點屐聲。嬌羞愛問曲中名。楊柳杏花時節。幾多情。

沈天羽云。圓潤。又云。鎖處嬌孌。
按柳塘詞話之說見前。

女冠子　碧桃紅杏。遲日媚籠光影。綵霞深。香暖薰鶯語。風淸引鶴音。翠鬟冠玉葉。霓袖捧瑤琴。應共吹簫侶。暗相尋。

沈天羽云。神淸氣肅

河滿子　無語殘粧澹薄。含羞嚲袂輕盈。幾度香閨眠過曉。綺窗疎日微明。雲母帳中偷惜。水晶枕上初驚。笑靨嫩疑花拆。愁眉翠斂山橫。相望只教添悵恨。整鬟時見纖瓊。獨倚朱扉閑立。誰知別有深情。

沈天羽云。不解其所以而遐濶冲妙。

至其浣溪沙碧玉冠輕一闋。可作考證纏足之資料。

浣溪沙　碧玉冠輕裊燕釵。捧心無語步香堦。緩移弓底繡羅鞋。　暗想歡娛何計好。豈堪期約有時乖。日高深院正忘懷。

五代詩話引天錄識餘。前段詳述纏足之歷史。末段云。花間集毛熙震詞云。慢移弓底繡羅鞋。亦屢見於詩詠矣。

李　珣

李珣。字德潤。先世本波斯人。家於梓州。王衍昭儀李舜絃之兄也。入蜀爲秀才。嘗豫賓貢。其小詞爲王衍所賞。國亡。不仕。

有瓊瑤集一卷。今佚。

楊升庵刻花間集序云。成都李珣有瓊瑤集。蓋詩之外。詞自爲一集。

王靜安瓊瑤集跋云。其集至南宋尚存。王灼碧雞漫志所引珣倒排甘州河滿子長命女二闋。今宋人選本皆無之。是灼猶及見此書也。

劉毓盤云。光緒初。嘗見秀水杜氏所藏宋本李珣瓊瑤集。時予甫髫齡。未學爲詞。且主家矜惜甚。未敢請也。四十年來。不聞有議及者。恐失傳久矣。

按瓊瑤一集。與金荃同爲詞集之最早者。據升庵之說。明代尚存。至劉氏所云。則晚清猶在也。

珣詞今存者。僅花間集三十七闋。尊前集十七闋。王靜安輯爲一卷。見唐五代二十一家詞輯中。

按全唐詩亦載五十四闋。即王氏之所本。

其詞之風格。有異於花間諸人者。時而悲歌喟歎。時而瀟灑風流。故其詞不純以婉豔爲長者。

茅亭客話云。珣有詩名。其瓊瑤集多感慨之音。

况周頤云。李秀才詞清疏之筆。下開北宋人體格。

劉咸炘先生云。李珣德潤亦多念舊。傳詞甚多。而無纖麗之語。

漁歌子三闋。專寫山水田園之佳趣。名利塵埃。高節可風矣。

漁歌子　柳垂絲。花滿樹。鶯啼楚岸春天暮。棹輕舟。出深浦。緩唱漁歌歸去。　罷垂綸。還酌醑。孤村遙指雲遮處。下長汀。臨深渡。驚起一行沙鷺。

李調元雨村詞話云。世皆推張志和漁歌子詞。以西塞山前一首爲第一。余獨愛李珣棹輕舟。出深浦。緩唱漁歌歸去一首。不減斜風細雨不須歸也。

南鄉子描寫風土人情。亦屬尠覯之佳製。

南鄉子　登畫舸。泛清波。採蓮時唱採蓮歌。欄棹聲齊羅袖斂。池光颭。驚起沙鷗八九點。

南鄉子　雙髻墜。小眉彎。笑隨女伴下春山。玉纖遙指花深處。爭回顧。孔雀雙雙迎日舞。

按上二闋見尊前集。花間尊前共載李珣南鄉子十七闋。周密云。李珣歐陽炯輩俱蜀人。各製南鄉子數首。以誌風土。亦竹枝體也。王易詞曲史云。珣嘗至嶺南。集中南鄉子寫嶺南風土特工。

浣溪沙巫山一段雲等闋。後人頗稱譽之。

浣溪沙　入夏偏宜淡薄粧。越羅衣褪鬱金黃。翠鈿檀注助容光。相見無言還有恨。幾回判却又思量。月窗香逕夢悠颺。

浣溪沙　晚出閑庭看海棠。風流學得內家粧。小釵橫戴一枝芳。鏤玉梳斜雲鬢膩。縷金衣透雪肌香。暗思何事立殘陽。

浣溪沙　訪舊傷離欲斷魂。無因重見玉樓人。六街微雨鏤香塵。早爲不逢巫峽夢。那堪虛度錦江春。遇花傾酒莫辭頻。

浣溪沙　紅藕花香到檻頻。可堪閑憶似花人。舊歡如夢絕音塵。翠疊畫屏山隱隱。冷鋪紋簟水潾潾。斷魂何處一蟬新。

雨村詞話云。李珣工於浣溪沙詞。其詞類七言。須於一句中含無限神遠方妙。如入夏偏宜淺淡粧。又暗思何事立殘陽。又斷魂何處一蟬新。皆有不盡之意。至六街微雨鏤香塵。鏤字則尖新少隙矣。

十國春秋云。珣製浣溪沙詞。有早爲不逢巫峽夢。那堪虛度錦江春。詞家互相傳唱。

按吳氏所引二句。升庵詞品已標舉之。

沈天羽云。暗思何事立殘陽。清深無際。

巫山一段雲　古廟依青嶂。行宮枕碧流。水聲山色鎖粧樓。往事思悠悠。　雲雨朝還暮。煙花春復秋。啼猿何必近孤舟。行客自多愁。

沈大羽云○五代猶有昌黎高適岑參諸人詩○可愛○又云○宛行湘川廟所之下○又末二句云○飄脫○

按花間所載李珣巫山一段雲二闋○全蜀藝文志錄之○

黃叔暘云○唐詞多緣題所賦○臨江仙則言仙事○女冠子則述道情○河瀆神則咏祠廟○大概不失本題之意○爾後漸變○失題遠矣○如李珣此詞○實唐人本來詞體如此○

按德潤詞○內容極富○意者○受地域之影響特大故耳○波斯來蜀○跋涉萬里○政教風化○聞見必多○內容充實○固必然者也○予嘗論五代蜀國詞人曰○德潤事蹟○史乘略而難考○惟云由波斯來蜀而已○循其詞中○有騎象背人先過水○孔雀雙雙迎日舞○去向桄榔樹下立等句○按象也○孔雀也○桄榔也○皆熱帶之生物也○其爲波斯人也無疑○至如累云楚山○楚岸○湘水○三湘○三楚○瀟湘○楚天○巴楚等辭○亦可證其曾遊巴東兩湖等地○而載籍無據○中心時覺歉歉○今見王氏嶺南之說○始釋然也○然王說亦無依據○其亦據本詞而斷歟○姑識之以俟考○

李舜絃

李舜絃○梓州人○珣妹○王衍立爲昭儀○世所稱李舜絃夫人也○

十國春秋謂其酷有辭藻。

有宮詞鴛鴦瓦上一首。一云。盡日池邊一首。其小詞今不傳。

宮詞　鴛鴦瓦上忽然聲。晝寢宮娥夢裏驚。元是我王金彈子。海棠花下打流鶯。

宮詞　盡日池邊釣錦鱗。芰荷香裏暗銷魂。依稀縱有尋香餌。知是金鉤不肯吞。

黃休復茅亭客話云。詢妹舜絃。爲王衍昭儀。亦能詞。嘗作宮詞。有鴛鴦瓦上忽然聲句。後誤入花蕊夫人集中。

升庵詞品云。花蕊夫人集。蓋一百一首。本羨此首也。（指前首）

劉毓盤詞史云。不知此詞爲李玉簫作。其全首云。（指前首）昭儀亦有宮詞曰。（指後首）其小詞則不傳矣。

謝旡量中國婦女文學史云。鴛鴦一詞。李玉簫作。

按五代軼事云。玉簫爲蜀主衍宮人。能歌衍宮詞。一日。命之歌。則歌月華如水浸宮殿。有酒不醉眞癡人二句。但未言及鴛鴦句。蓋同爲衍宮人。記載易致混淆耳。

吳梅詞學通論云。蜀昭儀李氏等。單詞片語。不無可錄。

花蕊夫人徐氏

花蕊夫人徐氏。青城人。有才色。後蜀主孟昶册爲貴妃。升號慧妃。別號花蕊夫人。後隨昶降宋。以罪賜死。一云晉邸射死。

按後山詩話以爲費氏。鐵圍山叢談謂金城爲花蕊。而議論紛紛起矣。

吳虎臣云。僞蜀主孟昶。徐匡璋女拜貴妃。別號花蕊夫人。意花不足擬其色。似花蕊翾輕也。又升號慧妃。以號如其性也。陳无已以夫人姓費。誤矣。

按輟耕錄亦云。

太平清話云。後隨昶歸宋。十日召入宮後。要昶遂死。太祖憐其才而重之。嘗召入宮。賦蜀亡之詩云。君王城上樹降旗。妾在深宮那得知。十四萬人齊解甲。更無一個是男兒。後輸織室。不忘故主。以罪賜死。

鐵圍山叢談云。昌陵亦惑之。後爲晉邸射死。

140

況周頤云。聞見後錄。金城夫人得幸太祖。頗恃寵。太宗射殺之。鐵圍山叢談亦載此事。謂金城爲花蕊。而花蕊遂蒙不白之冤也。余謂花蕊才調冠時。非尋常不櫛者流。必無降志辱身之事。

幼能爲文。尤工詩詞。嘗倣王建作宮詞百首。爲時所稱。

湘由野錄云。王安國定蜀氏楚氏秦氏三家所獻書。於敝紙中得花蕊手寫詩。定者斥去之。安國乃口誦數篇與荊公。荊公在中書語及王禹相公。願得其本。於是盛行。

按花蕊宮詞刻本頗多。今坊間五家宮詞七家宮詞十家宮詞皆有之。

宮詞之外。尤工樂府。蜀亡入汴時。製采桑子書葭萌驛壁。書僅半闋。爲軍騎催行。後有人續成之者云。

采桑子　初離蜀道心將碎。離恨綿綿。春日如年。馬上時時聞杜鵑。　三千宮女皆花貌。妾最嬋娟。此去朝天。只恐君王龍愛偏。

能改齋漫錄云。王師下蜀。太祖聞其名。命別護送。途中作詞自解云云。

升庵詞品云。花蕊見後祖。猶作更無一個是男兒之詩。焉有隨昶行而書此敗節之語乎。續之者。不惟虛空架橋。而詞之鄙。亦狗尾續貂矣。

按雨村詞話略同。

蕙風詞話云。其詞後段。決非花蕊手筆。稍涉倚聲者能辨之。按郡齋讀書志云。花蕊夫人俘輸蠶室。以罪賜死。烏得有宋宮寵幸事。鄉於近錄叢談。所記互易。未定孰是孰非。及證以晁氏之說。始決知誤在叢談。而采桑子後段之誣。尤不辨自明。而花蕊之冤雪矣。

詞苑云。足愧鬚眉矣。

庾傳素

庾傳素。字里無考。事王建爲蜀州刺史。累官至左僕射同平章事。罷爲工部尚書。衍嗣立。加太子少保兼中書侍郎。後降唐。受刺史。其詞皆散亡。僅存木蘭花一闋。見尊前集。

木蘭花　木蘭紅豔多情態。不似凡花人不愛。移來孔雀檻邊栽。折向鳳凰釵上戴。是何芍藥爭風彩。自共牡丹長作對。若教爲女嫁東風。除却黃鶯難匹配。

按全詞詠題。不放鬆一句。頗得作法。惜格不高耳。

韓　琮

韓琮字里無考。孟昶時五鬼之一。工小詞。不傳。

升庵詞品云。毛文錫鹿虔扆歐陽炯韓琮閻選皆蜀人。事孟後主。有五鬼之號。俱工小詞。且見花間集。此集久不傳。正德初。余得之於昭覺寺僧。乃孟氏宣華宮故址也。後傳刻於南方云。

按今花間集無韓詞。然則用修所見之本。今不傳矣。

徐光溥

徐光溥。吳任臣十國春秋本傳云。蜀人也。博學善詩歌。時號睡相。坐以豔詞挑前蜀安泰長公主罷相云。詞令不傳。

趙崇祚

趙崇祚。後蜀人。字宏基。事孟昶爲衛尉少卿。編有花間集十卷。爲倚聲選集之最古者。猶文學總集之有昭明文選。詩集之有玉台新詠也。

四庫提要云。按蜀有趙崇韜爲中書令。廷隱之子。崇祚疑即其兄弟行也。詩餘體變自唐。而盛行於五代。自宋以後。體製益繁。選錄益衆。而溯源星宿。當以是集爲最古。唐末名家詞曲。俱賴以僅存。前有歐陽炯序。作於孟昶之廣政三年。乃晉高祖之天福五年也。後有陸游二跋。（四川通志亦云。）

詞史云。趙鍅十六家。以蜀人爲多。趙氏本蜀人。耳目所近。無可識者。
按花間集輯於廣政三年。其時詞人存者尙多。而詞多佚。雖尊前略載一二闋。
時遠無據。後人多疑其僞。然則趙氏之有功於蜀詞大矣。

蜀詞人評傳　五代　七十三

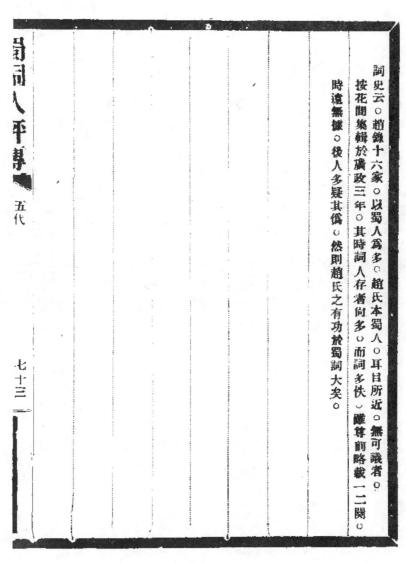

蜀詞人評傳中

瀘縣姜方錟編

宋代

詞之於宋。猶詩之於唐也。南北詞人蔚起。吾蜀亦未多讓。歐晏錚錚。尚難離花間範圍。至坡翁而一變。詞境於焉始大。雙白清空。辛劉豪放。實自東坡嚆矢。而倚聲家乃知不必覓詞料於綺羅香澤中矣。南遷宋祚。國事阽危。六州歌涕淚交流。賀新涼黍離興嘆。天下已治蜀未治。奚怪蜀人多慨哉。

蘇易簡

蜀詞人評傳

蘇易簡。字太簡。梓州銅山人。生於後周顯德五年。卒於宋至道二年。年三十九。宋太宗太平興國五年進士。覆試擢甲科第一。由知制誥入爲翰林學士。續唐李肇翰林志二卷以獻。太宗賜詩嘉之。淳化中參知政事。後以禮部侍郎出知陳州。有集。

按上錄據詞人姓氏錄。宋史亦云銅山人。但據永樂大典潼川志並郡縣志。皆曰易簡緜之鹽泉人。潼川有蘇門三君子。謂易簡與孫舜卿九世孫伯起也。此說甚是。

升菴詞品云。易簡有文集及文房四譜行於世。宋世蜀之大魁自蘇始。其後閬州三人。簡州四人。夔州一人。終宋三百年。得十六人。而陳氏許氏皆弟兄。可謂盛矣。

有越江吟一闋。見陳耀文花草粹編及楊用修百琲明珠

越江吟　非煙非霧瑤池宴。片片。碧桃冷落誰見。黃金殿。

蝦鬚半捲。天教散。　春雲和。孤竹清婉。入霄漢。紅顏醉態爛漫。金輿轉。霓旌影斷。簫聲遠。

續湘山野錄云。太宗酷愛琴曲十小詞。命近臣十人各探一調撰一詞。蘇翰林易簡探得越江吟。遂賦此詞。

升菴詞品云。蘇之詞。惟越江吟應制一首。見予所選百琲明珠。

柳塘詞話云。宋初以詞章早著名者梓州蘇易簡。作越江吟。載百琲明珠。蜀之大魁自此始。

詞林紀事云。按易簡越江吟詞云。神仙神仙瑤池宴。片片。碧桃零落春風晚。翠雲開處。隱隱金輿挽。玉麟背冷清風遠。與此不同。

聽秋聲館詞話云。蘇易簡越江吟。與東坡方回詞。句讀如一。惟起句少押一韻而已。詞律脫誰見二字。致分句參差。失註二韻。並誤春雲爲青雲。遂謂無可查考。而另以東坡詞爲瑤池宴。且易宴爲燕。又云三詞本一調。瑤池宴三字。即因易簡詞首句爲名。紅友分而二之。失考矣。詞僅五十一字。而叶十二韻。繁音促節。最不易塡。易簡不以工詞名。不謂倉卒應制之作。精穩乃爾。又按天教散作天香散。

詞人評傳

陳堯佐

詞人姓氏錄云。陳堯佐。字希元。閬中人。少師省華次子。生宋乾德元年。卒於慶歷四年。年八十二歲。少從种放讀書終南山。第進士。歷官同中書門下平章事。集賢殿大學士。以太子太師致仕。贈司空兼侍中。謚文惠。

其詞有踏莎行燕詞一闋。見歷代詩餘。

踏莎行　二社良辰。千家庭院。翩翩又見新來燕。鳳凰巢隱許爲隣。瀟湘烟暝來何晚。　亂入紅樓。低飛綠岸。畫梁時拂歌塵散。爲誰歸去爲誰來。主人恩重珠簾捲。

按散一作轉

湘山野錄云。皇祐中。呂申公乞致仕。仁宗詢之曰。卿退。何人可代。申公引陳文惠堯佐。仁宗深然之。遂大拜。後文惠極懷薦引之德。因撰燕詞一闋。攜觴相館。使人歌之云云。公聽歌大哭曰。有恨捲簾人已去。（按詞苑叢談作只恐捲簾人已老。又有一本作自。）文惠應曰（詞苑又於此處加但得公老於廊廟一句。）莫愁調鼎事無功。二公相推。何等蘊藉。

王　琪

宋史本傳云。王琪字君玉。華陽人。舉進士。調江都主簿。除館閣校勘集賢校理。歷官知制誥加樞密直學士。以禮部侍郎致仕。性孤介。不與時合。卒年七十二。葬於眞州。所製樂府。名謫仙長短句。僅望江南詞十闋。

苕溪漁隱叢話云。晏元獻赴杭。道過維揚。憩大明寺。瞑目徐行。使吏誦壁間詩版。戒勿言爵里姓名。終篇無幾。別誦一詩。問之。江都王琪也。召之同遊池上

○時春晚已有落花○元獻曰○每得句書壁○或彌年未嘗強對○且如無可奈何花落去○至今未有偶○琪應聲曰○似曾相識燕歸來○何如○元獻大喜○由此辟置館職

○陳輔之云○君玉有望江南詞十首○自謂謫仙○十闋中○以詠燕詠雨二闋爲壓卷○

望江南　江南燕○輕颺繡簾風○二月池塘新社過○六朝宮殿舊巢空○頡頏恣西東○王謝宅○曾入綺堂中○烟徑掠花飛遠遠○曉窗驚夢語匆匆○偏占杏園紅○

能改齋漫錄云○歐陽文忠愛王君玉燕詞云○烟徑掠花飛遠遠○曉窗驚夢語匆匆○

望江南　江南雨○風送滿長川○碧瓦烟昏沈柳岸○紅綃香潤入梅天○飄灑正瀟然○朝與暮○長在楚峯前○寒夜愁欹金

帶枕。春江深閉木蘭船。烟浪遠相連。

陳輔之云（荆公酷愛其紅綃香潤入梅天之句）

按君玉詞。竹垞詞綜亦選江南岸江南雨二闋。

楊繪

楊繪。字元素。漢州人。生於天聖五年。卒於元祐三年。六十二歲。皇祐初。進士第二人。官終天閣待制。知杭州。嘗居無爲山。號無爲子。東坡集中累見和楊元素詞。惜其原詞不見。

蘇舜卿

蘇舜卿。字子美。其先梓州人。家開封。易簡之孫。耆之子。舜元之弟也。生於大中祥符元年。卒於慶歷八年。年四十一。初以父蔭補太廟齋郎。調滎陽尉。景祐中。舉進士。官大理評事。范仲淹薦其才召試。擢集賢校理。監進奏院。爲王拱辰誣奏。坐用故紙錢除名。寓居吳中。買水石一區。作滄浪亭。以詩酒自放。後爲湖州長史卒。有滄浪集。

按子美宋史文苑本傳。謂爲梓州人。（四川通志綿州志同）

有水調歌頭詠滄浪亭一闋。歷代詩餘詞綜皆載之。

水調歌頭　瀟灑太湖岸。淡竚洞庭山。魚龍隱處。煙霧深鎖渺瀰間。方念陶朱張翰。忽有扁舟急槳。撇浪載鱸還。落日暴風雨。歸路遶汀灣。丈夫志。當景盛。恥疎閒。壯年何事憔悴。華髮改朱顏。擬借寒潭垂釣。又恐鷗鳥相猜。不肯傍青綸。刺棹穿蘆荻。無語看波瀾。

東軒筆錄云。蘇子美謫居吳中。欲遊丹陽。潘師旦深不欲其來。宣言於人。欲拒之。子美作水調歌頭。有擬借寒潭垂釣。又恐相猜鷗鳥。不肯傍青綸之句。蓋謂是也。

丁紹儀云　陶亮鄉詞綜補遺。間有未經校定者。如蘇舜卿水調歌頭云。魚龍隱處。隱作穩。

蘇　軾

蘇軾。字子瞻。號東坡居士。後人稱為坡翁。眉山三蘇之大蘇也。生於景祐三年。嘉祐二年進士。累除中書舍人。翰林學士。歷端明殿學士。禮部尚書。紹聖初。坐訕謗。安置惠州。徙昌化。

徽宗立。赦還。提舉玉局觀。建中靖國元年卒於常州。六十六歲。孝宗朝。贈太師。諡文忠。事詳宋史本傳及其弟子由所撰之墓誌銘。有東坡前後集。

兩村詞話云。今稱東坡爲坡翁。在宋時已然。沈端節克齋朝中措詞末句云。解道淺粧濃沫。從來惟有坡翁。

其詞集曰東坡樂府。有毛氏汲古閣本。王氏四印齋本。均二卷。以調序次。朱氏彊邨本。編年錄之。分爲三卷。獨十五家詞則取朱本。近人林大椿以朱刻之不易披閱。復以王本之體裁。參朱本之斠定爲單行本。共詞三百四十二闋。又從草堂詩餘正集補一闋。續集補五闋。

按草堂詩餘正集載東坡浣溪沙一闋○續集載點絳唇二闋○鷓鴣天木蘭花踏青遊各一闋○各本均未錄入○

毛子晉東坡樂府跋云○東坡詩文○不啻千億刻○獨長短句罕見○近有金陵本子○人爭喜其詳備○多濫入歐黃秦柳之作○今悉刪去○至其詞品之工拙○則魯直文潛端叔自有定評○

四川通志云○宋史藝文志載軾詞一卷○書錄解題則稱東坡詞二卷○此本乃毛晉所刻○後有晉跋云○得金陵刊本○凡混入黃晁秦柳之作○俱經芟去○然刊削尚有未盡者○如開卷陽關曲三首○已載入詩集中○乃贈李公擇絕句○其曰○以小秦王歌之者○乃唐人歌詩之法○宋代失傳○惟小秦王調近絕句○故借其聲律以歌之○非別有詞調之陽關曲也○

東坡詩文皆足名家○而詞亦自立門戶○蔚成大家○譽之者○超軼絕塵○毀之者○粗狂失律○而東坡之詞○無與於毀譽者也○

胡寅題周子諲酒邊詞云○詞至東坡○一洗綺羅香澤之態○擺脫綢繆宛轉之度○使人登高望遠○舉首高歌○而逸懷浩氣○超然乎塵垢之外○於是花間爲皁隸○而柳氏爲輿臺也○

按吳訥文章辨體亦云

蜀詞人評傳

元遺山自題樂府云。樂府以來，東坡爲第一，

俞彥爰園詞話云，子瞻詞，無一語著人間煙火，此自天籟天上一種，不必與少游易安輩較量體裁也。其豪放亦止大江東去一詞，何物袁綯，妄加品隲，後代奉爲美談，似欲以概子瞻生平，不知萬頃波濤，來自萬里，吞天浴日，古豪傑英爽都在，使屯田此際操觚，果可以楊柳外曉風殘月命句否。且柳詞亦只此佳句，餘皆未稱，而亦有本祖魏承班漁歌子簾外曉鶯殘月。第改二字增一字耳。

王半塘詞林考鑑稿本蘇軾條下云。北宋人詞，如潘逍遙之超逸，宋子京之華貴。歐陽之騷雅。柳屯田之廣博，晏小山之疎俊，秦太虛之婉約。張子野之流麗，黃文節之雋上，賀方回之醇肆，皆可模擬其彷彿。惟蘇文忠之清雄，敻乎軼塵絕迹，令人無從步趨，蓋霄壤相懸，寧止才華而已。其性情，其學問，其襟抱，舉非恒流所能夢見。詞家蘇辛並稱。其實辛猶人境也。蘇其殆仙乎。

白雨齋詞話云，人知東坡古詩古文，卓絕百代，不知東坡之詞，尤出詩文之右。蓋仿九品論字之例，東坡詩文，縱列上品，亦不過爲上之中下，（小注云，七言古。爲東坡擅長，然於清絕之中，雜以俚俗語，沈鬱處亦未能盡致。古文才氣縱横，而不免霸氣。總不及詞之超逸而忠厚也。）則繼爲上之上矣。此老生平第一絕詣，惜所傳不多也。

。陳師道后山詩話云。東坡以詩爲詞，如教坊雷大使舞，雖極天下之工，要非本色

158

案墨客揮犀亦云。

王直方詩話云。東坡嘗以小詞示无咎文潛曰。何如少游。二人皆對云。少游詩似小詞。先生小詞似詩。

按坡仙集外紀亦云。

李易安詞論云。蘇子瞻學際天人。作爲小歌詞。直如酌蠡水於大海。然皆句讀不葺之詩爾。又往往不協音律者何耶。

復齋漫錄載晁無咎云。東坡居士詞。人謂不諧音律。然橫放傑出。自是曲子中縛不住者。

皇甫牧玉匣記云。子瞻常自言生平有三不如人。謂著棋吃酒唱曲也。然三者亦何用如人。子瞻之詞雖工。而多不入腔。蓋不能唱曲故耳。

按遯齋閑覽亦云。

袁綯云。學士詞。須銅將軍。鐵綽板。唱大江東去。

蔡伯世云。子瞻辭勝乎情。

陸游老學菴筆記云。世言東坡不能歌。故所作樂府。多不協律。晁以道謂紹聖初。與東坡別於汴上。東坡酒酣。自歌陽關曲。則公非不能歌。但豪放不喜翦裁以就聲律耳。試取東坡諸詞歌之。曲終。覺天風海雨逼人。

詞曲史云。諸家對蘇評語。皆有不滿。實則詞既上承樂府。遠紹風騷。理宜不限一途。傳情萬態。况側素洩用。甚區分情。志動於中。則歌詠外發。豈可自小其域。而區區以婉約爲正哉。

劉鑑泉先生論詞絶句云。詩詞一理是深談。柔厚纖穠本不參。我願南人容諍友。莫將蘇學概滹南。箋云 金王若虛滹南詩話 推東坡爲第一。固是偏見。然其論詞曰。詩詞只是一理。不容異觀。自世之末作。習爲纖豔柔脆。以投流俗之好。高人勝士。亦或以是用勝。而日趨於委靡。遂謂其體當然。而不知流弊之至此也。此則不朽之論也。

要之詞至東坡。實一大轉關也。後世論詞。未有不及東坡者。或謂其大。或謂其高。或謂其清空。或謂其忠厚。豪宕之論。普遍之說也。韶秀之評。獨得之見也。

汪辛方常詩餘自序云。余於詞所愛喜者三人焉。蓋至東坡而一變。其豪妙之氣隱隱然流出言外。天然絶世。不假振作。

胡適詞選序云。十一世紀晚年。蘇東坡等。以絶頂之天才。採用新起詞體作新詩。從此而詞大變矣。東坡作詞。非必欲十五六女郎。嬝嬝婷婷。歌唱於紅氍毹上。但用一種新詩體。以作其新體詩。詞體至此。可以詠古。可以悼亡。可以談禪。可以言理。可以發議論。

胡微元天籟樓詞序云。詩餘者。古詩苗裔也。語其正。則南唐二主爲之祖。語其變。則眉山導其源。

遂子居詞話云。蘇之大。南宋諸老。何以尚茲。

詞學通論云。蘇軾則得其大。

張祥齡半篋秋詞敍錄云。辛劉之雄放。意在變風氣。亦其才祇如此。東坡不耐此苦。隨意爲之。其所自立者多。故不拘拘於詞中求生活。若夢窗詞外。莫可豎立。故殫心而爲之。是丹非朱。眼光未大。

劉熙載云　東坡具神仙出世之姿。方外白玉蟾諸家。惜未詣此。又云。東坡詞雄姿逸氣　高軼古人。又云。東坡詞。在當時鮮與同調。不獨秦七黃九別成兩派也。晁无咎坦易之懷。磊落之氣。差堪驂靳。然懸崖撒手處。无咎莫能追躡矣。

人間詞話云。東坡之曠在神。又云。昭明太子稱陶淵明詩。跌宕昭彰。獨超衆類。抑揚爽朗。莫之與京。詞中惜少此種氣象。惟東坡略得一二耳。

白雨齋詞話云。東坡詞。豪宕感激。忠厚纏綿。後人學之。徒形粗魯　故東坡詞不能學。亦不必學。又云。東坡詞。超然物外。別有天地。又云。東坡詞全是王道。又云。東坡。神品也亦仙品也。又云。詞有質過於文者。東坡是也。亦詞中之上乘也。又云。和婉中見忠厚易。超曠中見忠厚難。此坡仙所以獨絕千古也。

華亭宋尚木徵璧云。吾於宋詞得七人焉。曰子瞻。其詞放誕。

藝苑巵言云。長公壯而麗。

詞源云，東坡詞極雅麗舒徐，高出人表，周秦諸人所不能到。
周輝云。居士詞豈無去國懷鄉之感，殊覺哀而不傷。
周介存論詞雜著云。人賞東坡麤豪，吾賞東坡韶秀。韶秀是東坡佳處，麤豪則病也。又云，東坡每事俱不十分用力。古文書畫皆爾，詞亦爾。

蘇辛並稱。豪放同派也。

李長翁序古山樂府云，詩盛於唐，樂府盛於宋，諸賢名家不少。獨東坡稼軒傑作磊落倜儻之氣，溢出毫端，非雕脂鏤冰者所可彷彿。
藝概云，蘇辛皆至情至性人，故其詞瀟灑卓犖，悉出於溫柔敦厚，世或以粗獷託蘇辛，固宜有視蘇辛為別調者哉。又云，詞品喻諸詩。東坡稼軒，李杜也。又云蘇辛詞，似魏元成之嫵媚。
白雨齋詞話云，蘇辛並稱，然兩人絕不相似，魄力之大，蘇不如辛，氣體之高，辛不逮蘇遠矣。東坡詞寓意高遠。運筆空靈，措語忠厚。其獨至處，美成白石亦不能到。昔人謂東坡詞非正聲。此特拘於音調言之，而不究本源之所在，眼光如豆，不足與辯也。又云，蘇辛詞，後人不能摹倣，又云，東坡一派，無人能繼。又云，宋詞有不能學者，蘇辛是也。然蘇辛自是正聲，人苦學不到耳。又云。東坡心地光明磊落，忠愛根於性生，故詞極超曠，而意極和平。稼軒有吞吐八荒之慨，而機會不來，正則可以為郭李，為岳韓。變則即桓溫之流亞，故詞極豪雄

○而意極悲鬱○蘇辛兩家○各自不同○後人無東坡胸襟○又無稼軒氣概○漫爲規撫○適形粗鄙耳○又云○熟讀蘇辛詞○則才氣自旺○

人間詞話云○東坡之詞曠○稼軒之詞豪○無二人之胸襟而學其詞○猶東施之效捧心也○又云○讀東坡稼軒之詞○須觀其雅量高致○有伯夷柳下惠之風○白石雖似脫蟬塵埃○然終不免局促轅下○又云○蘇辛詞中之狂○

周介存宋四家詞選序云○蘇辛並稱○東坡天趣獨到處○殆成絕詣○而苦不經意完璧甚少○

蕙風詞話云○東坡稼軒○其秀在骨○其厚在神○初學看之○便得其粗率而已○其實二公不經意處是眞率○非麤率也○余今未敢學蘇辛也○

詞曲通義云○詞中之有豪放○詞境因以闊大○蘇軾辛棄疾作○多入詞之高境○而於詞之準則○深厚含蓄○初無背偭○

蓮子居詞話云○蘇辛並稱○辛之於蘇○猶詩中山谷之視東坡也○東坡之大○白石之高○殆不可以學而至○

蘇柳同論○雄婉異趣也○

吹劍錄云○東坡在玉堂日○有幕士善歌○因問我詞何如柳七○對曰○柳郎中詞○只合十七八女郎按紅牙板歌楊柳外曉風殘月○學士詞○須關西大漢執銅琵琶鐵綽

板唱大江東去。東坡爲之絕倒。

詞源云。詞不在大小深淺。貴於移情。曉風殘月。大江東云。體製雖殊。讀之皆若身歷其境。惝怳迷離。不能自主。文之至也

武唐柯煜序草堂絕妙好詞云。柳屯田之曉風殘月。蘇學士之亂石崩雲。世所共稱。

劉鑑泉先生論詞絕句云。高平婉澀本殊科。鐵板紅牙一樣和。絕妙好詞稱正統。如何擯置六州歌。箋云。介存分高平婉澀爲四調。然則大江東去與曉風殘月。固不容軒輊也。

白雨齋詞話云。蔡伯世云。子瞻辭勝乎情。耆卿情勝乎辭。辭情相稱者。惟少游而已。此論陋極。東坡之詞。純以情勝。情之至者詞亦至。只是情得其正。不似耆卿之喁喁兒女私情耳。論古人詞。不辨是非。不別邪正。妄爲褒貶。吾不謂然。又云。東坡少游。皆是情餘於詞。耆卿乃詞餘於情。解人自辨之。

藝概云。東坡與鮮于子駿書云。近卻頗作小詞。雖無柳七郎風味。亦自成一家。一似欲爲耆卿之詞而不能者，然坡嘗譏少游滿庭芳詞學柳七句法。則意可知矣。

花草蒙拾云。魯直云。東坡書挾海上風濤之氣。讀詞。當作如是觀。瑣瑣與柳七較錙銖。無乃爲髯翁所笑。

至若與太白齊觀。以其均皆絕境也。

藝概云。東坡詞。頗似老杜詩。以其無意不可入。無事不可言也。若其豪放之致。時與太白爲近。又云。太白憶秦娥。聲情悲壯。晚唐五代。惟趨婉麗。至東坡始能復古。後世論詞者。或轉以東坡爲變調。不知晚唐五代。乃變調也。

白雨齋詞話云。太白之詩。東坡之詞。可以敵之。又云。太白之詩。東坡之詞。皆是異樣出色。只是人不能學。烏得議其非正聲。

詞曲史云。坡詞高亮處。得詩中淵明之淸。太白之逸。老杜之渾。

其詞影響之大。近及蘇門諸子。遠開豪大一流。南宋之辛稼軒。金之元遺山。淸之吳梅邨。後人嘗有坡翁再世之論。

四庫提要云。詞自晚唐五代以來。以淸切婉麗爲宗。至柳永而一變。如詩家之有白居易。至軾而又一變。如詩家之有韓愈。遂開南宋辛棄疾等一派。尋源溯流。不能不謂之別格。然謂之不工則不可。故至今日。尚與花間一派並行。而不能偏廢。

蕙風詞話云。有宋熙豐間。詞學稱極盛。蘇長公提倡風雅。爲一代斗山。黃山谷秦少游晁无咎皆長公之客也。山谷无咎。皆工倚聲。體格於長公爲近。唯少游自闢蹊徑。卓然名家。蓋其天分高。故能抽祕騁妍於尋常擩染之外。而其所以契合長公者獨深。

碧鷄漫志云。黃晁二家詞。皆學坡公。得其七八。能改齋漫錄云。東坡長短句。無情汴水自東流。只載一船離恨向西州。張文潛用其意爲小詩云。亭亭畫舸繫春潭。只待行人酒半酣。不管煙波與風月。載將離恨過江南。王平甫嘗愛誦之。不知其出於東坡也。

東坡詞之絕妙者。屈指莫計。經後人評證者。亦磬竹難書。鄭大鶴東坡樂府批校本。滿紙朱黃。朱彊邨東坡樂府編年本。逐闋勘證。卽以沈天羽草堂詩餘評本考之。東坡詞亦多至六十四闋。故但舉其精中之精。妙中之妙者。窺其一斑而已矣。

龍沫勛輯錄大鶴山人詞話云。鄭叔問有東坡樂府批校本。。朱黃滿紙。具有精意。友人唐圭璋君方議彙刊詞話。屬爲搜輯遺帙。（見詞學季刊第一卷第三號。）

漁隱叢話云。後山詩話謂退之以文爲詩。子瞻以詩爲詞。如教坊雷大使之舞。雖極天下之工。要非本色。余謂後山之言。過矣。子瞻佳詞最多。其間傑出者。如大江東去赤壁詞。明月幾時有中秋詞。落日繡簾捲庭下水連空快哉亭詞。乳燕飛華屋初夏詞。明月如霜登燕子樓詞。楚山修竹如雲詠蝶詞。玉骨那愁瘴霧詠梅詞

○東武城南宴流杯亭詞○冰肌玉骨夏夜詞○有情風萬里送潮來別參寥子詞○缺月掛疏桐秋夜詞○霜降水痕收九日詞○諸詞皆絕去筆墨一蛙逕間○直造古人不到處○眞可使人一唱而三嘆○若謂以詩為詞○是大不然○子瞻自言平生不善唱曲○故間有不入腔處○非盡如此○後山乃比之教坊雷大使舞○是何比況愈下○蓋其謬也

大江東去一闋○豪邁千古○戶誦家吟○

念奴嬌 赤壁懷古　大江東去○浪淘盡○千古風流人物○故壘西邊人道是○三國周郎赤壁○亂石崩雲○驚濤裂岸○捲起千堆雪○江山如畫○一時多少豪傑○　遙想公瑾當年○小喬初嫁了○雄姿英發○羽扇綸巾談笑間○强虜灰飛烟滅○故國神游○多情應笑我○早生華髮○人間如夢○一尊還酹江月○

苕溪漁隱叢話云○東坡大江東去赤壁詞○語意高妙○眞古今絕唱○

按東坡詩話亦云○

藝苑巵言云○昔人謂銅將軍鐵綽板唱大江東去○爲詞家三昧○然學士此詞○亦自雄壯○感慨千古○果令銅將軍於大江奏之○必能使江波鼎沸○

沈天羽云○語語高妙閒冷○初不以英氣凌人○

詞藻云○東坡大江東去○有銅將軍鐵綽板之譏○此袁綯語也○後人遂奉爲美談○然僕謂東坡詞○自有橫槊氣○固是英雄本色○

按詞苑叢談亦云○

王壬父云○通首出韻○然自是豪語○不必以格律求之○與○舊作了○嫁了是嫁與他人也○故改之○

詞曲通誼云○東坡大江東去○表示詞中豪放一派○詞本以婉約爲主○但似此情致深厚○大氣磅礴排奡生動之篇○有之○適足以擴詞之境○若末流淺薄○面目失之叫囂○惡札見誚於人者○蘇辛原不負責也○

西河詞話云○酹江月○大江東去○則因東坡念奴嬌詞內有大江東去○一樽還酹江月二句○遂易是名○夫以詞中句而反易詞名○則詞亦偉矣○今人不知詞○動訛大江東去○彼亦知其詞如是偉耶○

張玉田云○卷起千堆雪○豪語也○

柴虎臣云○語事則赤壁周郎○可謂雅鬯○

黃蓼園云○大江二句○是自己與周郎俱在內也○故壘至灰飛烟滅句○俱就赤壁寫周郎之事○故國三句○是就周郎拍到自己○人生似夢二句總結○以應起二句○總

168

而言之○題是赤壁○心實爲巳而發○周郎是賓○自巳是主○借賓定主○寓主於賓○是主是賓○離奇變幻○細思方得其主意處○

四庫提要云○念奴嬌一首○朱彝尊詞綜據容齋隨筆所載黃庭堅手書本○改浪淘盡爲浪聲沈○多情應笑我早生華髮爲多情應是我笑生華髮○因謂浪淘盡三字於調不協○多情句應上四下五○然考升此調○如算無地○閬風頂○皆作仄平仄○豈可俱謂之不協○石孝友此調云○九重頻念此○袞衣華髮○周紫芝此調云○白頭應記得○尊前傾蓋○亦何嘗不作上五下四句乎○

毛稚黃云○東坡大江東去詞○故壘西邊○人道是三國周郎赤壁○論調則當於是字讀斷○論意則當於邊字讀斷○小喬初嫁了雄姿英發○論調則了字當屬下句○論意則了字當屬上句○多情應笑我早生華髮○我字亦然○文自爲文○歌自爲歌○然歌不礙文○文不礙歌○是坡公雄才自放處○他家間亦有之○亦詞家一法○

聽秋聲館詞話云○東坡赤壁懷古念奴嬌詞○盛傳千古○而平仄句調○都不合格○詞綜詳加辨正○從容齋隨筆所載山谷手寫本○較他本浪聲沈作浪淘盡○崩雲作穿空○掠岸作拍岸○雅俗迥殊○而僅孫吳作周郎重下公瑾而巳○惟談笑處作談笑間○人生作人間○尚誤○至小喬初嫁句○謂了字屬下句乃合○考宋人詞後段第二三句作上五下四者甚多○仄韵念奴嬌本不止一體○似不必比而同之○萬紅友詞律仍從坊本○以此詞爲別格○殊謬○

鄭叔問云○容齋隨筆詩詞改字一條○謂向巨源云○元不伐家有魯直所書東坡念奴

嬌。與今人歌不同者數處。如浪淘盡爲浪聲沈。周郎赤壁爲孫吳赤壁。穿空爲崩雲。拍岸爲掠岸。多情應笑我早生華髮。爲多情應是笑我生華髮。人生如夢爲如寄。不知此本何在也。案此從元祐雲間本。唯崩雲字與山谷所錄無異。汲古刊固作穿空拍岸。此又作裂岸。亦奇。愚謂他無足異。只多情應是句。當從魯直寫本校正。曩見陳伯弢齋頭有王壬老讀是詞改字。改了字爲與。伯弢極傾倒。余笑謂此正是湘綺不解詞格之證。卽以音調言。亦啞凰也。

水調歌頭卜算子賀新涼水龍吟四詞。最稱絕構。

白雨齋詞話云。詞至東坡。一洗綺羅香澤之態。寄慨無端。別有天地。水調歌頭卜算子（雁）賀新涼水龍吟諸篇。尤爲絕構。

水調歌頭 丙辰中秋歡飲達旦大醉作此篇懷子由

明月幾時有。把酒問青天。不知天上宮闕。今夕是何年。我欲乘風歸去。惟恐瓊樓玉宇。高處不勝寒。起舞弄清影。何似在人間。 轉朱閣。低綺戶。照無眠。不應有恨。何事長向別時圓。人有悲歡離合。月有陰晴圓缺。此事古難全。但願人長久。千里共嬋娟。

坡仙集外記云。蘇軾於中秋夜宿金山寺作水調歌頭寄子由。神宗讀至瓊樓玉宇二句。乃嘆曰。蘇軾終是愛君。即量移汝州。

漁隱叢話云。中秋詞自東坡水調歌頭一出。餘詞盡廢。

詞源云。詞以意爲主。不要蹈襲前人語意。如東坡水調歌頭。夏夜洞仙歌。皆清空中有意趣。無筆力者不易到。

复園詞話云。子瞻平生備歷危險。而神宗讀其瓊樓玉宇高處不勝寒句曰。蘇軾終是愛君。能令千古豔羨。

詞統云。明月幾時有一詞。畫家大斧皴。書家擘窠體也。

詞苑叢談云。蘇子瞻嘗自謂一生坎壈。而神宗讀其瓊樓玉宇高處不勝寒之句曰子瞻終是愛君。此等遭際。足令千古豔羨。豈止金蓮歸院爲一時奇遇耶。

七頌堂詞繹云。詞有與古詩同義者。瓊樓玉宇。天問之遺也。

黃蓼園云。愈轉愈曲。愈曲愈深。

沈天羽云。謫仙再來。高處不勝寒。軻氏一暴十寒之寒也。神宗讀而嘆曰。子瞻終是愛君。可謂悟矣。僅移汝州何哉。

藝概云。詞以不犯本位爲高。東坡滿庭芳。老君恩未報　空回首彈鋏悲歌　語誠慷慨。然不若水調歌頭我欲乘風歸去。又恐瓊樓玉宇。高處不勝寒　尤覺空靈蘊藉籍。

蓼子遠續詞選云。忠愛之言。惻然動人。神宗讀瓊樓玉宇高處不勝寒之句。以爲終是愛君。宜矣。

徐釚水雲樓詞序云。玉宇高寒。子瞻抒其忠愛。

王壬父云。通體妥帖。亦恰到好處。又改有恨作惹恨云。作有。則語意氣亂。又與下二有字犯。爲改一惹字。又許人有三句云。大開大合之筆。亦他人所不能。才子才子。勝詩文字多矣。

人間詞話下卷云。東坡之水調歌頭。則佇興之作。格高千古。不能以常調論也。

鄭叔問云。發端從太白仙心脫化。頓成奇異之筆。湘綺誦此詞。以爲全字韵。可當三語掾。自來未經人道。

柳塘詞話云。水調歌頭間有癈韵者。東坡明月詞。我欲乘風歸去。惟恐瓊樓玉宇。後段人有悲歡離合。月有陰晴圓缺。謂之偶然暗合則可。若以多者證之。則開之簒體家。未曾立法於斂也。

四庫提要云。趙彥衛雲麓漫鈔辨水調歌詞板本但願人長久句。眞跡顯作得。指爲妄改古書之失。然二字之工拙。皆相去不遠。前人著作。時有改定。何以定以眞跡爲斷乎。晉此刻不取洪趙之說。則深爲有見矣。

卜算子　缺月掛疏桐。漏斷人初定。時有幽人獨往來。縹緲孤鴻影。驚起却回頭。有恨無人省。揀盡寒枝不肯棲。寂寞沙洲冷。

黃山谷云。東坡道人在黃州作卜算子。語意高妙。似非喫煙火食人語。非胸中有數萬卷書。筆下無一點塵俗氣。孰能至此。

能改齋漫錄云。東坡先生謫居黃州作卜算子。其屬意蓋爲王氏女子也。讀者不能解。張右史文潛繼貶黃州。訪潘邠老。嘗得其詳題詩以誌之。空江月明魚龍眠。月中孤鴻影翩翩。有人清吟立江邊。葛巾藜杖眼窺天。夜冷月墮幽蟲泣。鴻影翹沙衣露濕。仙人采詩作步虛。玉皇飲之碧琳腴。

古今詞話引女紅餘志云。惠州溫氏女超超。年及笄。不肯字人。聞東坡至。喜曰。我壻也。日徘徊窗下。聽公吟咏。覺則亟去。東坡知之。乃曰。吾將呼王郎與子爲姻。及東坡渡海歸。超超已卒。葬於沙際。公因作卜算子。有揀盡寒枝不肯棲之句。按詞爲詠雁。當別有寄托。何得以情傳會也。

漁隱叢話云。揀盡寒枝不肯棲之句。或云鴻雁未嘗棲宿樹枝。惟在田野葦叢間。此亦語病也。此詞本詠秋景。至換頭但說鴻。如正賀新涼詞乳燕飛華屋。本詠夏景。至換頭但只說榴花。蓋其文章之妙。語意到處卽爲之。不可限以繩墨也。

曾豐知稼翁詞序云。蘇公文章妙天下。長短句特餘緒耳。猶有與道德合者。缺月疏桐一章、觸興於驚鴻。發乎情性也、收思於冷洲、歸乎禮義也。詞苑叢談引鮦陽居士云。缺月、刺明微也、漏斷、暗時也。幽人。不得志也。獨往來。無助也、驚鴻、賢人不安也。回首。愛君不忘也、無人省。居不察也、揀盡寒枝。不偷安於高位也。寂寞與江冷。非所安也、與考槃詩相似。

按張皐文詞選亦引上段云云。

花草蒙拾云、東坡孤鴻詞。山谷以爲非喫煙火食人語、良然。鮦陽居士云（見上條）。村夫子強作解事、令人欲嘔、韋蘇州滁州西澗詩、疊山亦以爲小人在朝。君子在野之象、令韋郎有知、豈不叫屈、僕嘗戲謂坡公命宮磨蝎。湖洲詩案、生前爲王珪舒亶輩所苦、身後又硬受此差排耶。

詞苑叢談云、東坡卜算子、山谷以爲不喫煙火食人語、詞學筌蹄強爲之解。皆未得其故。余藏入品藻中、昨讀野客叢書。又云東坡在惠州白鶴觀作。梨莊曰。此言亦非。似亦忌公者以此謗之、如塔下籤錢之類耳。小說紕繆。不足憑也。

黃蓼園云、此東坡自寫在黃州之寂寞耳、初從人說起、言如孤鴻之冷落。下專就鴻說、語語雙關、格奇而語雋、斯爲超詣神品、

譚復堂云、以考槃爲比、其言非河漢也、此亦鄙人所謂作者未必然、讀者何必不然。

人間詞話下卷云、固哉皐文之爲詞也、飛卿菩薩蠻、永叔蝶戀花。子瞻卜算子。皆興到之作、有何命意、皆被皐文深文羅織、阮亭謂坡翁命宮磨蝎、生前爲王珪

174

舒亶輩所苦。身後又硬受此差排。由今觀之。受差排者。獨一坡公而已耶。

鄭大鶴云。此亦有所感觸。不必附會溫都監女故事。自成馨逸。

楊用修云。東坡卜算子縹緲孤鴻影以下。皆說鴻。別一格也。

毛稚黃云。後段只說鴻雁。乃更覺意長。

沈天羽云。或以鴻雁未嘗棲宿樹枝。欲改作寒蘆。夫揀盡則不棲枝矣。子瞻不誤也。通篇無一點塵俗氣。又引舊俗聞云。趙右史親見東坡此詞墨蹟。是寂寞沙洲冷。宋儒解傳時事已成惡套。又批宋句云。崔信明詩與篇中不相應。作吳江冷。非。

按末句草堂本作楓落吳江冷。又注云。崔信明詩。楓落吳江冷。

丁紹儀云。卜算子詞。或謂有女窺窗而作。殆因溫都監女而附會之。亦不足信。一本靜作定。汀作洲。似不如人初靜與沙汀冷之善。有謂雁不樹宿。寒枝二字欠妥者。不知不肯枝棲。故有寂寞沙汀之慨。若作寒蘆。似失意旨。

賀新涼　乳燕飛華屋。悄無人。桐陰轉午。晚涼新浴。手弄生綃白團扇。扇手一時似玉。漸困倚孤眠清熟。簾外誰來推繡戶。枉教人夢斷瑤臺曲。又却是。風敲竹。石榴半吐紅巾蹙。待浮花浪蕊都盡。伴君幽獨。穠豔一枝細看取。芳心千重似束。又恐被秋風驚綠。若待得君來向此。花前對酒不忍觸。共粉淚。兩簌簌。

古今詞話云。子瞻守錢塘。有官妓秀蘭。天性黠慧。善於應對。一日湖中有宴會。羣妓畢集。惟秀蘭不至。督之良久方來。問其故。對以沐浴倦睡。忽聞叩戶甚急。起而問之。乃樂營將催督也。謹以實告。子瞻已恕之。坐中一倅怒其晚至。詰之不已。時榴花盛開。秀蘭折一枝。藉手告倅。倅愈怒。子瞻因作賀新涼令歌以送酒。倅怒頓止。子瞻之詞。皆紀前事。取其沐浴新涼也。後人不知。誤作賀新郎。蓋不得子瞻之意。子瞻眞所謂風流太守也。豈可與俗吏同日語哉。

漁隱叢話云。野哉楊湜之言也。眞可入笑林矣。東坡此詞。冠絕古今。托意高遠。寧爲一娼而發耶。簾外誰來推繡戶及又却是風敲竹等語。用唐人簾開風動竹疑是故人來。變化入妙。今乃云爲樂營將催督。可笑者一。石榴半吐紅巾蹙細看取芳心千重似束等句。因初夏時花事將闌。榴花獨吐。因以紅巾拂取。寫其幽閑之意。今乃云榴花盛開。折奉府倅。可笑者二。賀新郎。樂府舊調。今乃云取其新沐。後人訛爲賀新郎。此可笑者三。東坡此詞。不幸橫遭點汚。江左有文拙而好刻石者。譏之爲癡符。楊湜之類是也。

楊用修云。東坡賀新郎詞。後段石榴半吐紅巾蹙以下皆詠榴。別一格也，

沈大羽云，恍惚輕儇。又云。本詠夏景。至換頭單說榴花。高手作文。語意到處即爲之。不當限以繩墨也。榴花開。榴花謝。似芳心。共粉淚。想像詠物妙境。

論詞雜著云。東坡賀新涼。當筵命筆。冠絕一時。

毛稚黃云。前半泛寫。後半專敘。蓋宋詞人多此法。如子瞻賀新涼後段只說榴花。乃更覺意長。

黃蓼園云。末四句是花是人。婉曲纏綿。耐人情味不盡。

譚復堂云。頗欲與少陵佳人一篇互證。後半闋別開異境。南宗惟稼軒有之。變而近正。

四庫提要云。趙彥衛雲麓漫鈔辨賀新涼詞版本乳燕飛華屋句。眞蹟飛作棲。

爰園詞話云。子瞻推繡戶改窺繡戶。則善矣。

孟森讀書記云。東坡乳燕飛華屋一詞。楊湜詞話謂爲酒間召妓之作。若爾。豈不等於嚼蠟。

聽秋聲館詞話云。賀新郎調一百十六字。或名賀新涼。或名乳燕飛。均因東坡詞而起。其詞寄託深遠。與詠雁卜算子同比興。乃楊湜謂爲酒間召妓鋪敘實事之作。謬妄殊甚。詞計一百十五字。竊意若待得君來向此下直接花前對酒不忍觸。語氣未洽。必係花前上脫一字。雜韓淲詞此句亦僅七字。恐同一殘缺。非全本也。

其蕊字乃以上作平與兩欵欵句中額字。以入作平同。

水龍吟 次韻章質夫楊花詞　似花還似非花。也無人惜從教墜。拋家傍路。思量却似。無情有思。縈損柔腸。困酣嬌眼。欲開還閉。夢隨風萬里。尋郎去處。又還被鶯呼起。　不恨此花飛盡。恨西園落紅難綴。曉來雨過。遺蹤何在。一池萍碎。春色三分。二分塵土。一分流水。細看來。不是楊花點點。是離人淚。

東坡與章質夫書云。柳花詞絕妙。使來者何以措詞。本不敢繼作。又思公正柳花飛時出巡按坐想四子。閉門愁斷。故寫其意次韻一首寄去亦告不以示人也。

詩人玉屑云。章質夫詠楊花詞。東坡和之。晁叔用以爲東坡如毛嬙西施。淨洗脚面。與天下婦人鬭好。質夫未免啻澤。

詞源云。詞不宜強和人韻。故古人有三不和之說。東坡次章質夫楊花水龍吟韻。機鋒相摩。起句便合。讓東坡出一頭地。後片愈出愈奇。眞是壓倒古今。又云。

東坡詞如水龍吟詠楊花詠聞笛。又如過秦樓洞仙歌卜算子等作。皆清麗舒徐。高出人表。

曲洧舊聞云。東坡和章質夫楊花詞。若豪放不入律呂。徐而觀之。聲韵諧婉。便覺質夫詞有織繡工夫。

沈天羽云。想鋒沒石。又云。隨風萬里尋郎　悉楊花神魂。又云。使以將軍鐵綽板來唱大江東去。必至江波鼎沸。此詞更追柳妙處一塵矣。又云。讀他人文字。精靈尚在文字裏面。坡老只見精靈。不見文字。

藝苑卮言云。子瞻詠楊花水龍吟。慢進柳妙處一層。

雨村詞話云。宋初葉清臣。字道卿。有賀聖朝詞云。三分春色二分愁。更一分風雨。東坡水龍吟演爲長短句云。春色三分。二分塵土。一分流水。神意更遠。

藝概云。東坡水龍吟起句云。似花還似非花。此句可作全詞評語。蓋不離不即也。又云。鄰人之笛。懷舊者感之。斜谷之鈴。溺愛者悲之。東坡水龍吟和章質夫詠楊花云。細看來不是楊花。點點是離人淚。亦同此意。

鄭大鶴云。煞拍畫龍點睛。此亦詞中一格。

人間詞話云。東坡水龍吟咏楊花　和而似元唱。章質夫詞。原唱而似和韻。才之不可強也如是。又云。詠物之詞。自以東坡水龍吟爲最工。

詞學通論云。有直賦一物寄寓感喟者。如東坡水龍吟咏楊花。結構布局。最是匀稱。可以爲法。

王正又改鄰似為鄰是閑為殢云。是原作似。殢原作閑。草韻本是閑。牽就韻耳。殊不成語。故改之。

他若洞仙歌。蝶戀花。浣溪沙。八聲甘州。永遇樂。江城子。西江月。減字木蘭花。虞美人。哨遍。戚氏。荷花媚。青玉案。南鄉子。南歌子。臨江仙。卜算子。河滿子。諸詞。亦詞家津津樂道者。

洞仙歌　冰肌玉骨。自清涼無汗。水殿風來暗香滿。繡簾開。一點明月窺人。人未寢。攲枕釵橫鬢亂。　起來攜素手。庭戶無聲。時見疏星渡河漢。試問夜如何。夜已三更。金波淡。玉繩低轉。但屈指西風幾時來。又不道流年。暗中偷換。

花菴詞選云。公自序云。僕七歲時。見眉州老尼。姓朱。忘其名。年九十餘。自言嘗隨其師入蜀主孟昶宮中。一日大熱。主與花蕊夫人夜起。避暑摩訶池上。作一詞。朱具能記之。今四十年。朱已死久矣。人無知此詞者。獨記其首兩句。暇日尋味。豈洞仙歌令乎。乃爲足之云。

墨莊漫錄云。東坡作長短句洞仙歌。所謂冰肌玉骨。自清涼無汗者。公自敍云。予幼時見一老人。年九十餘。能言孟蜀主時事。云蜀主嘗與花蕊夫人夜起納涼摩訶池上。作洞仙歌令。老人能歌之。予今但記其首兩句。力爲足之。近有李公彥季成詩話。乃云楊元素作本事曲。記洞仙歌冰肌玉骨自清涼無汗。錢塘有老尼能誦後主詩首章兩句。後人爲足其意。以塡此詞。其說不同。予友陳興祖德昭云。頃見一詩話。亦題云。李季成作。乃全載孟蜀主一詩。冰肌玉骨淸無汗。水殿風來暗香滿。簾開明月獨窺人。敧枕釵橫雲鬢亂。三更庭院悄無聲。時見疎星度河漢。屈指西風幾時來。只恐流年暗中換。云東坡少年。遇美人喜洞仙歌。又邂逅處景色暗相似。故檃括稍協律以贈之也。予以謂此說近之。據此乃詩耳。而東坡自敍乃云。是洞仙歌令。蓋公以此敍自晦耳。洞仙歌腔出近世。五代及國初。皆未之有也。

詞綜云。蜀主孟昶。夜起避暑摩訶池上。作玉樓春云云。按蘇子瞻洞仙歌本檃括此詞。然未免反有點金之憾。

樂府餘論云。漁隱叢話曰。漫叟詩話云。楊元素作本事曲。記洞仙歌。錢塘一老尼能誦後主詩首章兩句○後人爲足其意以塡此詞○余嘗見一士人誦全篇云○(見前)東坡洞仙歌序云(見前)苕溪漁隱曰○漫叟詩話所載本事曲○云錢塘一老尼○能誦後主詩首章兩句○與東坡洞仙歌序全然不同○當以序爲正也○按叢話載漫叟詩話○而辯之甚備○則元素本事曲○仍是東坡詞○所謂見一士人誦全篇云云者○乃漫叟詩話之言○不出元素也○元素與東坡同時○先後知杭州○東坡是追憶幼時○詞當在杭足成之○元素至杭○聞歌此詞○未審爲東坡所足○事皆有之○東坡所見者蜀尼○故能記蜀宮詞○若錢塘尼○何自得聞之也○本事曲已誤○至所傳冰肌玉骨淸無汗一詞○不過隱括蘇詞○然刪去數虛字○語遂平直○了無意味○蓋宋自南渡○典籍散亡○小書雜出○眞僞互見○叢話多有別白○而竹垞詞綜○顧棄此錄彼○意欲變草堂之所選○然亦千慮之一失矣○

按歷代詩餘○詞苑叢談○均載漁隱叢話之說○

張叔夏云○東坡洞仙歌○淸空中有意趣○無筆力者不易到○

揮麈餘話云○孟蜀主詩○東坡先生度以爲詞○昔人不以盜襲爲非○

王壬父云○原本皆七言○以宜作詞○故加足成此○不必以續鳧斷鶴譏之○然原所謂疏星○卽此玉繩也○此則以爲流星○又有下三句○擬男不若擬女○信矣○

沈天羽云，淸越之音○解煩滌苛○又云○自高則誠琵琶記採入賞夏○遂覺耳熟○喜留得一點明月窺人句○初致未損○

鄭大鶴云○坡老改添此詞數字○誠覺氣象萬千○其聲亦如空山鳴泉○琴筑競奏○

雨村詞話云○蜀主孟昶冰肌玉骨一闋○本玉樓春調○蘇子瞻洞仙歌櫽括其詞○反爲添蛇足矣○詞綜謂爲點金○信然○

蝶戀花　花褪殘紅青杏小。燕子飛時。綠水人家遶。枝上柳綿吹又少。天涯何處無芳草。　牆裏秋千牆外道。牆外行人。牆裏佳人笑。笑漸不聞聲漸悄。多情却被無情惱。

瑯嬛記云○子瞻在惠州○與朝雲同坐○時青女初至○木落蕭蕭○悽然有悲秋之意○命朝雲把大白唱花褪殘紅○朝雲歌喉將轉○淚滿衣襟○子瞻詰其故○答曰○奴有所不能歌○是枝上柳綿吹又少○天涯何處無芳草也○子瞻翻然大笑曰○是吾正悲秋○而汝又傷春矣○遂罷○朝雲不久抱疾而亡○子瞻終身不復聽此詞○

沈天羽云○枝上二句○斷送朝雲○一聲河滿子○腸斷李延年○正若是耳○又云○人家遶句用繞字○若曉字○少着落○

王阮亭云○枝上柳綿○恐屯田緣情綺靡○未必能過○孰謂坡但解作大江東去耶○影直是軼倫絕羣○

黃蓼園云○後段奇情四溢○

詩人玉屑云○東坡蝶戀花詞○蓋行人多情○佳人無情耳○

王壬父云○此則逸思○非文人所宜○

絕妙詞鈔云○讀此詞○不禁油起婉轉綿麗之情調○而繪聲繪影之藝術手段○直是絕倫○

爰園詩話云○古人好詞○即一字未易彈○亦未易改○子瞻綠水人家遶○別本遶作曉○爲古今詞話所賞○愚謂遶字雖平○然是實景○曉字無皈依○

蝶戀花　春事闌珊芳草歇○客裏風光○又過清明節○小院黃昏人憶別○落紅處處聞啼鴂○　咫尺江山分楚越○目斷魂銷○應是音塵絕○夢破五更心欲折○角聲吹落梅花月○

王阮亭云○字字驚心動魄○祇爲一聲河滿子○下泉須弔孟才人○恐無此魂銷也○

沈天羽云○鳥啼花落○夢回月落○一境慘一境○

楊用修丹鉛總錄云○東坡春事闌珊芳草歇○或疑歇字是趁韻○非也○唐劉瑤詩○瑤草歇芳心○耿耿傳大女郎王貞詩○燕折鶯離芳草歇○皆有出處○一字不苟如此○

蝶戀花 送潘大臨　別酒勸君君一醉。清潤潘郎。又是何郎壻。記取釵頭新利市。莫將分付東鄰子。　回首長安佳麗地。三十年前。我是風流帥。爲向靑樓尋舊事。花枝缺處餘名字。

能改齋漫錄云。此東坡在黃州時送潘邠老赴省試作也。樂府餘論云。東坡才情極大。不爲時曲束縛。然漫錄所載蝶戀花送潘邠老詞。今集不載。按其詞恣褻何減耆卿。是東坡偶作以付餞席。使大雅。則歌者不易習。亦風會使然也。

浣溪紗　風壓輕雲貼水飛。乍晴池館燕爭泥。沈郎多病不勝衣。　沙上未聞鴻雁信。竹間時有鷓鴣啼。此情惟有落花知。

按此詞本集未載。沈天羽云。化腐爲新。又云。作李璟誤。

黃蓼園云。此作其在被謫時乎。首尾自喻。燕爭泥喻別人得意。沈郎。自比。末聞鴻雁。無佳信息也。鷓鴣啼。聲淒切也。通首悽惻。

浣溪沙　道字嬌訛語未成。未應春閣夢多情。朝來何事綠鬟傾。綵索身輕長趁燕。紅窗睡重不聞鶯。困人天氣近清明。

皺水軒詞筌云。蘇子瞻有銅琶鐵板之譏。然其浣溪紗春閨曰。綵索身輕常趁燕。紅窗睡重不聞鶯。如此風調。令十七八女郎歌之。豈在曉風殘月之下。

按彭孫遹詞藻亦云。

沈天羽云。首句欲生。又云。語一作苦。

浣溪紗　遊蘄水清泉寺寺臨蘭溪溪水西流　山下蘭芽短浸溪。松間沙路淨無泥。蕭蕭暮雨子規啼。誰道人生無再少。門前流水尚能西。休將白髮唱黃雞。

白雨齋詞話云。東坡浣溪紗云。誰道人生難再少。君看流水尚能西。休將白髮唱黃鷄。愈悲鬱。愈豪放。愈忠厚。令我神往。

八聲甘州 寄參寥子

有情風萬里卷潮來。無情送潮歸。問錢塘江上。西興浦口。幾度斜暉。不用思量今古。俯仰昔人非。誰似東坡老。白首忘機。　記取西湖西畔。正春山好處。空翠烟霏。算詩人相得。如我與君稀。約他年東還海道。願謝公雅志莫相違。西州路。不應回首。爲我沾衣。

沈天羽云。仰紙書去。亭亭無染。清漣出池。

黃蓼園云。豪宕。

陳亦峯評末七句云。寄依鬱於豪宕。坡老所以爲高。

鄭大鶴云。突兀雪山。卷地而來。眞似錢塘江上看潮時。添得此老胸中數萬甲兵。是何氣象雄且桀。妙在無一字豪宕。無一語險怪。又出以閒逸感喟之情。所謂骨重神寒。不食人間煙火氣者。詞境至此。觀止矣。又云。雲錦成章。天衣無縫。皆作從至情流出。不假熨貼之工。

苕溪漁隱云。晉書。謝安雖受朝寄。然東山之志。始末不渝。每形於言色。及鎮新城。盡室而行。造汎海之裝。欲須經略粗定。自海道還東。雅志未就。遂遇疾篤還都。尋薨。羊曇爲安所愛重。安薨后。輟樂彌年。行不由西州路。嘗因大醉。不覺至州門。左右白曰。此西州門也。曇悲感以馬策叩扉。誦曹子建詩曰。生存華屋處。零落歸山丘。因慟哭而去。東坡用此故事。若世俗之論。必以爲成讖矣。然其詞石刻后東坡題云。元祐六年三月六日。余以東坡年譜考之。元祐四年知杭州。六年召爲翰林學士承旨。則此詞蓋此時作也。自后復守潁。徙揚。入長禮曹。出帥定武。至紹聖元年。方南遷嶺表。建中靖國元年。北歸。至常。乃薨。凡十一載、則世俗成讖之論。果足信耶。

永遇樂 彭城夜宿燕子樓夢盼盼因作此詞

明月如霜。好風如水。清景無限。曲港跳魚。圓荷瀉露。寂寞無人見。紞如三鼓。鏗然一葉。黯黯夢雲驚斷。夜茫茫。重尋無處。覺來小園行徧。天涯倦客。山中歸路。望斷故園心眼。燕子樓空。佳人何在。空鎖樓中燕。古今如夢。何曾夢覺。但有舊歡新怨。異時對黃樓夜景。爲余浩歎。

曾敏行獨醒雜誌云。軾守徐州日。作燕子樓樂章。其稾初具。邏卒已聞張建封廟中有鬼歌之。其事荒誕不足信。然足見軾之詞曲。輿隸亦相傳誦。故造作是說也。

張玉田云。詞中用事要融化不澀。如東坡永遇樂云。燕子樓空。佳人何在。空鎖樓中燕。用張建封事。

沈大羽云，遠樓夢裏獨重　又云。燕子三句。見稱无咎。无咎可不覩其全篇。又評末數句云。惆悵激烈。

高齋詞話云。少遊問公近作。乃舉燕子樓空。佳人何在。空鎖樓中燕。晁无咎曰。只三句。便說盡張建封事。

七頌堂詞繹云。詞有與古詩同妙者。燕子樓空。佳人何在。空鎖樓中燕。卽平生少年之篇也。

鄭大鶴云。燕子樓未必可宿。盼盼更何必入夢。東坡居士斷不作此癡人說夢之題。亟宜改正。公以燕子樓空三句語秦淮海。殆以示詠古之超宕。貴神情不貴迹象也。余嘗深味是言。若覺興悟。昨賦吳小城觀梅水龍吟有句云。對此茫茫。何曾西子。能傾西顧。又水漂花出。無人見也。回闌遶。空儂右。自信得清空之致。郎從此詞悟得法門。以視舊詠與小城詞。竟有仙凡之判。

江城子　湖上與張先同賦

鳳凰山下雨初晴。水風清。晚霞明。一朵芙蕖。開過尚盈盈。何處飛來雙白鷺。如有意。慕娉婷。忽聞江上弄哀箏。苦含情。遣誰聽。煙斂雲收。依約是湘靈。欲待曲終尋問取。人不見。數峯青。

墨莊漫錄云。東坡在杭州。一日遊西湖。坐孤山竹閣前。臨湖亭上。時有二客皆服預裝。久之。湖心有一綵舟漸近亭前。靚粧數人。中有一人尤麗。方鼓箏。年且三十餘。風韻嫻雅。綽有態度。二客竟目送之。曲未終。翩然而逝。公戲作長短句云。

鄭大鶴云。宋袁文甕牖閒評記此詞爲劉貢父兄弟作。換頭處作忽聞江上起哀箏。此誤作江上。蓋後人因江上數峯青句而以意改之。不知此詞本事皆於湖上遇小舟。載佳人。自云。慕公十餘年。善箏。願當筵獻一曲。并賜以詞爲榮。詞中所詠。皆當時事也。

西江月 梅詠

玉骨那愁瘴霧。冰姿自有仙風。海仙時遣探芳叢。倒挂綠毛么鳳。　素面常嫌粉涴。洗粧不褪脣紅。高情已逐曉雲空。不與梨花同夢。

冷齋夜話云○東坡渡海○惟王氏隨行○日誦枝上柳綿二句○爲之流淚○病極猶不釋口、東坡作西江月悼之　又云○東坡在惠州作梅詞　時侍兒朝雲新亡○其寓意爲朝雲作也○

太平樂府云○東坡貶惠州日、晁以道見公詞有海仙時遣探芳叢、倒掛綠毛么鳳○便云　此老須過海○只爲古今人不能道及○應罰敎去○

漁隱叢話云○王直方詩話載晁以道云○（略同上條所云）此言鄙俚○近於忌人之長○幸人之禍○直方無識之詩話○寧不畏人之譏誚乎○

芥隱筆記云○東坡梅詞○不與梨花同夢○蓋用王建夢中梨花雲詩○

升菴詞品云○古今梅詞○以坡仙綠毛么鳳爲第一○

減字木蘭花 二月十五日夜與趙德麟小酌聚星堂

春庭月午。搖蕩香醪光欲舞。步

轉迴廊。半落梅花婉娩香。 輕雲薄霧。總是少年行樂處。不似秋光。只與離人照斷腸。

後山詩話云。蘇公居潁。春庭對月。王夫人曰。春月可喜。秋月使人愁耳。公謂前未及也。遂作詞曰。不似秋光。只與離人照斷腸。而老杜詩云。秋月解傷神。語簡而益工也。

侯鯖錄云。東坡在汝陰初。春庭梅盛開。月色鮮霽。王夫人曰。春月色勝如秋月色。秋月令人慘悽。春月令人和悅。何不招趙德麟輩來飲花下。坡喜曰。誰謂夫人不能詩。此眞詩家語也。子誠知言。卽召客飲。作減字木蘭花。

減字木蘭花 鄭莊好客。容我尊前先墮幘。落筆生風。籍籍聲名不負公。 高山白早。瑩骨冰膚那解老。從此南徐。良夜淸風月滿湖。

東皐雜錄云。東坡自錢塘被召。過京口。林子中作郡守。有宴會。座中營妓出牒。鄭容求落籍。高瑩求從良。子中命呈牒東坡。坡索筆題此詞。

捫蝨新話云○東坡集中○有減字木蘭花詞○人多不曉其意○或云○坡昔寓京口○官妓鄭容高瑩二人侍宴○坡喜之○二妓間請於坡○欲爲脫籍○坡許之○而終不爲言○及別○二妓之船所懸之○坡曰○爾但持我此詞以往○太守一見便知其意○蓋見鄭容落籍高瑩從良八字也○此老眞爾狡獪耶○

虞美人　波聲拍枕長淮曉○隙月窺人小○無情汴水自東流○只載一船離恨向西州○　竹溪花浦曾同醉○酒味多於淚○誰教風鑑在塵埃○醞造一場煩惱送人來○

冷齋夜話云○東坡初未識少游○少游聞其過維揚○作坡筆語題壁於一山寺中○東坡果不能辨○大驚○及見孫莘老○出少游詩詞數十篇讀之○乃嘆曰○向書壁者○定此郎也○後與少游維揚飲別○作虞美人詞○世傳爲賀方回作○山谷云○大觀中○見其親筆○醉墨超脫○氣壓王子敬○蓋東坡詞也○

沈天羽云○只載句與載取愁歸同妙　酒多於淚○意進一層○

黃蓼園云○亦壯麗○

虞美人　持杯遙勸天邊月○願月圓無缺○持杯更復勸花枝○

且願花枝長在莫離披。持杯月下花前醉。休問榮枯事。此歡能有幾人知。對酒逢花不飲待何時。

沈天羽云。道氏曲。佛氏讚。又云。奇於勸字願字。

柳塘詞話云。歐陽公之把酒祝東風。且共從容。與東坡虞美人云。持杯遙勸天邊月。願月圓無缺。同一意致。

哨遍

為米折腰。因酒棄家。口體交相累。歸去來。誰不遣君歸。覺從前皆非今是。露未晞。征夫指予歸路。門前笑語喧童稚。嗟舊菊都荒。新松暗老。吾年今已如此。但小窗容膝閉柴扉。策杖看孤雲暮鴻飛。雲出無心。鳥倦知還。本非有意。　噫。歸去來兮。我今忘我兼忘世。親戚無浪語。琴書中有真味。步翠麓崎嶇。泛溪窈窕。涓涓暗谷流春水。觀草木欣榮。幽人自感。吾生行且休矣。念寓形宇內復幾時。不自覺皇皇欲何之。委吾心。去留誰計。神仙知在何處。富貴非吾志。但知臨水登山嘯咏。自引壺觴自醉。此生天命更何疑。且乘流遇坎還止。

東坡自序云。陶淵明賦歸去來。有其詞而無其聲。余既治東坡。築雪堂於上。人俱笑其陋。獨鄱陽董毅夫過而悅之。有卜鄰之意。乃取歸去來詞。稍加檃括。使就聲律。以遺毅夫。使家僮歌之。時相從於東坡。釋耒而和之。扣牛角而為之節。不亦樂乎。

坡仙集外記云。東坡在儋耳。常負大瓢。行歌田間。所歌皆哨遍也。一日遇一嫗謂坡曰。學士昔日富貴。一場春夢耳。因呼為春夢婆。

張玉田云。哨遍一曲。檃括歸去來辭。更是精妙。周秦諸人所不能到。

本事紀云。東坡隱括歸去來辭。固是詞家好手。

沈天羽云。誰不道君歸。棒喝。又云。檃括渾似東坡特作者。又云。詩變而爲騷。騷變而爲詞。皆可歌也。淵明以賦爲詞。故東坡方然。又云。後山詩話謂東坡以詩爲詞。如教坊雷大使之舞。雖極天下之工。要非本色。不知東坡自云平生不善唱曲。間有不入腔處。非盡如此。觀此則東坡又善唱矣。後山何比況之卜耶。

詞筌云。東坡檃括歸去來辭。山谷檃括醉翁亭記。皆墮惡趣。天下事爲名人所壞者正自不少。

聽秋聲館詞話云。東坡集載哨遍二闋。一檃括歸去來辭。一賦春宴。雖兩詞平仄句讀均有出入。而字數則同。此調宋以後作者絕少。

戚氏

玉龜山。東皇靈媲統羣仙。絳闕岧嶢。翠房深迥。倚霏煙。幽閒。志蕭然。金城千里鎖嬋娟。當時穆滿巡狩。翠華曾到海西邊。風露明霽。鯨波極目。勢浮輿蓋方圓。正迢迢麗日。玄圃清寂。瓊草芊綿。爭解繡勒香韉。鸞輅駐蹕。八馬戲芝田。瑤池近畫樓隱隱。翠鳥翩翩。肆華筵。間作脆管

鳴絃。宛若帝所鈞天。穉顏皓齒。綠髮方瞳。圓極恬淡高妍。命雙

盡倒瓊壺酒。獻金鼎藥。固大椿年。縹緲飛瓊妙舞。命雙成奏曲醉留連。雲璈韻響瀉寒泉。浩歌暢飲。斜月低河漢。漸漸綺霞。天際紅深淺。動歸思。迴首塵寰。爛漫遊玉輦東還。杏花風數里響鳴鞭。望長安路。依稀柳色。翠點春妍。

詞苑云。元祐末。東坡自禮部尚書帥定州。官妓因宴索公爲戚氏詞。公方與客論穆天子事。頗訝其虛誕。遂逨筆應之。隨聲隨寫。歌竟編就。才點定五六字。座中隨聲擊節。終席不聞他語。又引梁溪漫志云。程子山舍人跋東坡滿庭芳詞云。予聞之蘇仲虎云。一日。有傳此詞以爲先生作。東坡笑曰。吾文章肯以藻繪一香篆繫乎。然觀閒入書堂列是風光及十指露之語。誠非先生所云。子山之說。固人所共曉。予嘗怪李端叔謂東坡在中山。歌者欲試東坡倉卒之才。(中略)此等鄙俚猥俗之詞。殆是教坊倡優所爲。雖東坡竈下老婢。亦不作此語。而顧稱譽若此。豈果端叔之言耶。恐疑誤後人。是不可以不辯。

蜀詞人評傳　宋代　二十六

按李端叔有云。東坡御風騎氣。下筆眞神仙語。

全蜀藝文志云。此詞始終指意。言周穆王賓於西王母之事。又云。眉山舊有石刻。今亡。

劉克莊跋劉叔安感秋八詞云。坡公戚氏等作。以長而工也。

荷花媚　霞苞電荷碧。天然地。別是風流標格。重重青蓋下。千嬌照水。好紅紅白白。　每悵望。明月清風夜。甚低迷不語。妖邪無力。終須放船兒去。清香深處住。看伊顏色。

藝概云。東坡定風波云。尙餘孤瘦雪霜姿。荷花媚云。天然地。別是風流標格。雪霜姿。風流標格。學坡詞者。便可從此領取。

雨村詞話云。東坡荷花媚詞有句云。妖邪無力。按妖應作夭。音歪。出白樂天長慶集詩自註。今俱作妖。刻誤矣。

青玉案　和賀方回韻送伯固歸吳中　三年枕上吳中路。遣黃耳隨君去。若到松江呼小渡。莫驚鴛鷺。四橋盡是。老子經行處。輞川圖上看春暮。常記高人右丞句。作箇歸期天已許。春衫猶是。小蠻針線。曾溼西湖雨。

蕙風詞話云：東坡青玉案歇拍云：作歸期天已許，春衫猶是，小蠻針線，曾溼西湖雨。上三句未爲甚豔，曾溼西湖雨，是清語，非豔語。與上三句相連屬，遂成奇豔絕豔，令人愛不忍釋。坡公天仙化人，此等詞猶爲非其至者，後學未易撫仿其萬一。

徐珂云：按朱竹垞采人詞綜，作姚進道。

南鄉子

冰雪透香肌。姑射仙人不似伊。濯錦江頭新樣錦。非宜。故著尋常淡薄衣。　暖日下重幃。春睡香凝索起遲。曼倩風流緣底事。當時。愛被西真喚作兒。

雨村詞話云：人謂東坡長短句不工媚詞，少諧音律，非也。特才大不肯受束縛而已。然間作媚詞，卻洗盡鉛華，非少游女孃語所及。如有感南鄉子詞，喚作兒云字。出之先生筆。却如此大雅。

南鄉子　悵望送春杯杜牧。漸老逢春能幾回杜甫。花滿楚城愁遠別許渾。傷懷。何況清絲急管催劉禹錫。　吟斷望鄉臺李商隱。萬里歸心獨上來許渾。景物登臨閒始見杜牧。徘徊。一寸相思一寸灰李商隱。

按南鄉子集句二闋。茲錄其一。沈天羽云。二詞過鐵堪鑄。不露一痕。又云。是詞非詩而實詩。尊詩貶詞者合作何解。

沈偶僧云。蘇長公南鄉子集句。詞則佳矣。但取其義之脗合。不求其句之對切也。律陶集杜。自昔已然。止用七言五言也。即調中對句結句之工巧。或出人意表。若內用二字三字四字。當對切之於何人。而註爲某某句乎。

南歌子　師唱誰家曲。宗風嗣阿誰。借君拍板與門搥。我也逢場作戲莫相疑。　溪女方偷眼。山僧莫眨眉。卻愁彌勒下生遲。不見老婆三五少年時。

冷齋夜話云。東坡攜妓謁大通禪師。大通慍色。坡作長短句云（卽上詞）。借仲殊和云。解舞淸平曲。而今說向誰。紅爐片雪上鉗鎚。打就金毛獅子也堪疑。已信身如夢。何須眼似眉。蟠桃已是結花遲。不向風前一笑待何時。

臨江仙　細馬遠馱雙侍女。青巾玉帶紅鞾。溪山好處便爲家。誰知巴峽路。卻見洛城花。　面旋落英飛玉蕊。人間春日初斜。十年不見紫雲車。龍丘新洞府。鉛鼎養丹砂。

漁隱叢話云。東坡云。龍丘子自洛之蜀。載二侍女。戎裝駿馬。至溪山佳處。輒留數日。見者以爲異人。後十年。築室黃岡之北。號靜菴居士。作臨江仙贈之云。龍丘子。卽陳季常也。

鄭大鶴云。詞句亦飄飄欲仙。

卜算子　蜀客到江南。長憶吳山好。吳蜀風流自古同。歸去應須早。還與去年人。共藉西湖草。莫惜尊前仔細看。應是容顏老。

河滿子 湖州寄南守馮當世　見說岷峨悽愴。旋聞江漢澄清。但覺秋來歸夢好。西南自有長城。東府三人最少。西山八國初平。莫負花溪縱賞。何妨藥市微行。試問當壚人在否。空教是處聞名。唱著子淵新曲。應須分外含情。

補續全蜀藝文志云　東坡詞雄海內。其憶故鄉者二首（引上二詞）

至於名句之多。創格之奇。用字之妙。隸事之洽者。未可一二數也。

藝苑卮言云。子瞻與誰同坐。明月清風我。明月幾時有。把酒問青天。快語也。大江東去。浪淘盡千古風流人物。壯語也。杏花疎影裏。吹笛到天明（陳與義臨江仙）。又高情已逐曉雲空。不與梨花同夢。爽語也。其詞濃與淡之間也。

按彭孫遹詞藻亦云。

詞評云。東坡極不能作麗語。而亦有之。如綵索身輕常趁燕。紅窗睡重不聞鶯。勝人百倍。

藝概云。詞有尙風。有尙骨。歐公朝中措云。手種堂前楊柳．別來幾度春風。東坡雨中花慢云。高會聊追短景。清商不假餘妍。孰風孰骨可辨。

漁隱叢話云。東坡回首斜陽暮。可法也。

傳汝楫云。回文逐句者。自東坡晦庵始也。

詞苑叢談云。隙月窺人小。又天涯一點青山小。又一夜青山老。俱妙在押字。乍雨乍晴天易老。却不在押字而在乍字。

雨村詞話云。詞非詩比。詩忌尖刻。詞則不然。東坡剗愁還有劍鋩山。巧矣。以之入詩。終嫌尖削。

聞見後錄云。東坡爲董毅夫作長短句。文君壻知否。笑君卑辱。奇語也。文君壻猶虞姬壻云。今刻本者不知。有自改文君細知否。可笑耳。

詞人傳

漫叟詩話云。東坡詞善用事。覼而切當。如其賀人洗兒詞云。犀錢玉果。利市平分霑四座。深愧無功。此事如何到得儂。按南唐宮中賜洗兒果。有臣謝云。猥蒙寵數。深愧無功。李主曰。此事卿安得有功。

柳塘詞話云。蘇長公爲游戲之聖。其贈舞鬟云。春入腰支金縷細。輕柔。種柳應須柳柳州。蓋柳州用呂溫嘲宗元詩。柳州刺史種柳柳江邊也。王阮亭云。牛衣古柳賣黃瓜。非坡仙無此胸次。

蘇轍

蘇轍字子由。眉山人。老泉之子。東坡之弟也。生於寶元二年。卒於政和二年。年七十四。宋史有傳。載其生平事蹟甚詳。

詞人姓氏錄云。子由年十九。與兄軾同登進士科。又同策制舉。以直言置下等。授商州軍事推官。神宗立。上書召對。爲三司條例司屬官。以忤王安石徙他職。後坐兄軾詩禍。謫監筠州鹽酒稅。移知績溪縣。哲宗即位。召入。元祐初。爲右司諫。遷起居郎中書舍人。代軾爲翰林學士。尋權吏部尚書。使契丹。還爲御史中丞。尋拜尚書右丞。進門下侍郎。以直諫落職。知汝州。再謫袁州。未至。降秩。試少府監分司南京筠州居住。又謫化州別駕。雷州安置移循州。徽宗朝。徙永州，岳州。已而復大中大夫奉祠。蔡京當國。又降居許州。致仕。自號潁濱遺老。卒追復端明殿學士。淳熙中。諡文定。有欒城集。

其詞有水調歌頭一闋。見東坡樂府。

水調歌頭　離別一何久。七度過中秋。去年東武今夕。明月不勝愁。豈意彭城山下。同泛清河古汴。船上載涼州。鼓吹助清賞。鴻雁起汀洲。　坐中客。翠羽帔。紫綺裘。素娥無賴。西去曾不爲人留。今夜清樽對客。明夜孤帆水驛。依舊照離憂。但恐同王粲。相對永登樓。

朱古微云。案此調爲子由原作。元本毛本。題固甚明。王案於題首增與字、遂目爲坡公自作。不知公詞敍。固謂子由作此曲以別也。

案東坡和詞。見東坡樂府。皆用原韻。又此詞帔字。毛本作被。

又有漁家傲一闋。見聽秋聲館詞話。

漁家傲　七十餘年真一夢。朝來壽斝兒孫奉。憂患已空無復痛。心不動。此間自有千鈞重。　早歲文章供世用。中年禪味疑天縱。石塔成時無一縫。誰與共。人間天上隨他送。

丁紹儀云。即以詞論。亦工於杜韓。

李邦直

補續全蜀藝文志云。李邦直與東坡同時。有小詞一首。升菴詞品謂爲東坡所稱。

楊花落。燕子橫穿朱閣。苦恨春醪如水薄。閒愁無處着。

綠野帶江山落角。桃杏參差殘萼。歷歷危檣沙外泊。東風晚來惡。

按此詞未注調名。查詞律。較之謁金門下闋首句多一字。平仄亦差無幾。疑卽此調也。

又按東坡詞有殢人嬌戲邦直一詞。必其友也。

劉涇

劉涇。字巨濟。簡州人。舉進士。元符末。官至職方郎中。有前溪集五卷。

晁公武郡齋讀書志載劉巨濟文有前溪集五卷云。皇朝劉涇字巨濟。蜀人。終於太學博士。爲文奇怪。

詞人姓氏錄云。王安石薦其才。召見。除經義所檢討。遷太學博士。後官至職方郎中。有前溪集五卷。

按詞綜云。巨濟有前後集。疑後字與溪字形近而誤。鄭振鐸不考。其中國文學史中世卷第三編亦云前後集。

巨濟詞有清平樂夏初臨聲聲慢各一首。減字木蘭花二首。

清平樂　深沈院宇。枕簟清無暑。睡起花陰初轉午。一霎飛雲過雨。雨餘隱隱殘雷。夕陽却照庭槐。莫把珠簾垂下。妨他雙燕歸來。

按上詞見詞綜與歷代詩餘。

夏初臨　泛水新荷。舞風輕燕。園林夏日初長。庭樹陰濃。雛鶯學弄新簧。小橋飛入橫塘。跨青蘋綠藻幽香。朱欄斜倚。霜紈未搖。衣袂先涼。歌歡稀遇。怨別多同。路遙水遠。

煙淡梅黃。輕衫短帽。相攜洞府流觴。況有紅粧。醉歸來寶蠟成行。拂牙床。紗廚半開。月在回廊。

黃蓼園云。從容和雅。

沈天羽評其上闋云。信筆底有天機。又校云。蓋當作鬢。飛下當有蓋字。歌歡當乙。

按詞品云。小樓飛蓋入橫塘。今刻本飛下落一蓋字。沈蓋本此。

聲聲慢　梅黃金重。雨細絲輕。園林霧烟如織。殿閣風微。簾外燕喧鶯寂。池塘彩鴛戲水。露荷翻千點珠滴。閑晝永。瀟湘竿叟。爛柯仙客。　日午槐陰低轉。茶甌罷。淸風頓生雙腋。碾玉盤深。朱李靜沈寒碧。朋儕閑歌白雪。卸巾紗樽俎狼藉。有皓月照黃昏。眠又未得。

劉詞人評傳

沈天羽評其上闋云，清爽，又云，喧寂恰好。

減字木蘭花

憑誰妙筆。橫掃素縑三百尺。天下應無。此是錢塘湖上圖。（以上劉涇作）一般奇絕。雲淡天高秋夜月。費盡丹青。只這些兒畫不成。（以上僧仲殊作）

減字木蘭花

江南二月。猶有枝頭千點雪。邀上芳樽。却占東君一半春。（以上僧仲殊作）樽前眼底。南國風光都在此。移過江來。從此江南不復開。（以上劉涇作）

漁隱叢話云，劉涇在錢塘湖上與僧仲殊同作減字木蘭花。

按胡仔僅引憑誰妙筆一闋。

詞品云，張樞言龍圖守杭，一日，湖上開宴，劉涇巨濟僧仲殊在焉，樞言命卽席作壞詞，巨濟先唱曰，（上引第一闋上片）仲殊應聲曰，（上引第一闋下片）樞言又出梅花邀二人同賦。仲殊曰。（上引第二闋上片）巨濟曰。（上引第二闋下片）乃減字木蘭花調也。

唐庚

唐庚。字子西。眉州丹稜人。生於宋熙寧四年。卒於宣和三年。年五十一。初年十四時。能詩文。紹聖間。登進士第。官博士。屢為學官。張天覺商英拜相。薦其才。擢京畿提舉常平。商英罷。亦坐貶惠州。有眉山集詩文十卷。詞附於後。

廣輿記云。唐庚善屬文。號小東坡。庚雖與蘇軾齊名。然其詩文毅然有以自立。不屑屑於規撫鄉先輩。舉進士第。晚年徙居瀘州之夷門外。今瀘治西南有飛雲洞。其讀書處也。

黃玉林花菴詞選載其訴衷情一詞。

訴衷情　平生不會斂眉頭。諸事等閑休。元來却到愁處。須著與他愁。　殘照外。大江流。去悠悠。風悲蘭杜。烟淡滄浪。何處扁舟。

沈際飛云，不會愁而愁斯極矣，苦境逼出真語。

何晉之

何晉之。名大圭。字里無考。補續全蜀藝文志載小重山惜別一詞。與花菴詞選同。

小重山　綠樹鶯啼春正濃。釵頭青杏小。綠成叢。玉船風動酒鱗紅。歌聲咽。相見幾時重。　車馬去匆匆。路隨芳草遠

○恨無窮。相思只在夢魂中。今宵月。偏照小樓東。

升菴詞品引臨邛高耻菴云。玉船風動酒鱗紅之句。譬如雲錦月鈎。造化之巧。非人琢也。此等句在天地間有限。又校路隨作路遙。

案玉船卽酒盃也。唐人詩中。多用觥船亦指此。蓋酒盃之形如船狀也。

蘇過

蘇過。字叔黨。軾第三子。生於熙寧五年。卒於宣和五年。五十二歲。初監太原府稅。次知穎昌府郎(一作郾)城縣。皆坐黨人子弟以法令罷。晚擢通判中山府。留家穎昌營。經營湖陰。水竹數畝。名曰小斜川。自號斜川居士。時稱爲小坡。有斜川集。

有點絳脣二闋。一見雅詞拾遺及花菴詞選。一見草堂詩餘及詞綜

點絳脣　新月娟娟。夜寒江靜山銜斗。起來搔首。梅影橫窗瘦。好箇霜天。閑却傳杯手。君知否。曉鴉啼後。歸夢濃如酒。

點絳脣　高柳蟬嘶。采菱歌斷秋風起。晚雲初霽。湖上山橫翠。簾捲西樓。過雨涼生袂。天如水。畫欄十二。少箇人同倚。

黃叔暘云、按古今詞話蘇叔黨有新月涓涓、高柳蟬嘶二首。皆點絳脣也。時禁蘇氏文章、故隱其名、以爲汪彥章作、雅詞以此詞附於浮溪小重山後。不著姓氏。

按今四部叢刊本雅詞尚然、詞學叢書本乃加蘇名、詞藻引能改齋漫錄云、汪彥章作、彥章在翰苑。濃致言肯此詞、或曰、歸步濃於酒。何以在曉鴉啼後。公曰。無奈這一隊畜生何。按曉鴉草堂本作亂鴉。歸學改作歸輿。今從吳虎臣能改齋漫錄正之。

吳長元云。花菴詞以爲叔黨作。注云。此時方禁坡文。故隱其名。以傳於世。或以爲汪彥章作非也。予考黃公度知稼翁集有送汪內翰移鎮宣城詞。正用此韻。又玉照新志云。汪彥章在京師嘗作小闋云云。紹興中。彥章知徽州。仍令席間歌之。坐客有挾怨者。亟以納檜相。指爲新製以譏檜。檜怨諷言。怒遷之於永。據二說則此闋斷爲汪作。花菴之語。殊未確也。錄之以備一說。

徐釚詞苑叢談卷云。坡公可謂有子也。按此說見詞藻。當是徐氏引之。

沈天羽評。書樓十二。少箇人同倚云。寫來不俗。

韓駒

韓駒字子蒼。利州仙井監人。卽今仁壽人也。政和初以獻頌補假將侍郎。召試賜進士。除祕書省正字。坐蘇氏黨謫知分寧。召爲著作郎。遷中書舍人兼修國史。權直學士院。尋提舉太平觀。出知江州。卒贈中奉大夫。有陵陽集。宋史文苑有傳。四川通志及詞人姓氏錄本之。

沈曾植重刻江西詩派韓饒二集敘云。陳氏錄其陵陽集五十卷，宋志錄其倚松集十四卷。皆寂寥天壤。絕不可尋。僅藉江西詩派而存詩四卷。

四川通志云。嘗在許下從蘇轍游。詩如儲光羲。

按子蒼少時嘗選爲童子郎。故其詩有題爲仙泉廩童子郎使者。

其詞有念奴嬌昭君怨水調歌頭各一闋。

按補續全蜀藝文志所云。今本草堂詩餘僅念奴嬌一闋。昭君怨惟詞綜及歷代詩餘有之。水調歌頭江山自雄一闋。中興以來絕妙詞選作張于湖詞。

而以念奴嬌最有名。

念奴嬌

海天向晚。漸霞收餘綺。波澄微綠。木落山高真箇是。一雨秋容新沐。喚起嫦娥。撩雲撥霧。駕此一輪玉。桂華疎淡。廣寒誰伴幽獨。　不見弄玉吹簫。尊前空對此。清光堪掬。霧鬢風鬟。何處問。雨雲巫山六六。珠斗斕斒。銀河清淺。影轉西樓曲。此情誰會。倚風三弄橫竹。

沈天羽評首數句云。恁靜。喚起數句云。類山谷矣。珠斗三句云。轉寫秋光。人不會得。

補續全蜀藝文志云。其中秋念奴嬌海天向晚一詞。亞於東坡之作。

黃蓼園云。首從秋字寫起。漸入到月。因說到姮娥獨。借以比君勢之孤也。後段就望月之人獨立無偶。以見己之獨立少同心也。結處此情誰會。想得同志之人耳。此與深切。含而不露。斯爲情景交融者。凡寫景而不寓情。則意盡言中。使少佳致。

昭君怨亦屬佳品。

昭君怨　昨日樵村漁浦。今日瓊川銀渚。山色捲簾看。老峯戀。　錦帳美人貪睡。不覺天孫剪水。驚問是楊花。是蘆花。

補續全蜀藝文志云。草堂巳選咏雪昭君怨。笑林云。一達官肅客。其日偶然雪下。問曰。是楊花。客曰楊花。又曰蘆花。亦對曰是蘆花。言不敢拂之也。子蒼用事。蓋有所本云。

子蒼復能談詞。不無見到處也。

詞品醉公子條下云。此詞又名四換頭。因其詞意四換也。前輩謂此可以悟詩法。或以問韓子蒼。子蒼曰。只是轉折多。且如刬韈下堦。是一轉矣。而苦其今夜醉。又是一轉。寄其人羅幃。又是一轉。不肯脫衣。又是一轉。後兩句自開釋。又是一轉。

案韓子蒼有室中語一書。多談詩者。見詩人玉屑所引。

何　㮚

何㮚。詞人姓氏錄云。字文縝。宋史本傳及四川通志云。字文縝。蜀利州仙井監人。政和五年進士第一。歷官御史中丞尚書右僕射兼中書侍郎。死靖康之難。建炎初。贈觀文殿大學士。

詞品云。㮚與潘庭堅等同榜。美姿容。時有諺云。狀元眞何郎。榜眼眞郭郎。探花眞潘郎也。

樂府紀聞云。文縝。盡節名臣也。

有贈妓惠柔虞美人詞一首。見樂府雅詞拾遺。

虞美人　分香帕子揉藍膩。欲去慇懃惠。重來直待牡丹時莫遣花枝相妒故開遲。　別來看盡閑桃李。日日闌干倚。催花無計問東風。夢作一雙蝴蝶遶芳叢。

按上詞據詞綜校。雅詞拾遺。賦木作犂。相妒作知後。

樂府紀聞云。文縝少時會飲貴戚家。侍兒惠柔慕公風標。解帕爲贈。約牡丹時再集。何賦虞美人云。

蕙風詞話云。（前數句與樂府紀聞同）何賦虞美人詞有重來約在牡丹時。只恐花知相妒故開遲之句。後爲靖康中盡節名流。詞固不可概人也。

方喬與紫竹

方喬。樂至人。亦云安岳人。大觀中秀才。紫竹。失姓名。即其同里。後嫁方喬。

方喬有贈紫竹生查子一闋。答紫竹玉樓春詞一闋。菩薩蠻一闋。

紫竹有寄喬生查子一闋。踏莎行一闋。菩薩蠻一闋。卜算子一闋。又生查子一闋。

詞苑叢談引紫竹本傳云。大觀中。有紫竹者。工詞。善諧謔。一日手李後主集。與父閱何處最佳。答曰。問君能有幾多愁。恰似一江春水何東流耳。有秀才方喬。與紫竹野遇。晝夜思之。見賣美人圖者。輒取視。甚有似者。有句云。若使畫工圖軟障。何妨終日喚真真。一日。遇一道士持古鏡謂曰。子之用心。誠通神明。吾有純陽古鏡。今以奉贈。一觸至陰之氣。留影不散。試使一人照此女。即得其貌矣。當即請畫工圖之。勿令散去。又戒喬不可照日。恐飛入日宮。喬如言遂意。紫竹忻受。長夏紫竹遺書云。欲結朱繩。應須素結。泣珠成淚。久比鮫人。流火為期。聊同織女　春風鶯恨裏。不妨鶯語驚寒。暮雨雀屏中。一任雞聲唱曉。

按此信之前。補續全蜀藝文志作方喬長夏讀書於種梅館。忽紫竹遺以書二句。又鶯語作雁語。

紫竹又賦生查子云。

生查子　思郎無見期。獨坐離情慘。門戶約花開。花落輕風颭。　生怕是黃昏。庭竹和煙黯。斂翠恨無涯。強把闌紅點。

按此處補續全蜀藝文志云。喬答以玉樓春云。

玉樓春　綠陰撲地鶯聲近。柳絮如綿烟草襯。雙鬟玉面碧窗人。一紙銀鈎青鳥信。　佳期遠卜清秋夜。桐樹梢頭明月掛。天公若解此情深。此歲何須三月夏。

至此私諧繾綣。其父稍聞。召喬以女妻之。

詞苑叢談小注云。紫竹約方喬於望雲門暫會牆陰下。間履蒼苔。鞋底盡溼。而方不至。作踏莎行一首寄喬云。

踏莎行　醉柳迷鶯。嬾風熨草。約郎暫會閒門道。粉牆陰下待郎來。蘚痕印得鞋痕小。　花日移陰。簾香失臭。望郎不到心如擣。避人愁入倚屏山。斷魂還向牆陰繞。

移時喬至。責其失約。竹賦菩薩蠻云。

菩薩蠻　約郎共會西廂下。嬌羞竟負從前話。不道一睽違。佳期難更期。　郎君知我愧。故把書相詆。寄語不須慌。見時須打郎。

喬答云。

菩薩蠻　秋風即擬同衾枕。春歸依舊成孤寢。爽約不思量。翻言要打郎。　鴛鴦如共耍。玉手何辭打。若再負佳期。還應我打伊。

補續前蜀藝文志引瑯環記云。紫竹約喬於望雲門暫會。久而不至。墻陰之下。閒履蒼苔。不勝悵恨。作踏莎行一闋。

按此記略同前。

又云。紫竹與方喬別久。而想像難眞。因綴卜算子序其悲愁眷戀。覓銀光箋書之云。

卜算子　繡閣鎖重門。攜手終非易。牆外憑他花影搖。那得疑郎至。　合眼想郎君。別久難相似。昨夜如何繡枕邊。夢見分明是。

注云。方喬安岳土人也。安岳有大雲山望雲山者。以此山□名。

絕妙詞鈔載紫竹生查子二闋。第二闋見前。

生查子　晨鶯不住啼。故喚愁人起。無力曉粧慵。閒弄荷錢水。　欲呼女伴來。鬥草花陰裏。嬌極不成狂。更向屏山倚。

按詞綜聽秋聲館詞話上詞作方喬詞。

又按前錄紫竹之寄喬生查子。亦見聽秋聲館詞話。踏莎行亦見歷代詩餘。而聽秋聲館詞話作蒲陽失傳。而避人愁入倚屏山句作避人回倚小屏山。

陳與義

陳與義。字去非。自號簡齋居士。蜀之青城人。陳季常之孫也。徙居河南葉縣。宋南渡後。又居建業。生於元祐五年。政和中。登上舍甲科。紹興中。拜翰林學士。知制誥。參知政事。卒於紹興八年。年四十九歲。

陳振孫直齋書錄解題云。其先蓋蜀人。東坡所傳陳希亮公弼者。其曾祖也。

按與義生平事蹟。詳宋史卷四百四十五文苑七。南宋書卷五十五文苑傳。

有簡齋集。附無住詞一卷。為竹坡胡穉仲孺箋。

黃叔暘云○簡齋以詩文被簡注於高宗皇帝○
紀昀四庫提要云○以其所居在無住菴○故以名之○
吳昌綬無住詞跋云○宋人注宋詞，獨此僅存○永當珍惜○
按無住詞有汲古閣刊六十家詞本，彊邨叢書據鮑淥飲校影宋鈔胡仲孺箋簡齋集本○獨十五家詞本本之○均載詞十八闋，樂府雅詞亦全載之○花菴詞選選其七闋○草堂詩餘選其一闋○竹垞詞綜選其二闋○至於無住詞校勘○朱跋言之頗詳○
四庫提要云○開卷法駕導引三闋○與義已自註其詞爲擬作○而諸家選本尚有稱爲赤城韓夫人所製○列之仙鬼類中者○證以本集○亦足訂小說之誣焉○

簡齋詞。意境超越。格調絕高，東坡後第一人也。

直齋書錄解題云，其詞不多○且無長調○而語意超絕○
黃叔暘云○去非詞雖不多○語意超絕○識者謂可摩坡仙之壘○
暘用修詞品云○去非詩爲高宗所眷注○而詞亦佳○語意越絕○筆力排奡○識者謂可摩坡仙之壘○非溢美云○
毛子晉跋無住詞云○或問劉須溪宋詩簡齋至矣○畢竟比坡公何如，須溪曰○詩論如花○論高品則色不如香，論逼眞則香不如色○雖菑具在○予於其詞亦云○

四庫提要云、毛晉所刊、僅十八闋、而吐言天拔。不作柳嚲鶯嬌之態。亦無蔬筍之氣、殆於首首可傳、不能以篇帙之少而廢之、方回瀛奎律髓稱杜甫爲一祖、而以黃庭堅陳師道及與義爲三宗、如以詞論。則師道爲勉彊學步、庭堅爲利鈍互陳、皆迥非與義之敵矣。

其詞之最爲人所譽揚而不能已於言者。臨江仙是也。

臨江仙　憶昔午橋橋上飲。坐中都是豪英。長溝流月去無聲。杏花疏影裏。吹笛到天明。　二十餘年成一夢。此身雖在堪驚。閑登小閣眺新晴。古今多少事。漁唱起三更。

臨江仙　高詠楚詞酬午日。天涯節序匆匆。榴花不似舞裙紅。無人知此意。歌罷滿簾風。　萬事一身傷老矣。戎葵凝笑牆東。酒杯深淺去年同。試澆橋下水。今夕到湘中。

元遺山自題樂府引云。世所傳樂府多矣、如陳去非憶舊云。（憶昔午橋。高詠楚詞、臨江仙二首詞略。）如此等類、詩家謂之言外句、含咀之久、不傳之妙。隱然眉睫間、惟具眼者乃能賞之、

白雨齋詞話云、陳簡齋無佳詞。未臻高境。惟臨江仙筆意超曠、逼近大蘇。

張炎詞源論令曲云、詞之難於令曲、如詩之難於絶句。末句最當留意、有有餘不盡之意始佳、陳簡齋杏花疎影裏、吹笛到天明之句、眞是自然而然。清婉奇麗、集中惟此最優、

沈大羽云「前段同用修意思超越語」流月無聲、巧語也、吹笛天明、爽語也、漁唱三更、冷語也。功業則欠、文章自優、

鄭振鐸云、臨江仙憶昔午橋一首、饒自然之趣。

胡仔漁隱叢話云、虞美人之及至桃花開後却匆匆。臨江仙之杏花疎影裏吹笛到天明等句。清婉奇麗、

四庫提要云、胡仲任謂其詞清婉奇麗、蓋當時絶重其詞也、

劉熙載詞曲概云、詞之好處有在句中者。有在句之前後際者。陳去非虞美人。吟詩日日待春風。及至桃花開後却匆匆、此好在句中者也。臨江仙杏花疎影裏、吹笛到天明。此因仰承憶昔、俯注一夢、故此二句、不覺豪酣。轉成悵悒。所謂好在句外者也、儻謂現在如此、則騃甚矣」

虞美人清平樂。亦詞中當行之妙製。

虞美人　張帆欲去仍搔首。更醉君家酒。吟詩日日待春風。及至桃花開後却匆匆。　歌聲頻爲行人咽。記著尊前雪。明朝酒醒大江流。滿載一船離恨向衡州。

按漁隱叢話四庫提要詞曲概之說均見前。詞品之說見後。

清平樂　黃衫相倚。翠葆層層底。八月江南風日美。弄影山腰水尾。　楚人未識孤妍。離騷遺恨千年。無住庵中新事。一枝喚起幽禪。

苕溪漁隱云。詠閩中木犀之佳者。詩舉坡仙。詞舉去非。

詞藻詞苑叢談皆云。去非詞品極佳。語意超絕。其桂花詞。爲時所稱。

至其酷肖東坡之詞。不勝枚舉。除前引數闋外。漁家傲點絳脣南柯子。亦其類也。

漁家傲　今日山頭雲欲舉。青蛟素鳳移時舞。行到石橋聞細雨。聽還住。風吹却過溪西去。　我欲尋詩寬久旅。桃花落盡春無所。渺渺籃輿穿翠楚。悠然處。高林忽送黃鸝語。

點絳脣　寒食今年。紫陽山下蠻江左。竹籬煙鎖。何處求新火。　不解鄉音。只怕人嫌我。愁無那。短歌誰和。風動梨花朵。

南柯子　嬌嬌千年鶴。茫茫萬里風。闌干三面看秋空。背插浮闌干尺冷煙中。林塢村村暗。溪流處處通。此間何似玉宵峯。遙望蓬萊依約晚雲東。

詞品云、其閩中漁家傲（全首）虞美人詠詩日日待春風及至桃花開後卻匆匆、又點絳脣云，愁無那。短歌誰和。風動梨花朵。又南柯子闌干三面看晴空。背插浮圖千尺冷煙中、皆絕似坡仙語。

王灼

王灼。字晦叔。遂寧人。有頤堂詞一卷。彊邨叢書本。蜀十五家詞本從之。蓋據宋乾道刊本翻刊者也。著有碧雞漫志一卷。頗有功於詞曲云。

四川通志云。碧雞漫志一卷、灼作是篇、就其傳授分明可以考見者、核其名義、正其宮調。以著倚聲所自始。其餘晚出雜曲、則不暇一一詳記也。

其詞平淡。長相思可證也。

長相思　來匆匆。去匆匆。短夢無憑春又空。難尋郎馬蹤。山重重。水重重。飛絮流雲西復東。音書何處通。

鄭振鐸云。其詞不過平穩而已。如來匆匆。去匆匆。短夢無憑春又空。難隨郎馬蹤。卽其最好之例。

然其清平樂。可謂用事之巧合者。

清平樂　墜紅飄絮。收拾春歸去。長恨春歸無覓處。心事顧誰分付。　盧家小苑回塘。于飛多少鴛鴦。縱使東牆隔斷。莫愁應念王昌。

吳子律云。王晦叔贈妓盧姓清平樂曲。用盧家莫愁。恰好以王昌自寓。信屬巧合。

按晦叔詞似從章相來。然以身世之坎坷。感情之深厚。天才之偉大。均不逮章。故不能勝也。但可於音調韻味中求之。顧堂詞二十一首。長調僅一。餘皆小令。張玉田所謂詞難於令曲。予於晦叔益信。

李似之

李似之。詞品云。字彌遜。仙井監人。自號筠溪翁。宋南渡名士。不附秦檜。坐貶。黃玉林花庵詞選所載同。惟未注籍貫。詞綜則云李彌遜。字似之。吳縣人。大觀初登第。遷起居郎。試中書舍人。再試戶部侍郎。以爭和議忤秦檜。乞歸田。隱連江西山。有筠溪集。

其詞今存九闋。

按九闋即菩薩蠻水調歌頭念奴嬌花心動蝶戀花天仙子聲聲慢各一闋。十樣花二闋。中興以來絕妙詞選載其第一第七兩闋。詞品詞綜皆載其第一闋。詞綜補詞載其第二至第六五闋。歷代詩餘載其第三至第五三闋。詞律拾遺載其末二闋。

茲錄其菩薩蠻一闋。十樣花一闋。

菩薩蠻　江城烽火連三月。不堪對酒長亭別。休作斷腸聲。老來無淚傾。　風高帆影疾。目送舟痕碧。錦字幾時來。薰風無雁回。

十樣花　陌上風光濃處。紅藥一番經雨。把酒遶芳叢。花解語。勸春住。莫教容易去。

閻蒼舒

閻蒼舒。蜀人。官至侍郎。嘗北使汴京。賦水龍吟一詞。見詞綜及蘆浦筆記。

水龍吟　少年聞說京華。上元景色烘晴晝。朱輪畫轂。雕鞍玉勒。金銜爭驟。春滿鰲山。夜沈陸海。一天星斗。正紅毬過了。鳴鞘聲斷。回鸞馭。鈞天奏。　誰料此身親到。十五年都城如舊。而今但有。傷心烟霧。縈愁楊柳。寶籙宮前。絳霄樓下。不堪回首。願黃圖早復。端門燈火。照人還又。

按蘆浦筆記金作九。

蘆浦筆記云。蜀人閻侍郎蒼舒。使北過汴京。賦水龍吟。

按蒼舒此詞黍離之感頗深。惟過質實。

張孝祥

張孝祥。字安國。號于湖。簡州人。徙居歷陽之烏江。生於紹興二年。二十二歲時。廷試第一。授承事郎簽書鎮東軍判官。累遷中書舍人。直學士院兼督府參贊軍事。領建康留守。尋以荆南湖北路安撫使請祠。進顯謨閣直學士致仕。三十六歲卒。宋史及簡州志載其事頗詳。

升菴詞品云。張孝祥。簡州人。四狀元之一也。後卜居歷陽。

黃昇云。安國以妙年射策魁天下。不數載入直中書。

宋史本傳云。安國早負才畯。涖政揚聲。因忤秦檜。屢遭遷黜。及檜卒。始得隆遇。召爲直中書。以孝宗初年卒。方三十六歲。多才不壽。故孝宗有用才之盡之嘆。

有於于湖詞三卷。共一百八十五首。選其詞之多者。花菴至二十四闋。草堂詩餘。全蜀藝文志。詞綜。詞選亦多選之。草窗選四闋而列之於首。

毛子晉云。于湖詞。玉林集中興詞家選二十有四闋。恨全集未見耳。

四庫提要云。黃昇中興詞選則稱紫微雅詞。以孝祥曾官中書舍人故也。又云。陳應行序稱于湖樂長短句凡數百篇。今本乃僅一百八十餘首。則原稿散亡。僅存其半。已非當日之舊也。毛晉本祇就詞選所載二十四闋。更摭四首益之以備一家。後二卷。蓋其後已見全集。刪其重複。另編爲兩卷以續之。

唐圭璋全宋詞初編目錄云。張孝祥詞一百八十五首。吳本一百八十一首。趙補二首。拙補二首。至毛本又載生查子宮紗蜂趕梅一首。乃朱翌之詞。毛本既誤於于湖樂府。又誤入王安中初寮詞中。

按詞律拾遺臨江仙秣陵江上錦園春醉痕潮玉二闋。于湖詞無。

又按耆舊續聞載張孝祥十八歲時。即有點絳脣流水泠泠一詞。爲朱希眞所驚賞或劉孫和仲。或即以爲希眞作。皆誤。今集不載是篇。或以少作而佚之歟。查毛晉本集無是詞。不知唐氏所補有此闋否。

宋翔鳳樂府餘論云。周公謹生宋之末造。見韓侂胄函首。知恢復非易言。故所選以于湖爲首。以于湖不附和議。而知恢復之難。不似辛稼軒躁率意輕言。後復自悔也

于湖妙年秀發。倚馬塡詞。豪邁激昂。坡翁再世。

湯衡紫微雅詞序云。于湖平昔爲詞。未嘗著稿筆。酣興健。頃刻即成。無一字無來處。如歌頭凱歌諸曲。駿發蹈厲。寓以詩人句法者也。

按黃玉林毛子晉亦同上云云。

陳季能于湖雅詞序云。紫微張公孝祥。姓家風雷於一世。辭彩日星於郡國。至於託物寄情。弄翰戲墨。融取樂府之遺意。鑄爲毫端之妙詞。前無古人。後無來者。讀之泠然灑然。眞非烟火食人辭語。予雖不及識荊。然其瀟散出塵之姿。自在如神之筆。邁往淩雲之氣。猶可想見也。

四庫提要云。卷首載陳應行湯衡兩序。皆稱其詞寓詩人句法。繼軌東坡。觀其所作。氣概亦幾幾近之。

白雨齋詞話云。張安國詞。熱腸鬱思。可想見其爲人。

張之洞詠張孝祥詩云。斜陽烟柳傷心後。誰鑄詞壇一作家。

吳瞿安云。以于湖並東坡論。亦不誤。惟才氣較薄弱耳。

六州歌頭一闋。慷慨淋漓。起頑立懦。

六州歌頭　長淮望斷。關塞莽然平。征塵暗。霜風勁。悄邊聲。黯銷凝。追想當年事。殆天數。非人力。洙泗上。絃歌地。亦羶腥。隔水氈鄉。落日牛羊下。區脫縱橫。看名王宵獵。騎火一川明。笳鼓悲鳴。遣人驚。　念腰間箭。匣中劍。空埃蠹。竟何成。時易失。心徒壯。歲將零。渺神京。干羽方懷遠。靜烽燧。且休兵。冠蓋使。紛馳騖。若為情。聞道中原遺老。常南望羽葆霓旌。使行人到此。忠憤氣塡膺。有淚如傾。

朝野遺記云。張于湖在建康留守席上賦六州歌頭一闋。感憤淋漓。主人為之罷席。則其忠憤慷慨。有足動人者矣。

藝概云。詞莫要於有關係。張孝祥安國。於建康留守席上賦六州歌頭。致感重臣罷席。然則詞之興觀羣怨。豈下於詩哉。

劉鑑泉先生論詞韻語云。高平婉澀未殊科。鐵板紅牙一樣和。絕妙好詞稱正統。如何飄泊六州歌。又云爭奈人間鼻息鳴。建康席上淚如傾。芳菲都付鶯和燕。死去廉頗尚不平。注云。南宋壯詞。西樵爲冠。張于湖六州歌頭末云。使行人到此。忠憤氣塡膺。有淚如傾。此詞作於建康留守席上。張魏公爲之罷席。

念奴嬌。滿江紅。菩薩蠻。醉落魄。南鄉子。水調歌頭。西江月。木蘭花慢。雨中花等。皆其佳詞。後人許證頗多。

念奴嬌 過洞庭 洞庭青草。近中秋。更無一點風色。玉鑑瓊田三萬頃。著我扁舟一葉。素月分輝。明河共影。表裏俱澄澈。悠然心會。妙處難與君說。 應念嶺海經年。孤光自照。肝肺皆冰雪。短髮蕭騷襟袖冷。穩泛滄浪空闊。盡吸西江。細斟北斗。萬象爲賓客。扣舷獨笑。不知今夕何夕。

四朝聞見錄云、張于湖嘗舟過洞庭。月照龍堆。金沙盪射。公得意命酒。唱歌所作詞。呼羣吏而酌之曰。亦人子也。其坦率皆類此。

魏鶴山跋此詞眞蹟云。張于湖有英姿奇氣。著之湖湘間。未爲不遇。洞庭所賦在集中最爲傑特。方其吸江酌斗。賓客萬象時。詎知世間有紫微青瑣哉。

沈天羽云。森杳瞑忽。心境與水光相映。又曰。非惟形骸可破。即乾坤不知上下也。

黃蓼園云、寫景不能繪情。必少佳致、此題詠洞庭落想。縱寫得壯觀。亦覺寡味。此詞開首從玉界瓊田三萬頃。題已說完。即引入扁舟一葉。以下從舟中人心跡與湖光映帶寫、隱現離合。不可端倪。鏡花水月、是二是一。自爾神采高騫。與會洋溢。

王壬秋云。飄飄有凌雲之氣、覺東坡水調、猶有塵心。

詞旨警句。有盡吸西江、細斟北斗、萬象爲賓客、叩舷獨嘯。不知今夕何夕。

詞學通論云、此作絕妙好詞冠諸簡端。其氣象固是豪雄、惟用韻不甚合耳。

念奴嬌　欲雪呈朱漕

朔風吹雨。送凄涼天氣。垂垂欲雪。萬里南荒雲霧滿。弱水蓬萊相接。凍合龍岡。寒侵銅柱。碧海冰澌結。憑高一笑。問君何處炎熱。家在楚尾吳頭。歸期猶未。對此驚時節。憶得年時貂帽暖。鐵馬千羣觀獵。狐兔成車。笙歌震地。歸踏層城月。持杯且醉。不須北望淒切。

沈大羽云。風雨夾雪。荒寒淒悲。又曰。超然。

滿江紅 詠雨

斗帳高眠。寒窗靜。瀟瀟雨意。南樓近。更移三鼓。漏傳一水。點點又離楊柳外。聲聲只在芭蕉裏。也不管。滴破故鄉心。愁人耳。無似有。游絲細。聚復散。真珠碎。天應分付與。別離況味。破我一床蝴蝶夢。輪他雙枕鴛鴦睡。向此際。別有好思量。人千里。

沈天羽云、評點點數句云、楊柳芭蕉、助雨悽悲、其破人心耳可知也。又云。天來妙語、又評末數句云、若資摹、

黃蓼園云。寫雨寫情、是一是二。筆極清婉流麗

詞學通論云　點點不離楊柳外、聲聲只在芭蕉裏、俊妙可喜。

滿江紅　千古淒涼。興亡事。但悲陳跡。凝望眼。吳波不動。楚山叢碧。巴滇綠駿追風遠。武昌雲旆連江赤。笑老姦遺臭到如今。留空壁。　邊書靜。烽煙息。通軺傳。銷鋒鏑。仰太平天子。坐收長策。蹙踏揚州開帝里。渡江天馬龍爲匹。看東南佳氣鬱葱葱。傳千億。

吳禮部別錄詩話云　于湖玩鞭亭、晉明帝覘王敦營壘處、自溫庭筠賦詩後、張文潛又賦于湖曲以正湖陰之說、詞皆奇麗警拔、膾炙人口、張安國賦滿江紅、雖間

宋溫張語○而詞氣亦不在其下○嘗見安國大書此詞○後題云○乾道元年正月十日○筆勢偉奇可愛○

按楊升菴詞品亦云○

滿江紅 秋懷

秋滿灕源○瘴雲淨曉山如簇○動遠思○空江小艇○高丘喬木○策策西風雙鬢底○暉暉斜日朱欄曲○試側身回首望京華○迷南北○ 思歸夢○天邊鵠○遊宦事○蕉中鹿○想一年好處○砌紅堆綠○羅帕分柑霜落齒○冰盤剝芡珠盈掬○倩春纖縷鱠搗香虀○新篘熟○

升庵詞品云○詠物之工者○如羅帕分柑霜落齒○冰盤剝芡珠盈掬○

菩薩蠻

東風約略吹羅幕○一檐細雨春陰薄○試把杏花看○

溼紅嬌暮寒。　佳人雙玉枕。烘醉鴛鴦錦。折得最繁枝。暖香生翠幃。

況夔笙曰　縟麗蕃豔。直過花間。求之北宋人集中。未易多覯。

醉落魄（或誤作醉羅歌）　輕黃淡綠。可人風韻閒裝束。多情早是眉峯蹙。一點秋波。閒裏覷人毒。　桃花庭院光陰速。銅鞮誰唱大隄曲。歸時想是櫻桃熟。不道鞦韆。誰作那人蹴。

升庵詞云　毒蹴二字難下。

雨村詞話云　毒字險而穩　人不敢下。

南鄉子　江上送歸船。風雨排空浪拍天。賴有酒樽澆別恨。悽然。寶燭燒花看吸川。　楚舞對湘絃。暖響闌春錦帳氈。

坐上定知無俗客。俱賢。便是朱張與少連。

補續全蜀藝文志引詞品云、張于湖送朱元晦行。與張欽夫邢少連同集。作南鄉子一詞 此詞見蘭畹集。觀楚辭湘絃之句。及朱文公雲谷寄友絕句云。日暮天寒無酒飲。不須空喚莫愁來。則晦翁於宴席。未嘗不用妓。廣平之賦梅花。又司馬公亦有豔詞。亦何傷於清介乎。

按今本詞品未載此段。

水調歌頭 詠月一作舟過金山寺　江山自雄麗。風露與高寒。寄聲月姊。借我玉鑑此中看。幽壑魚龍悲嘯。倒影星辰搖動。海氣夜漫漫。擁起白銀闕。危駐紫金山。　表獨立。飛霞珮。切雲冠。漱冰濯雪。眇視萬里一毫端。回首三山何處。聞道群仙笑我。要我欲俱還。揮手從此去。翳鳳更驂鸞。

沈天羽云。逼唐。又云寄聲數字粗滯。又云。其奇瑰。

西江月 丹陽湖　問訊湖邊春色。重來又是三年。東風吹我過湖船。楊柳絲絲拂面。世路如今已慣。此心到處悠然。寒光亭下水連天。飛起沙鷗一片。

輿地紀勝云。丹陽湖在當塗縣東南六十九里。杜注云。春秋宣城縣西南有桐水出白石山。西北入丹陽是也。

絕妙好詞箋云。按景定建康志載此詞云。題溧陽三塔寺。按志。三塔湖一名梁城湖。在溧陽縣西七十里。又云。溧水西承丹陽湖。自東壩成丹陽湖水不復通本縣界。岳珂玉楮集。亦云溧陽三塔寺寒光柱上刻張于湖詞。自當以建康志爲據。

詞旨警句云。寒光亭下水連天。飛起沙鷗一片。

詞學通論云。東風吹我過湖船。楊柳絲絲拂面。俊妙可喜。

木蘭花慢 離思　送歸雲去雁。淡寒彩滿溪樓。正佩解湘腰。斂孤楚鬟。鸞鑑分收。凝情望行處路。但疎烟遠樹織離憂。只有樓前溪水。伴人清淚長流。 霜華夜永逼衾裯。喚誰護衣篝。念粉館重來。芳塵未掃。爭見嬉遊。情知悶來殢酒。奈回腸不醉只添愁。脈脈無言竟日。斷魂雙鶩南州。

升庵詞品云。麗情之句。如佩解湘腰。釵孤楚鬟。

賀黃公詞筌云。升菴極稱張孝祥詞、而佳者不載。如醒時冉冉夢時休。擬把菱花一半。試尋高館臭州。此則壓卷者也。

雨中花慢 長沙

一葉凌波。十里御風。烟鬟霧鬢蕭蕭。認得江南瓊珮。水館冰綃。秋淨明霞乍吐。曙涼宿靄初消。恨微顰不語。少進還收。竚立超遙。 神交冉冉。愁思盈盈。斷魂欲遺誰招。猶自待。青鸞傳信。烏鵲成橋。悵望胎仙琴疊。忍看翡翠蘭苕。夢囘人遠。紅雲一片。天際笙簫。

升菴詞品云、寫情之妙者。如秋淨明霞乍吐。曙涼宿靄初消。

至若頭上顫宮花。亦詞家之韻事也。

能改齋漫錄云。去年今日。從駕遊西苑。彩仗壓金波、看水戲魚龍曼衍。寶津南殿。宴坐近天顏。金杯酒、君王勸。頭上宮花顫。六軍錦繡。萬騎穿楊箭。日暮翠華歸。擁鈞天笙歌一片。如今關外。千里未歸人。前山雨。西樓晚。望斷思君眼。此陳濟翁蓦山溪也。舍人張孝祥知潭州。因宴客。妓有謳此。至金杯酒、君王勸、頭上宮花顫。其首自為之搖動者數四。坐客忍笑指目者甚衆。而張竟不覺也。

程垓

程垓。字正伯。眉山人。

有書舟詞一卷。王稱序之行世。毛晉刻本。

四庫提要云。其家有擬舫名書舟。見本集詞註。古今詞話謂號虛舟。字誤也。書錄解題載垓書舟詞一卷。傳本作書舟雅詞二卷。而宋史藝文志乃作陳正伯書舟雅詞十一卷。則又誤程爲陳。誤二爲十一也。毛晉刻本作一卷。

毛晉書舟詞跋云。集中多淆蘇（東坡一作。如意難忘一翦梅之類。今悉刪正。

唐圭璋全宋詞初編目錄云。程垓詞一百五十八首。毛本一百五十六首。拙補二首。

與東坡爲中表戚。能詞。有自來也。

升菴詞品云。程正伯。東坡中表之戚。

毛晉書舟詞跋云。正伯與子瞻。中表兄弟也。

朱竹垞詞綜云。正伯與子瞻爲中表兄弟。故其詞有相亂者。

蕙風詞話云　升菴子晉二家之說。於他書未經見。據王季平書舟詞序。季平與正伯同時。東坡卒於靖國元年辛巳。季平書舟詞序。作於紹熙五年甲寅。上距東坡之卒凡九十三年。正伯與東坡。安得爲中表兄弟乎。考東坡詩集。送表弟程六之楚州一首。施元之注云。東坡母成國太夫人程氏。眉山著姓。其姪之才。字正輔。第二。之元。字德孺。第六。卽楚州。之邵。字懿叔。第七。正伯之字。與懿叔約略近似。殆即中表之戚之所由來歟、子晉不考、遂沿其誤。其不曰中表之戚而曰中表兄弟、又未知別有所據否矣、升菴述舊之言、本屬不盡可信。此其蹤盩之尤者。

詞史云。程垓一人、各家均作南宋人、四庫提要則書作北宋人、垓既與蘇軾爲中表。文學詞於蘇氏、係之南宋、則予生也晚矣、是提要所說可從焉。

四庫提要云、垓與蘇軾爲中表、耳濡目染、有自來也

按正伯與子瞻爲中表戚。各家多如是云、而況蕙風反之、其云王季平實與正伯同時、此語不知有無實據、果爾、則他說均不可信矣

其詞淒婉綿麗。別派開宗。竹垞之詞、間由所出。

尤袤云、其文過於詩詞、今則詩文無可考。而詞則頗有可觀、

升菴詞品云。正伯之酷相思四代好折紅英諸作、故益以詞名、獨尤尚書以爲正伯之文過於詞

詞學通論云、正伯之酷相思四代好折紅英諸作、欲爲升菴推許、蓋其詞以淒婉綿麗爲宗、爲北宋人別開生面、自是以後、字句間凝鍊漸工、而昔賢疏宕之致微也

白雨齋詞話云、程正伯掩淒涼黃昏庭院一篇、後來秀水詞與此種筆路最近、乃竹垞自謂學玉田、未免欺人太甚、又云、余觀其詞。淺薄者多。高者筆意尚閒雅、

[illegible]

去坡仙何止萬里。又云、竹垞謂正伯詞有與坡仙相亂者、余謂兩人詞、一洪一纖、一深一淺、如冰炭之不相入、無俟辨而可明。何慮其相亂也、

詞苑引華亭宋尚木徵璧云、程正伯之能壯采、亦其選也、

酷相思。四代好。折紅英三闋。後人已公認其爲佳詞。非升菴之私見矣。

按升菴之說見前。

毛子晉云、酷相思四代好折紅英諸闋、詞家皆極欣賞、謂秦七黃九莫及也、

酷相思　月掛霜林寒欲墜。正門外。催人起。奈離別如今真箇是。欲住也。留無計。欲去也。來無計。　馬上離魂衣上淚。各自箇。供憔悴。問江路梅花開也未。春到也。須頻寄。人到也。須頻寄。

252

詞壇紀事云。正伯與錦江某妓眷戀甚篤。別時作酷相思。

沈天羽云。情旨枉曲紆緩而不得伸。眉山又一韻人也。又云。算箇是三字妙。

許蒿盧云。人人之所欲言。都是人人之所不能言。又曰。此之謂本色。無筆力者未許妄作邯鄲。

雨村詞話云。正伯工於詞。如酷相思。以白描擅長者。

四代好　翠幕東風早。蘭窗夢。又被鶯聲驚覺。起來空對。平堦弱絮。滿庭芳草。厭厭未欣懷抱。記柳外人家曾到。凭畫闌那更春好花好　酒好□人好。　春好尚恐闌珊。花好又怕。飄零難保。直饒酒好。溯未抵意中人好。相逢盡拚醉倒。況人與才情未老。又豈關春去春來。花愁花惱

詞林源流云。宋人諸體。亦有不可驟解者。如蘇長公皐羅特髻連用七采菱拾翠字。程書舟之四代好連用八好字。

[illegible]詞人評傳

折紅英。　桃花暖。楊花亂。可憐朱戶春強半。長記憶。探芳日。笑憑郎肩。殢紅偎碧。惜惜惜。　春宵短。離腸斷。淚痕長向東風滿。憑青翼。問消息。花謝春歸。幾時來得。憶憶憶。

按上二詞之說皆見前

餘如愁倚欄令。摸魚兒。漁家傲。水龍吟。卜算子。念奴嬌。滿庭芳。木蘭花慢。滿江紅。御街行。虞美人。望江南等詞亦佳。

愁倚欄令　春猶淺。柳初芽。杏初花。楊柳杏花交影處。有人家。　玉窗明暖烘霞。小屏山上。水遠山斜。昨夜酒多春睡重。莫驚他。

許嵩廬曰。呢呢兒女語。妙以澹染出之。

摸魚兒　掩淒涼黃昏庭院。角聲何處嗚咽。矮窗曲屋風燈冷。還是苦寒時節。凝佇切。念翠被薰籠。夜夜成虛設。倚窗愁絕。聽鳳竹聲中。犀影帳外。簌簌釀寒雪。傷心處。却憶當年輕別。梅花滿院初發。吹香弄蕊無人見。惟有暮雲千疊。情未徹。又誰料而今。好夢分胡越。不堪重說。但記得當初。重門鎖處。猶有夜深月。

按陳亦峯謂宋竹垞詞與此種筆路最近。已見前。

漁家傲 彭門道中　獨木小舟煙雨濕。燕兒亂點春江碧。江上青山隨意覓。人寂寂。落花芳草催寒食。　昨夜青樓今日客。吹愁不得東風力。細拾殘紅書怨泣。流水急。不知那個傳消息。

水龍吟　夜來風雨匆匆。故園定是花無幾。愁多愁極。等閑孤負。一年芳意。柳困花慵。杏青梅小。對人容易。算好春長在。好花長見。元只是。人憔悴。　回首池南舊事。恨星星。不堪重記。如今但有。看花老眼。傷時清淚。不怕逢花瘦。只愁怕老來風味。待繁紅亂處。留雲借月。也須拚醉。

卜算子　獨自上層樓。樓外青山遠。望到斜陽欲盡時。不見西飛雁。　獨自下層樓。樓下蛩聲怨。待到黃昏月上時。依舊柔腸斷。

白雨齋詞話云。正伯詞余所賞者。惟漁家傲結處云、細拾殘紅書怨泣。流水急。不知那個傳消息。爲有深婉之致。其次則水龍吟云。算好春長在。好花長見。元只是。人憔悴。及詞選所錄卜算子一闋。尚有可觀。餘則一篇之中。雅鄭多不分矣。

念奴嬌　秋風秋雨。正黃昏。供斷一窗愁絕。帶減衣寬誰念我。難忍重城離別。轉枕褰帷。挑燈整被。總是相思切。知他別後。負人多少風月。　不是怨極愁濃。只愁重見了。相思難說。料得新來魂夢裏。不管飛來蝴蝶。排悶人間。寄愁天上。終有歸時節。如今無奈。亂雲依舊千疊。

沈天羽評前片云。中心亂如雪。評下片云。自待待入。皆設之幽孤之境。又評排悶二句云。此等句。有意想不來。偶然說不來。

滿庭芳 臨安晚登

南月驚烏。西風破雁。又是秋滿平湖。採蓮人盡。寒色戰菰蒲。舊信江南好景。一萬里。輕覓蓴鱸。誰知道。吳儂未識。蜀客已情孤。　憑高增悵望。湘雲盡處。都是平蕪。問故鄉何日。重見吾廬。縱有荷紉芰製。終不似。菊短籬疏。歸情遠。三更雨夢。依舊繞庭梧。

沈天羽評寒色句云。香而辣。蜀宮句云。正伯。蜀人也。末句云。思鄉之意。懐宕不住

木蘭花慢 春怨

倩嬌鶯姹燕。說不盡。此時情。正小院春闌。芳園晝鎖。人去花零。憑高試回望眼。奈遙山遠水隔重雲。誰

遺風狂雨橫。便教無計留春。　誰知雁杳與鴻冥。自難寄丁寧。縱柳院鬢深。桃門笑在。知屬何人。衣篝幾回忘了。奈殘香猶有舊時熏。空使風頭卷絮。爲他飄蕩花城。

沈天羽云。極溫細情態。又云。不是沒書信。梢書信實難。又云。屬何人。不容想。又云。憂來無方。傷心有源。一時交集。

滿江紅 憶別　　門掩垂楊。寶香度。翠簾重疊。春寒在。羅衣初試。素肌猶怯。薄靄籠花天欲暮。小風送角聲初咽。但獨褰幽幌悄無言。傷初別。　衣上雨。眉間月。滴不盡。顰空切。羨棲梁歸燕。入簾雙蝶。愁緒多於花絮亂。柔腸過似丁香結。問甚時重理錦囊書。從頭說沈大羽云。濃滿視聽。心神者見。

御街行 閨怨

傷春時候一憑闌。何況別離難。東風只解催人去。也不道鶯老花殘。青牋未約。紅綃忍淚。無計鎖征鞍。寶釵瑤鈿一時閒。此恨苦天慳。如今直恁抛人去。也不念人瘦衣寬。歸來忍見。重樓淡月。依舊五更寒。

沈大羽云。鬱戚易感。愴怏難懷。循聲而得貌。披文而見時。作者之長。亦云已備。又云。當察其目送毫顏。控引情志之會。又云。哀如往而復來。

虞美人 春愁

輕紅短白東城路。憶得分襟處。柳絲無奈舞春柔。不繫離人只解繫離愁。如今花謝春將老。柳下無人到。月明門外子規啼。喚得人愁爭似喚人歸。

沈天羽云。句意適然反雄拔。

望江南 夜泊龍橋灘前遇雨作　篷上雨。篷底有人愁。身在漢江東畔去。不知家在錦江頭。烟水兩悠悠。　吾老矣。心事幾時休。沈水熨香年似日。薄雲垂帳夏如秋。安得小書舟。家有擬舫名書舟

古今詞話云。沈水熨香年似日。薄雲垂帳夏如秋。書舟佳句也。

至瑤堦草一闋。毛晉本可與花草粹編互校之。

瑤堦草　空山子規叫。月破黃昏冷。簾幙風輕。綠暗紅又盡。自從別後。粉消香減。一春成病。那堪晝閒日永。　恨難整。起來無語。綠萍破處池光淨。悶理殘粧。照光獨自憐瘦影

。睡來又怕。飲來越醉。醒來卻悶。看誰似我孤令。

聽秋聲館詞話云。陳耀文花草粹編所輯詞章與毛氏汲古閣所刊各詞。時有出入。據以互校。如程垓瑤堦草䉛蝶上多又還二字。減作賦。醒作醉。卻悶作越悶。

按正伯詞。選家多選之。詞綜十九首。續詞選三首。草堂詩餘七首。全蜀藝文志五首。

蘇雪坡

蘇雪坡。蜀人。有贈楊直夫詞。

允文事業從容了。要岷峨人物。後先相照。見說君王曾有問。似此人才多少。況蜀珍先已登廊廟。但側耳。聽新詔。

按上詞載者皆未注調名。疑是半闋。

輟耕錄云。蘇雪坡贈楊直夫云（即上詞）按小說高宗嘗問楊駸曰。蜀中人才如虞允文者有幾。駸對曰。未識焉知。允文亦試而後知也。蘇與楊皆爲蜀人。楊在眉山爲甲族。直夫之妹通經學。比於曹大家。嫁虞氏。生虞集。爲鉅儒。其學無師

○傳於母氏也。此事蜀人亦罕知。故著之。

按詞品所載與陶氏同。且注云。楊直夫名棟。靑神人。馬騏南郡人。涓之孫。

張　震

張震。字東父。號無隱居士。蜀之益寧人也。孝宗朝爲諫官。有直聲。後以直言去位。

其詞共五首。均見中興以來絕妙詞選。詞綜選其二。歷代詩餘選其二。草堂詩餘選其一。悉皆風流旖旎。富貴人語也。

黄玉林云。張東父名震。號無隱居士。詞甚婉約。蓋富貴人語也。

沈偶僧云。蜀人張震。字東父。孝宗朝諫官也。花庵錄其詞爲富貴人語。

升庵詞品云。張震字東父。號無隱居士。蜀之益寧人也。孝宗朝爲諫官。有直聲。孝宗稱其知無不言。言無不當。光宗朝。以數直言去位。時稱王十朋去。省爲之容。張震去。臺鶯之容。一代名臣也。而其詞婉媚風流。乃知賦梅花。不獨宋廣平也。其驀山溪。草堂入選而失其名字。

按今草堂本作張東父。尚非後人所增。則升庵所見之本又不同也。

茲舉蝶戀花鷓鴣天驀山溪三闋以證之。

蝶戀花　惜春

梅子初青春已暮。芳草連雲。綠遍西池路。小院綉垂簾半舉。銜泥紫燕雙飛去。　人在赤欄橋畔住。不解傷春。還解相思否。清夢欲尋猶間阻。紗窗一夜蕭蕭雨。

鷓鴣天　怨別

寬盡香羅金縷衣。心情不似舊家時。萬絲柳暗才飛絮。一點梅酸已着枝。　金底背。玉東西。前歡贏得兩相思。傷心不及風前燕。猶得穿簾度幕飛。

驀山溪 春半　青梅如豆。斷送春歸去。

雲歌柳舞。假花識面。對月共論心。攜手

池路。水邊朱戶。曾記銷魂處。小立背秋

。楊花撲面。香糝一簾風。情脈脈。酒醒

沈天羽云。小綠間長紅。確乎春半。又云。假花一

爲腐儒絕倒。

劉光祖

劉光祖。字德修。號後溪。簡州陽安人。上

嘉定十五年。八十一歲。初登進士第。紹熙

宗立。改司農少卿。遷起居郎。韓侂胄嚴

蜀詞人評傳　宋

劉光祖詞傳

學記。坐謗訕奪職。累起至顯謨閣直學士。提舉茅山崇福宮。卒諡文節。有鶴林詞一卷。今不傳。事詳宋史卷三百五十七。南宋書卷四十一。

黃玉林云、劉光祖。蜀之名士。有鶴林文集、小詞附焉。

按升菴詞品亦云 並錄醉落魄一詞、

書錄解題云 鶴林詞一卷 簡池劉光祖德脩撰。光祖、紹熙名臣、爲御史起居郎、晚以雜學士終、蜀之耆德、有文集未見。

魏了翁鶴山集云。劉左史光祖之生、正月十日。李夫人之生以十九日。賦浪淘沙寄之、鶴外倚樓看。雲颭晴天、天高雞犬礙雲關、掉臂雙仙留不徹。還住人間。客珮振珊珊、來賀平安。年年直待卷燈還。似是天公偏著意。占破春閒。

按光祖曾知瀘州。見瀘志及宋史本傳。

其詞黃花庵錄其十闋。絕妙好詞歷代詩餘詞綜所選皆有之。玆錄其洞仙歌踏莎行二闋。

洞仙歌 荷花　晚風收暑。小池塘荷淨。獨倚胡床酒初醒。起徘徊。時有香氣吹來。雲藻亂。葉底游魚動影。　空擎承露蓋。不見冰容。惆悵明粧曉鸞鏡。後夜月涼時。月淡花低。幽夢覺。欲憑誰省。且應記臨流凭闌干。便遙想。江南紅酣千頃。

踏莎行 暮春　掃徑花零。閑門春晚。恨長無奈東風短。起來消息探荼醿。雪條玉蕊都開遍。　晚月魂清。夕陽香遠。故山別後誰拘管。多情於此更情多。一枝嗅罷還重撚。

右二詞聞禮陽春白雪皆選之。後閱查蓮坡厲太鴻同箋絕妙好詞亦引之。

吳泳

吳泳，字叔永。潼川人。生平事蹟。詳宋史卷四百二十三。有詞二十二首。朱祖謀據大典鶴林集本錄爲鶴林詞一卷。在彊邨叢書中。吳久陵先生之蜀十五家詞本同。其詞壽詞宴詞居多。蓋與魏鶴山同時而有同好也。茲錄其千秋歲一詞。

千秋歲 壽友人

松舟桂楫。茗雪溪頭別。秋後雨。春前雪。書憑湖雁寄。手把江蘺折。人未老。相看元是來時節。 芳草鳴鶗鴂。野菜飛黃蝶。時易去。愁難說。折波浮玉醴。換火繙銀葉。拚醉也。烏啼歸踏梨花月。

然其非壽詞如祝英臺近春日感懷一闋。況夔笙頗稱之。

祝英臺近　春日感懷

小池塘。閒院落。薄薄見山影。楊柳風來。吹徹醉魂醒。有時低按銀箏。高歌水調。落花外紛紛人境。猛深省。但有竹屋三間。蓮田一頃。便可休官。日對漏壺永。假饒是紅杏尚書。碧桃學士。買不得朱顏芳景。

蕙風詞話云。祝英臺近春日感懷云。有時低按銀箏。高歌水調。落花外紛紛人境。末七字予極愛之。其妙處難以言說。但覺芥子須彌。猶涉執象。

黃大輿

黃大輿。字載萬。蜀人。撰梅苑十卷。其樂府名廣變風。今佚。

詞人評傳

錢曾讀書敏求引王灼之語云、字載方、殆書萬爲万、又譌万爲方。如蕭方等之轉爲萬等歟、其爵里未詳、厲鶚宋詩紀事稱爲蜀人、亦以原序自署岷山耦耕、及成都文類載其詩。以意推之耳。無確證也。王灼稱大輿歌詞。與唐名輩相角、其樂府號廣變風、有賦梅花數曲。亦自奇特。然樂府今不傳、惟此集僅存、所錄皆詠梅之詞、起於唐代。止於南北宋間、自序稱己酉之冬、抱疾山陽、三徑掃迹。所居齋前。更植梅一株。晦朔未逾。路已粲然。於是錄唐以來才士之作。以爲齋居之玩。目之曰梅苑、考己酉爲建炎二年。正高宗航海之歲、山陽又戰伐之衝。不知大輿何以獨得蕭閒。編輯是集。殆己酉有誤乎。

四庫提要云。昔屈宋徧陳香草。獨不及梅、六代及唐篇什、亦寥寥可數。自宋人始重此花、人人吟咏。方回撰瀛奎律髓、於着題之外、別出梅花一類。不使溷於羣芳、大輿此集。亦是志也。雖一題裒至數百闋。或不免窠臼相因。而刻畫形容。亦往往各出新意。固倚聲者之所採擇也、集中兼採蠟梅。蓋二花別種同時。義可附見。至九卷兼及鹹梅。則務博之失。不自知其泛濫矣。四川通志於梅苑十卷下云。黃大輿撰。

家鉉翁

家鉉翁。字則堂。眉山人。事詳南宋書六十二。彊邨叢書中有則

270

堂詩餘一卷。僅水調歌頭一闋。念奴嬌二闋三詞而已。錄其一。

念奴嬌（送陳正言）　南來數騎。問征塵。正是江頭風惡。耿耿孤忠磨不盡。惟有老天知得。短棹浮淮。輕氈渡漢。回首觚棱泣。緘書欲上。驚傳天外淸蹕。　路人指示荒臺。昔漢家使者。曾留行迹。我節君袍雪樣明。俯仰都無愧色。送子先歸。慈顏未老。三徑有餘樂。逢人問我。爲說肝腸如昨。

盧祖皐

盧祖皐。字申之。又字次夔。號蒲江居士。邛州人。一云永嘉人。登慶元五年進士。嘉定十五年爲軍器少監。權直學士院。祖皐爲樓鑰之甥。學有淵源。嘗與永嘉四靈以詩相唱和。然詩集不傳。

有蒲江詞稿一卷。毛本僅錄二十五闋。彊邨本增至九十五闋。尚有賀新郎一闋。彊邨本未錄。蜀十五家詞。即全錄彊邨本。選其詞者。花菴詞選選二十四闋。陽春白雪選十一闋。黃昇絕妙詞選選十闋。詞綜選十五闋。此其選錄之較多者。

四庫提要云。貴耳集同蒲江集。然不言卷數。陳振孫書錄解題著錄一卷。其篇多寡亦不可考。毛晉本刻二十五闋。今以黃花菴詞選相校。則前二十四闋悉詞選之所錄。惟最後好事近一闋爲晉所增入。疑原集散佚。毛晉蓋鈔撮黃昇所錄以備一家耳。

按四川通志亦云。

朱古微蒲江詞稿跋云。蒲江詞稿一卷。南昌彭氏知聖道齋藏明鈔宋詞本。比毛氏汲古閣刻多七十一闋。疑即黃叔暘所謂蒲江詞稿行於世者。毛刻與花菴中興絕妙詞選略同而增好事近雁外雨絲絲一闋。中興詞選載之。標爲吳君特詞。考彭本亦無是闋。殆非申之作也。

按全蜀藝文志云。盧申之。蒲江人。選其賀新郎代妓送太守春色原無主一詞。詞苑叢談亦載此詞云。嘉定間。平江妓送太守詞。後註云。或云是蒲江盧申之作。

其詞纖雅。字字可入律呂。小令多佳趣。然亦有評其窘促者。

貴耳集云。蒲江小詞纖雅。

黃玉林云。蒲江樓攻媿之甥。趙紫芝翁靈舒之詩友。樂章甚工。字字可入律呂。

楊用修云。盧申之。名祖皋。邛州人。樂府甚工。字字可入律呂。

毛晉蒲江詞跋云。黃叔暘謂其樂府甚工。字字可入律呂。浙人皆唱之。中興集中幾盡採錄。或病其偶句太多。未足驚目。

吳瞿安云。蒲江詞詞僅二十五闋。而佳者頗多。如賀新郎之釣雪亭。倦尋芳之春思。西江月之仲春。清平樂之春恨。字字工協。毛子晉謂其有古樂府作句。猶在字句間求之。論其詞境。可與玉田草窗並美云。

周介存論詞雜著云。蒲江小令。時有佳趣。長篇則枯寂無味。此才小也。

又宋四家詞選序云。竹屋蒲江。並有盛名。蒲江窘促。等諸自鄶。

其詞如賀新郎。淸平樂。謁金門。江神子。烏夜啼。菩薩蠻。木蘭花慢等闋。皆絕妙好詞也。

賀新郎 彭傳師於吳江一高堂之前作釣雪亭蓋擬漁人之窟宅以供詩境也趙子野約予賦之

挽住風前柳。問鴟夷。當日扁舟。近曾來否。月落潮生無限事。零亂茶煙未久。漫留得蓴鱸依舊。可是從來功名誤。撫荒祠誰繼風流後。今古恨。一搔首。 江涵雁影梅花瘦。四無塵。雪飛風起。夜窗如晝。萬里乾坤淸絕處。付與漁翁釣叟。又恰是題詩時候。猛拍闌干呼鷗鷺。道他年。我亦垂綸手。飛過我。共酒尊。

蘆蒲筆記云。吳江三高祠前有釣雪亭。蓋漁人之窟宅也。窟中之題賀新郎一闋。

升菴詞品云。呂彭帥於吳江。作釣雪亭。擬漁人之窟宅。以供詩境也。約趙子野翁靈舒諸人賦之。惟申之擅場。江寒雁影梅花瘦。四無塵。雪飛風起。夜牕如晝。其警句也。

毛子晉云。江涵雁影梅花瘦。古樂府佳句也。

清平樂 春恨　柳邊深院。燕語明如翦。消息無憑聽又嬾。隔斷鸞屏雙扇。寶杯金縷紅牙。醉魂幾度兒家。何處一春遊蕩。夢中猶恨楊花。

況夔笙評末二句云。是加倍寫法。

清平樂　鏡屏開曉。寒入宮羅皺。脈脈不知春又老。簾外舞紅多少。舊時駐馬香階。如今細雨蒼苔。殘夢不堪重理。一雙胡蝶飛來。

王壬秋云。亦恰到好處．未免有意。

謁金門　香漠漠。低捲水風池閣。玉腕籠紗金半約。睡濃團扇落。雨後涼生雲薄。女伴棹歌聲樂。採得雙蓮迎笑剝。柳陰多處泊。

謁金門　風不定。移去移來簾影。一雨林塘新綠淨。杏梁歸燕竝。翠袖玉屏金鏡。日薄綺疏人靜。心事一春疑酒病。鳥啼花滿徑。

麥孺博云。靜境妙觀。

謁金門　閑院宇。獨自行來行去。花片無聲簾外雨。峭寒生碧樹。做弄清明時序。料理春醒情緒。憶得歸時停棹處。畫橋看落絮。

毛子晉云。花片無聲簾外雨。蓋古樂府佳句也。

江神子　畫樓簾幙捲新晴。掩銀屏。曉寒輕。墜粉飄香。日日喚愁生。暗數十年湖上路。能幾度。著娉婷。年華空自感飄零。擁春醒。對誰醒。天闊雲閒。無處覓簫聲。載酒買花年少事。渾不似。舊心情。

况蕙笙云。後段與劉龍洲詞。欲買桂花重載酒。終不似。少年遊。可謂異曲同工。然終不如少陵之詩酒尚堪驅使在。未須料理白頭人。爲倔彊可喜。

烏夜啼　柳色津頭泫綠。桃花渡口啼紅。一春又負西湖醉。

離恨雨聲中。客袂迢迢西塞。餘寒翦翦東風。誰家拂水飛來燕。惆悵小樓東。

毛子晉云。余喜其柳色津頭泫綠、桃花渡口啼紅。較之秦七鶯嘴啄花紅溜。燕尾點波綠皺。不更鮮秀耶。

菩薩蠻　翠樓十二闌干曲。雨痕新染蒲桃綠。時節又黃昏。東風深閉門。　玉簫吹未徹。窗影梅花月。無語只低眉。閑拈雙荔枝。

毛子晉云。玉簫吹未徹、窗影梅花月。無語只低眉、閑拈雙荔枝。直可步趨南唐孤枕夢回鶯塞遠、小樓吹徹玉笙寒矣。

木蘭花　別西湖兩詩僧　嫩寒催客棹。載酒去。載詩歸。正紅葉漫山。清泉漱石。多少心期。三生溪橋話別。悵薜蘿猶惹翠雲衣。不似今番醉夢。帝城幾度斜暉。　鴻飛。煙水瀰瀰。回首處。只君知。念吳江鷺憶。孤山鶴怨。依舊東西。高峯夢醒雲起。是瘦吟窗底憶君時。何日還尋後約。爲余先寄梅枝。

詞曲史云。顧肯白石。

李石

李石。字知幾。資陽人。一云井研人。蜀人號方舟先生。乾道中進士。以薦任太學博士。出爲成都倅。仕至都官員外郎。一云紹興中爲學官。乾道中爲郞歷麾節。坐論罷。有方舟集。及續博物志。

其詞今存三十四闋。彊邨叢書中有方舟詩餘一卷。蜀十五家詞亦載之。

臨江仙漁家傲二闋。風致可喜。

臨江仙　烟柳疏疏人悄悄。畫樓風外吹笙。倚闌聞喚小紅聲。薰香臨欲睡。玉漏已三更。　坐待不來來又去。一方明月中庭。粉牆東畔小橋橫。起來花影下。扇子撲飛螢。

漁家傲　贈鼎湖官妓　西去征鴻東去水。幾重別恨千山裏。夢繞綠窗書半紙。何處是。桃花溪畔人千里。　瘦玉倚香愁黛翠。勸人須要人先醉。問道明朝行也未。猶自記。燈前背立偷垂淚。詞品云。李石號方舟。蜀之井研人。文章盛傳。有續博物志。詞亦風致。草堂選烟柳疎疎人悄悄。其夏夜詞也。贈官妓詞。睃玉倚香愁黛翠。勸人須要人先醉。聞道明朝行也未。猶自已。燈前背立偸垂淚。好事者或改偸爲佯。古今詞話云。蜀人李方舟。著續博物志。詞亦風致可喜。其夏夜詞云　烟柳疏疏人悄悄。贈妓云。瘦玉倚香愁黛翠。皆名句也。沈天羽評其臨江仙下闋云。明月忽來。欲睡不睡。了却一夜幽景。又云。待不來。來又去。見庭月。鄭重。禮宴齋詞話云。倚欄三句。有景有情。坐待二句。用劉禹錫詩。粉墻三句。用杜牧之詩。

按知幾詞。花菴選四首。而臨江仙一闋。陳耀文花草粹編張皋文詞選亦選之。

魏了翁

魏了翁。字華父。蒲江人。生於淳熙五年。慶元已未元年進士第二人。開禧初。以武學博士對策諫開邊事。御史徐相劾其狂妄。

遂辭去。築室白鶴山下。授徒講學。因號鶴山。嘉定末。除起居郎。歷仕州郡。入朝權工部侍郎。旋貶靖州。理宗親政。召還。命直學士院。累擢端明殿學士。同簽樞密院事。開府江州。督視江淮京淮軍馬。御書唐人送嚴武詩及鶴山書院四大字賜之。尋召還。屢疏乞歸。以資政殿學士致仕。嘉熙元年卒。六十歲。謚文靖。追贈秦國公。有鶴山全集一百九卷。宋史有傳。

有鶴山長短句三卷附全集後。有四部叢刊本及雙照樓刊本。詞共一百八十八首。

所作皆壽詞。黃玉林謂其得體。楊用修謂宋代壽詞無有過之者。

然貶之者亦不乏人。

黄玉林云。鶴山先生晚與眞西山齊名。有詞附鶴山集。皆壽詞之得體者。升庵詞品云。華父與眞西山齊名。道學宗派。詞不作豔語。長短句一卷。皆壽詞也。菩薩蠻壽范靖倅。鷓鴣天壽范靖州。水調歌頭。宋代壽詞。無有過之者。雨村詞話云。宣和而後。士大夫爭爲獻壽之詞。連篇累牘。無味極矣。吾蜀魏了翁華甫爲宋名臣。乃詞非壽詞不作。雖花庵選入數首。余終不取。蓮子居詞話云。生日獻詞。盛行於宋時。以諛佞之筆。欄入風雅。不幸而傳。豈不倒却文章架子。魏華父非此不作。不可解已。

舉朝中措一闋

朝中措　和劉左史光祖人日遊南山追和去春詞韻

天公只解作豐年。不相治遊天。小隊春旗不動。行庵晚突無煙。　吟鬚撚斷。寒爐撥盡。雁字天邊。喚起主人失笑。寒灰依舊重然。

詞綜此詞小注云。公所論聖息日事。凡歷二十年。而所上疏亦半年餘才見施行。故云。

聽秋聲館詞話復詞綜補遺之誤云。魏了翁朝中措云。雁字大邊。字作自。

按詞品又引送趙閬州水調歌頭。次韻費五十九又題秋水閣有感賀新郎。登白鶴山借前韻呈同遊諸友上元和孫蒲江等詞。

李流謙

李流謙。字無變。德陽人。有澹齋詞一卷。見彊邨叢書據大典澹齋集本。茲錄虞美人一闋。

虞美人 春懷

一春不識春風面。都爲慵開眼。荼蘼雪白牡丹紅。猶及尊前一醉賞芳穠。東君又是匆匆去。我亦無多住。四年薄宦老天涯。閒了故園多少好花枝。

按據上詞所云。無疑曾出仕者。

楊恢

楊恢。字充之。號西村。眉山人。丁紹儀謂卽宋末之湯恢。藉係寶城。非眉山。

絕妙好詞箋云。楸按別本作湯恢。誤。聽秋聲館詞話云。考宋湯恢。字西村。詞綜錄詞五闋。惟新刊絕妙好詞作楊恢。箋爲眉山人。尚有八聲甘州。原本脫治字早字。玩詞意殆南宋遺民放浪泉石間者。楊恢之名。僅見略陽石刻。敍別籍係寶城。非眉山

周密絕妙好詞錄其詞六闋。詞綜少錄八聲甘州一闋。茲錄其二郎神一闋。

二郎神 用徐幹臣韻

瑣窗睡起。閒竚立。海棠花影。記翠檝銀塘

。紅牙金縷。杯泛梨花冷。燕子銜來相思字。道玉瘦。不禁春病。應蜂粉半銷。鴉雲斜墜。暗塵侵鏡。還省。香痕碧唾。春衫都凝。悄一似荼蘼。玉肌翠帔。消得東風喚醒。青杏單衣。楊花小扇。閒卻晚春風景。最苦是。蝴蝶盈盈弄晚。一簾風靜。

詞旨警句、燕子銜來相思字。道玉瘦不禁春病。（二郎神）宿粉殘香隨夢冷。落花流水和天遠。（倦尋芳）都將千里芳心。十年幽夢。分付與。一聲啼鴂。（祝英臺近）不妨彩筆雲箋。翠尊冰醞。自管領一庭秋色。（祝英臺近）

復有未著調名一闋。詞頗佳。蔣劍人名之爲水天遠。丁紹儀謂頗似二郎神。

碧崖倒影。浸一片。寒江如練。正岸岸柳花。村村修竹。喚醒春風筆硯。泝水舟輕輕如葉。只消得。溪風一箭。看水部雄文。太師健筆。月寒波卷。　游倦。片雲孤鶴。江湖都徧。慨金屋藏妖。繡屏包禍。欲與三郎痛辨。回首前朝。斷魂殘照。幾度山花崖蘚。無限都付癡尊。漠漠水天遠。

絕妙好詞箋云。涪溪集眉山楊慎游涪溪詞。詞甚佳。惜不著調名。丁紹儀云。寶山蔣劍人著芬陀利室詞。中一題云。宋楊慎遊涪溪作碧崖倒影一首。末句云。漠漠水天遠五字。詞甚佳。惜調名不著。各家選。萬氏詞律。俱不載。滄海遺珠。可勝歎惋　辛亥冬。泛舟泖湖。凍雲下垂。滄波不流。絮帽蓬窗。四望寥廓。愛填是解。卽用其韻。援魚遊春水例。名之曰水天遠　余細繹音調。頗似二郎神。惟後結少一字。涪溪集錄其詞。恐係水遙天遠落去一字。劍人未經細考。遽爲調名不著。以水遙天遠名之。所作詞又於後段次句多一字。未免自誤誤人。

蜀詞人傳

利登

利登。字履道。號碧澗。金川人。

地理志云。金川宋羈縻州。屬成都府路。今雅州境。

周密草窗日鈔曰。碧澗工詩詞。游都下。名動三學。中國亡。卒悴憔以死。

劉子庚云。楊瑀山居新話曰。草窗入元後。所述軼事居多。其草窗日鈔。全唐遺事。三朝政要各書。皆足補正史所闕焉。瑀字元城。元初人。草窗日鈔今不傳。此亦楊書所述者。

无名氏三朝野史云。德祐丙子 三宮赴北行省。滸三學生百人從行。賈齋候足其數。時見機者悉已竄。有不及避者驅以北。出關後。諸生次且不前。入簽以棍棒三下。登册餒甚。得粥飯一桶。無匙筯。乃於河邊拾蚌蛤之殼。爭攫而食之。饑寒困苦。道亡者多皆身棄草野。既量授諸府路官。僅餘十七八人耳。碧澗爲三學生。或所不免歟。金川去臨安萬里。荒遠之人。而得名藉藉。必其才有大過人者。

有黻稿壹卷。劉子庚得舊鈔本錄之。

劉子庚云。余作令關中。手版脚靴。日困於官事。暇則以圖書館爲休沐地。黻稿舊鈔本。無輯者姓氏。錄副以歸。其字句與各選本微不同。洵可寶也。

詞共十闋。陽春白雪同。風入松一闋。絕妙好詞亦採之。

風入松　斷蕪幽樹際烟平。山外更山青。天南海北知何極。年年是。匹馬孤征。看盡好花結子。暗驚新筍抽林。　歲華情事苦相尋。弱雪鬢毛侵。十千斗酒悠悠醉。斜河界白日雲心。孤鶴盡邊天闊。清猿啼處山深。

按上闋全錄絕妙好詞。以陽春白雪校之。更作又。結作成。成作抽。啼作咽。又按碧雞詞多婉麗之作。似從少遊清眞二家來。傳詞雖僅十闋。要非小家可比。

李昂英

李昂英。字俊明。號文溪。一云。字公昂。資州盤石人。一云番禺人。生於嘉泰元年。卒於寶祐五年。五十七歲。

黃昇云。李俊明。名昂英。號文溪。
升菴詞品云。李公昂。名昂英。號文溪。資州盤石人。
毛子晉云。余家藏文溪詞。又云。名公昂。字俊名。番禺人。未知孰是。
四庫提要云。考昂英附見宋史黃雍傳。其文溪集載始末甚詳。不云別名公昂。且今本黃昇詞選亦實作李昂英。不知毛晉所據詞選當屬何本。至楊慎資州盤石人之說。觀詞內所述。惟有嶺南。無一字及於巴蜀。慎引為鄉人。尤為杜撰。

寶慶中。進士第三人。任臨汀推官。歷官吏部侍郎。卒謚文靖。有文溪集。

文溪詞一卷。詞三十闋。見汲古閣刊宋六十名家詞本。

唐圭璋全宋詞初稿目錄云。李公昂詞三十首。

文溪以摸魚兒送王子文知太平州一首得名。

摸魚兒　怪朝來片紅初瘦。半分春事風雨。丹山碧水含離恨。有脚豔陽難駐。芳草渡。似叫住東君滿樹黃鸝語。無端杜宇。報采石磯頭。驚濤屋大。寒色要春護。　陽關唱。畫鷁徘徊東渚。相逢知又何處。摩挲老劍雄心在。對酒細評今古。居此去。幾萬里東南。隻手擎天柱。長生壽母。更穩步安輿。三槐堂上。好看綵衣舞。

蜀詞人評傳

毛子晉云。文深因送太守王子詞得名。叔暘只選此一調。稱爲詞家射雕手。升庵詞品云。送太守詞有有脚豔陽難駐一詞得名。然其佳處不在此。雨村詞話云。叔暘選其摸魚兒稱爲詞家射雕手。今按其詞有長生壽母。更穩步安輿。三槐堂上。好看綵衣舞句。乃獻壽俗套諛詞。不知當日何以得名。

蘭陵王一闋。楊用修謂其絕妙可並周秦，李雨村謂升菴最爲有眼。

蘭陵王　燕穿幕。春在深深院落。單衣試。龍沐旋熏。又怕東風曉寒薄。別來情緒惡。瘦得腰圍柳弱。清明近。正似海棠。怯雨芳蹤任飄泊。釵留去年約。恨易老嬌鶯。多誤靈鵲。碧雲杳渺天涯各。望不斷芳草。更迷香絮。迴文强寫字屢錯。淚欲注還閣。孤酌。駐春脚。更彩局誰恢。寶軫慵學。

階除拾取飛花嚼。是多少春恨。等閑吞却。闌干猛拍歎命薄。悔舊諾。

升菴詞品云。文溪全集。予家有之。其蘭陵王一首。絕妙可並周秦。雨村詞話云。升菴獨稱蘭陵王一闋。最爲有眼。如堦除拾取飛花嚼。是多少春恨等閑吞却句。前人所未經道

按補續全蜀藝文志亦選此詞

文溪尚有摸魚兒數闋。毛子晉謂不遜曉風殘月。詞綜選其二。玆錄其一。

摸魚兒　敞茅堂茂林環翠。苔磯低蘸烟浦。青蓑混入漁家社。斜日斷橋船聚。眞樂處。坐芳草。瓦樽滿酒頻頻注。阜禽自舞。慣松徑穿雲。梅村踏雪。朗笑自來去。　乘車墜。爭似

修竹穩步。前塵回首俱誤。安閑得在中年好。抱甕尚堪蔬圃。高眼覷。算不識人間寵辱除巢許。風篁解語。應共笑羣狙。無端喜怒。三四計朝暮。

毛子晉云、用修極稱蘭陵王一首、絕妙可并周秦。余讀摸魚兒諸篇、其佳處豈遜楊柳外曉風殘月耶。

按陽春白雪亦錄此詞、

李好義

李好義。岩渠人。開禧中殿帥。全蜀藝文志載其謁金門詞一首。

按岩渠即今渠縣、

謁金門　花過雨。又是一番紅素。燕子歸來銜繡幕。舊巢無簫鼓。誰在玉樓歌舞。誰在玉關辛苦。若使胡塵吹得去。東風侯萬戶。

文及翁

文及翁。字時學。號本心。綿州人。一云成都人。徙居吳興。登進士第。歷官參知政事。

全蜀藝文志云。文及翁。成都人。按綿州宋時屬成都府路。雖異稱。實一地也。

四川通志引宋詩紀事云。文及翁歷官參知政事。

景定間。言公田事。有名朝野。宋亡。元世祖累徵不起。閉門著書。有文集二十卷。子志仁。字心之。常州路教授。

有賀新涼一詞。憤恨當時。千古絕唱。

賀新涼　一勺西湖水。渡江來。百年歌舞。百年酣醉。回首洛陽花世界。烟渺黍離之地。更不復新亭墮淚。簇樂紅粧搖畫艇。問中流擊楫誰人是。千古恨。幾時洗。　余生自負澄清志。更有誰磻溪未遇。傅巖未起。國事如今誰倚仗。衣帶一江而已。便都道江神堪恃。借問孤山林處士。但掉頭笑指梅花蕊。天下事。可知矣。

古杭雜記云。文及翁登第後。遊集西湖。一同年戲之曰。西蜀有此景否。及翁及席賦賀新涼云云。

王壬父云。須得此洗盡綺語柔情。復還淸明世界。惜後半不稱。

王桐齡中國史偸南宋風俗云。南宋建都臨安。歌舞湖山。風氣柔靡已極。其時士大夫有放浪山水一派。縱情詩酒以自遣。置國家存亡於不顧。如文及翁之詞所謂借問孤山林處士。但掉頭笑指梅花蕊者。斯亦亡國之現象矣。

鄭振鐸云。文及翁之遊西湖有感。蘊蓄絕深厚絕遠大之思慮與悲憤。

按及翁此詞。選家多選。全蜀藝文志蘇州志亦錄之。

牟巘

牟巘。字獻之。井研人。一云吳興人。生於宋寶慶二年。卒於元至大四年。八十五歲。官至大理少卿。有陵陽先生集。彊邨叢書有陵陽詞一卷。詞九首。錄其漁家傲。

漁家傲　病枕逢逢驚曉鼓。那堪送客江頭路。莫唱驪駒催客去。風又雨。花飛一片愁千縷。　折柳淒然無賸語。加餐更把篝衣護。泥滑籃輿須穩度。雲飛處。親闈安問應旁午。

聽秋聲館詞話云。詞綜補遺未校者。如皋嵇漁家傲云。親闈安問聽旁午。親作新
。

李久善

李久善。吳曾能改齋漫錄云。蜀人李久善長短句有黯擲垂楊。一點黃金溜。識者以爲新。惜不見其全詞。

飛紅

飛紅。蜀人王通判妾。宣和中人。貌美。能寫染。有留春令一詞。

留春令　花低鶯踏紅英亂。春心重。頓成愁懶。楊花夢散楚雲平。空惹起。情無限。傷心漸覺成牽絆。奈愁緒寸心難

管。深誠無計寄天涯。幾欲問。梁間燕。

李良年詞壇紀事云。宋宣和中。有王通判妾飛紅者。貌美。能寫染。有詞一闋。聽秋聲館詞話云。蜀人王通判妾。有留春令一詞。

王瑩卿

王瑩卿。字嬌娘。蜀人王通判女也。傳詞一闋。

滿庭芳

簾影搖花。簟紋浮水。綠陰庭院清幽。夜長人靜。羸得許多愁。只憶當時月色。小窗外。情話綢繆。臨風淚。拋成暮雨。猶向楚山頭。　殷勤紅葉。傳來密意。佳好新逑。奈百端間阻。恩愛休休。應是紅顏薄命。難消受。俊雅風流。須相念。重尋舊約。休忘杜家秋。

詞苑叢談云。宣和中。蜀人王通判女嬌娘。與中表申純字厚卿者私通。酬和甚多。有奇申生滿庭芳詞。父納帥子之聘。嬌娘竟以憂卒。申生痛念之。亦死。

一剪梅　荳蔻稍頭春意闌。風滿前山。雨滿前山。杜鵑啼血五更殘。花不禁寒。人不禁寒。　離合悲歡事幾般。離有悲歡。合有悲歡。別時容易見時難。怕唱陽關。莫唱陽關。

按一剪梅詞歷代詩餘。聽秋聲館詞話均錄之。

盼盼

盼盼。瀘南官妓。黃山谷在瀘曾以浣溪沙贈之。有惜春容侑涪翁一詞。

惜春容　少年看花雙鬢綠。走馬章臺管絃逐。而今老更惜花深。終日看花看不足。　坐中美女顏如玉。爲我同歌金縷曲。歸時壓得帽簷攲。頭上春風紅簌簌。

山堂肆考云。涪翁過瀘南。瀘帥留府。會有官伎盼盼。帥嘗寵之。涪翁贈浣溪沙詞曰。脚上靴兒四寸羅。唇邊朱麝一櫻多。見人無語但迴波。料得有心憐宋玉。祇因無奈楚襄何。今生有分向伊麼。盼盼拜謝涪翁。瀘帥令唱詞侑觴。唱惜春容。涪翁大喜。醉飲而別。

按詞苑作盼盼卽筵前唱憶秦娥詞侑酒。而詞卽上闋。疑誤。

尹溫儀

尹溫儀。成都妓。有西江月一詞。

．西江月　韓愈文章蓋世。謝安才貌風流。良辰開宴在西樓。敢勸一杯芳酒。　記得南宮高選。弟兄都占鼇頭。一門金殿

蜀詞人評傳

御香浮。名在甲科第九。

陳耀文花草粹編云。成都妓尹溫儀本良家女。後以寄替失身妓籍。蔡相帥成都。酷愛之。尹告蔡乞除樂籍。蔡戲曰。若樽前成一小闋。便可除免。尹曰。乞腔調。蔡答以西江月。尹乞又擬韻。蔡曰。汝排十九。用九字。即便賡聲曰。（即前詞）蓋蔡取第九第十一人也。

按詞壇紀事詞苑叢談均載上詞。

陸游妾

陸游妾。蜀人。因被大婦逐。作生查子一詞。

生查子　只知眉上愁。不識愁來路。窗外有芭蕉。陣陣黃昏雨。　曉起理殘妝。整頓教愁去。不合畫春山。依舊留愁住。

隨隱漫錄云。陸放翁之蜀，宿一驛中，見題壁一詩云。玉堦蟋蟀鬧清夜。金井梧桐辭故枝。一枕淒涼眠不得，呼燈起作感秋詩。詢之，知是驛卒女，遂納為妾，方餘半載，夫人逐之。妾賦生查子而別。

按古杭雜記歷代詩餘補續全蜀藝文志詞綜均錄此詞。至陽春白雪錄之。曉起作逗起。

蜀中奴

蜀中奴有鵲橋仙詞一闋。

鵲橋仙

說盟說誓。說情說意。動便春愁滿紙。多應念得脫空經。是那箇先生教底。　不茶不飯。不言不語。一味供他憔悴。相思已是不曾閑。又那得工夫咒你。

周密齊東野語云。蜀娼類能文，蓋薛濤之遺風也。放翁客蜀，挾一妓歸，蓄之別室。率數日一往。偶以病少疏。妓頗疑之。翁作詞自解。妓即韻和之。或謗翁嘗挾蜀尼以歸。即此妓也。

按洪邁夷堅志作放翁妾作。詞林紀事亦載此詞。

詞史云。以白話入詞。始於柳永。繼之者。黃庭堅鼓笛令。秦觀品令。石孝友惜多嬌。井川俗字。可謂惡詞。所謂北宋每有無謂之詞以應歌者也。惟此詞及斷蕊卜算子詞蜀妓市橋柳詞。出之婦女口中。反在學士文人上矣。

蜀中妓

蜀中妓有市橋柳送行一詞。

市橋柳　欲寄意渾無所有。折盡市橋官柳。看君着上春衫。又相將放船楚江口。後會不知何日又。是男兒休要鎮長相守。苟富貴。無相忘。若相忘。有如此酒。

周公瑾云。詞亦可喜。

劉子庚云。出之婦人之口。反在文人學士之上。

丁紹儀云。此詞後人卽取詞中市橋柳爲調名。詞綜詞律均采之。近見永樂大典中集出王質雪山集內有送趙倅紅窗怨云。欲寄意。都無有。且須折贈。市橋官柳。看君着上征衣。也尋思。榜舟楚江口。此會未知何日又。恨男兒。不長相守。苟富貴。無相忘。若相忘。有如此酒。按紅窗怨調。宋人無有塡者。詞譜詞律。亦均未收。其詞與市橋柳雖字句稍有不同。而語意則一。雪山曾爲蜀中幕僚。豈好事者點竄數字僞爲蜀妓作耶。抑竟不謀而合耶。

按此詞齊東野語歷代詩餘詞綜詞律均收之。

陳鳳儀

陳鳳儀。成都樂伎。有一絡索送蜀守蔣龍圖詞一首。

一絡索　蜀江春色濃如霧。擁雙旌歸去。海棠也似別君難。一點點。啼紅雨。　此去馬蹄何處。沙堤新路。禁林賜宴賞花時。還憶著。西樓否。

按此詞綜詞律歷代詩餘均收。詞律題作杏園芳。

僧兒

僧兒。蜀廣漢妓。歷代詩餘載其滿庭芳一詞。

滿庭芳。　團菊苞金。叢蘭減翠。畫成秋暮風煙。使君歸去。千里倍潸然。兩度朱旛雁水。全勝得。陶侃當年。如何見。一時盛事。都在送行篇。　愁煩。梳洗嬾。尋思陪宴。把月湖邊。有多少風流往事縈牽。　聞道霓旌羽駕。看看是。玉局神仙。應相許。衝雲破霧。一到洞中天。

趙才卿

趙才卿。成都妓。有燕歸梁即席送別一詞。

燕歸梁　細柳營中有亞夫。華宴簇名姝。雅歌長許佐投壺。無一日。不懽娛。　漢王拓境思名將。捧飛詔欲登途。從前密約盡成虛。空贏得。淚如珠。

詞苑叢談云。成都官妓趙才卿。性慧黠。能詞。値帥府作會送都鈐帥。令才卿作詞。應命立賦燕歸梁詞。帥大賞其才。盡以飲器遺之。

按歷代詩餘聽秋聲館詞話均載此詞。

無名氏

無名氏有菩薩蠻一詞。

菩薩蠻　昔年曾伴花前醉。今年空灑花前淚。花有再榮時。

人無重見期。故人情意重。不忍棄新寵。日月有盈虧。妾心無改移。

古今詞話云。蜀中有一寡婦。姿色絕美。父母憐其年少。欲議再嫁。歸家有喜宴。伶唱一詞。婦聞之。流涕於神前。欲割一耳以明志。其母速止之。遂不易其節。詞蓋菩薩蠻也。

按此詞當出諸蜀人之手。真情摯語。寡婦聞之。焉有不動於心者乎。然寡婦聞詞而不再嫁。蓋有感於前夫之恩情。不忍戀新歡而忘舊好。非俗人所謂守節之道德觀也。

金源

金詞極少。而元遺山中州樂府所錄。吾蜀亦有二人焉。

宇文虛中

宇文虛中。字叔通。成都華陽人。事宋為黃門侍郎。資政殿學士。天會中。奉使至金。留賞詞命。天眷皇統間。歷官翰林學士承旨。封河內郡開國公。金人號為國師。為人恃才輕肆。好譏訕。卒以此得罪。宋金兩史皆有傳。中州集亦有小傳。

華陽人物志云　虛中事蹟　宋金兩史略有異同。以中州集小傳參傳求之。則亦隱而顯矣。此外三朝北盟會編載有虛中行狀繫年要錄。關於虛中者。尚有數事。而全祖望鮚埼亭集與杭大宗論金史帖子。言虛中最爲平允。

詞史云。論金人詞。必首宇文虛中。太宗天會初。以資政殿學士奉宋徽宗命使金

（留堂詞命（此文段之初自南來者）

有迎春樂一詞。亦可見其志矣。

迎春樂　寶幡綵勝堆金縷。雙燕釵頭舞。人間要識春來處。天際雁。江邊樹。故國鶯花又誰主。念憔悴幾年羈旅。把酒祝東風。吹取人歸去。

碧鷄漫志云。叔通久留金國。不得歸。於立春日作此詞。聽秋聲館詞話云。欽定詞譜。采取猶有未及。如碧鷄漫志所錄宇文虛中之迎春樂（字數句讀殊。亦未編入又一體）。

景覃

景覃。字伯仁。華陽人。一曰華陰人。自號渭濱野叟。

詞綜小注云。景覃字伯仁。華陽人。自號渭濱野叟。

按詞學通論亦云華陽人。

中州樂府云。景覃華陰人。年十八。有賦聲。大定初。三赴廉試。後以病不就舉。博極羣書。有學問者。立誦數百言不休。又從而講說之。爲人誠實樂易。不修威儀。隱居西陽里。以種樹爲業。落托嗜酒。醉則浩歌。日以爲常。作詩有功。樂府亦可傳。予同年進士王元禮嘗從之學。說伯仁老不廢書。有勸以養日力者。曰。我輩非讀書則無所用心。要當死而後已耳。晚年於易有所得。年七十。終於家。有集傳關中。

按華陽縣其時在宋。屬成都府路。華陰縣。其時在金。屬京兆府路華州。即今陝西華陰縣。二縣名當時皆有。陰陽二字。形近易譌。未知孰是。

有詞三闋。茲錄其一。

鳳棲梧　倦客情悰紛似縷。小院無人。臥聽秋蟲語。歸意已攙新雁去。晚涼更作瀟瀟雨。　架上秋衣蠅點素。冷菊殘糙。尙被春花妒。別有溪山容杖屨。等閒不許知人處。

蕙風詞話云。意境淸絕高絕。

按殘稿。疆邨本中州樂府作戍旌。又按伯仁尚有天香一闋。百歲中分一闋。況蕙風謂其間堪二句小中見厚。綠衾。疆邨本中州樂府作紬衾。逆塞二字。校記云。原本逆作蓬。從孫德謙校。市遠人稀一闋。詞學通論錄之。雨綺。疆邨本作雲綺。短亭作晴晴。

蜀詞人評傳下

瀘縣姜方錟編

元代

元以曲盛。詞學浸衰。順齋道園。卽其著者。蜀中可謂有人矣。且以人數論。蜀人又豈少哉。

蒲道源

蒲道源。字得之。號順齋。眉州青神人。後徙居興元。生於宋景定元年。卒於元順帝至元二年。七十七歲。嘗爲郡學正。罷歸。晚以遺逸徵入翰林。改國學博士。歲餘引去。起提舉陝西儒學。

不就卒。以仲子機貴。贈祕書少監。其遺文曰閒居叢稿。二十六卷。

續宋簡錄云。道源世居眉州之青神。幼強記過人。究心濂洛之學。後官不就。優遊林泉。病弗御醫藥。飲酒賦詩而逝。其遺文曰閒居叢稿二十六卷。黃溍爲之序稱其以性理之學。爲臺閣之文。光輝自不可掩

按彊邨叢書謂爲興元人。蓋指其仕地也。

朱古微彊邨叢書。據善本書室藏鈔順齋閒居叢稿本錄爲順齋詞一卷。詞共二十八闋。錄其一。

點絳脣 次杜仲正經歷懷古韻

西蜀咽喉。鈎連閣道蒼崖斗。漢皇天授。故國嶓江口。往事浮雲。依舊梁山秀。時延首。淡煙疏柳。欲書無奇手。

虞　集

虞集。字伯生。號邵菴。仁壽人。宋丞相允文五世孫。生於至元九年。卒於元至正八年。七十七歲。初以薦爲大都路儒學教授。歷國子助教博士。累官祕書少監翰林直學士兼國子祭酒。天歷中。除奎章閣侍書學士。命修經世大典。進講學士。卒贈江西行中書省參知政事。封仁壽郡公。謚文靖。有道園學古錄五十卷傳於世。

輟耕錄云。眉山楊直夫之妹。通經學。比於曹大家。嫁虞氏。生虞集。爲鉅儒。其學無師。傳於母氏也。此事蜀人亦罕知。故著之。

詞名道園樂府。吳昌綬據道園學古錄及遺稿輯本錄爲一卷。刊入彊邨叢書中。蜀十五家詞本據之。

按彊邨本道園樂府。有在朝稿七首。歸田稿六首。遺稿四首。附鳴鶴餘音一卷。即蘇武慢十二首與無俗念一首。內附全眞馮師蘇武慢二十首及金天瑞跋。末有吳昌綬二跋 鳴鶴餘音有涵海叢書本。故雨村詞話云。鳴鶴餘音一卷。余已校刊矣。

邵菴詞。豪婉兼蘇秦。高曠若陶謝。亦有謂其氣慨亡詞。規模不定者。然元代詞家如邵庵者。未易多覯也。

藝概云。虞伯生薩天錫兩家詞。皆兼蘇秦之勝。

劉鑑泉先生論詞絕句云。詞裏若尋陶謝味。莫忘虞集與劉因。箋云。道園詞三四首。皆詩人之詞也。

雨村詞話云。虞伯生集詞。一洗鉛華

四庫提要云。鳴鶴餘音所錄。多方外之言。不以文字工拙論。而寄託幽曠。亦時有可觀。

藝苑卮言云。元有曲而無詞。如虞趙諸公輩。不免以才情屬曲。而以氣概屬詞。詞所以亡也。

白雨齋詞話云。虞道園詞筆頗健。似出仲舉之右。然所作寥寥。規模未定。不能接武南宋諸家。

詞學通論云。公詩文爲四家之冠。當時虞楊范揭。並見稱一時。而伯生自評所作。擬諸老吏斷獄。則其自信有素也。詞不多作。輟耕錄載其短柱折桂令。極險窄之苦。而能揮翰自如。不爲韻縛。才大者亦工小技。信爲一代宗匠也。按折桂令乃曲子。非詞也。故未錄。

其詞如風入松之報道先生歸也。杏花春雨江南一句。天然風韻。傳遍當時。

風入松　畫堂紅袖倚淸酣。華髮不勝簪。幾回晚直金鑾殿。東風軟。花裏停驂。書詔許傳宮燭。輕羅初翦朝衫。御溝冰泮水挼藍。飛燕又呢喃。重重簾幙寒猶在。憑誰寄。銀字泥緘。報道先生歸也。杏花春雨江南。

輟耕錄云。吾鄉柯敬仲先生九思。際遇文宗起家爲奎章閣鑒書博士。以避言路居吳下。時虞邵菴先生在館閣。賦風入松長短句寄博士。詞翰兼美。一時爭相傳刻。而此曲遂徧滿海內矣。

玉堂嘉話云。元東嶽廟有石壇。繞壇皆杏花。道士董宇定王用亨先後居之。張留孫弟子三十八人之一也。虞道園城東觀杏花詩。明日城東看杏花。丁寧兒子早將車。路從丹鳳樓前過。酒向金魚館裏賒。綠水滿溝生杜若。暖雲將雨少塵沙。絕勝羊傅襄陽道。歸騎西風擁鼓笳。當時同游者。歐陽元功。陳衆仲。揭曼碩諸公。葛邏祿詩。最憶奎章虞閣老。白頭騎馬看花來是也。又賦風入松詞題之羅帕。有報道先生歸也。杏花春雨江南之句。柯敬仲購得之。裝潢作軸。或云。虞集賦此詞以寄敬仲者。張仲舉爲賦摸魚兒詞記其事。卒章云。楚芳玉潤吳蘭媚。一曲夕陽西下。試問人生。誰是無情者。先生歸也。但留意江南。杏花春雨。和淚在羅帕。

古今詞話云。元文宗御奎章閣。虞伯生爲侍從。日以討論法書名畫爲事。柯敬仲退居吳下。伯生賦風入松詞寄之。末云。報道先生歸也。杏花春雨江南。詞翰兼美。一時傳唱。機坊織其詞爲帕。幾如法錦。

蕙風詞話云。此詞當時傳唱甚盛。宋俞國寶一春長費買花錢闋。體格於虞詞爲近。鮮翠流麗而已。亦復膾炙人口。此文字所以貴入時也。

白雨齋詞話云。報道先生歸也。杏花春雨江南二語。卻有自然風韻。

318

風入松爲甫田壽南鄉一剪梅招熊少府二闋。亦自入妙。

風入松　頻年清夜肯相過。春碧捲紅螺。畫檐幾度徘徊月。舊家梁園迴。無復鳴珂。門外雪深三尺。窗中翠淺雙蛾。丹荔錦交柯。新玉紫峯駝。長安日近天涯遠。行雲夢。不到江波。欲度新詞爲壽。先生待教誰歌。

蕙風詞話云。此詞意境較沈淡。便不如寄柯敬仲詞悅人口耳。

南鄉一剪梅　南阜小亭台。薄有山花取次開。寄語多情熊少府。晴也須來。雨也須來。隨意且銜杯。莫惜春衣坐綠苔。若待明朝風雨過。人在天涯。春在天涯。

按雨村詞話錄此詞。

劉應雄

劉應雄。字青原。西昌人。

按西昌縣。唐置。屬劍南道綿州。今安縣東三十里。非寧遠之西昌也。

元草堂詩餘載其木蘭花慢一詞。

木蘭花慢 元夕郡侯邀賦

梅妝堪點額。覺殘雪。未全消。忽春遍南枝。小窗明透。漸褪寒驕。天公似憐人意。便挽回和氣做元宵。太守公家事了。何妨銀燭高燒。 旋開鐵鎖粲星橋。快燈市客相邀。且同樂時平。唱彈絃索。對舞纖腰。傳柑記陪佳宴。待說來。須臾換金貂。只恐出關人早。鷄鳴又報趨朝。

王學文

王學文。字竹澗。眉山人。

元草堂詩餘小注云。天下同文集作竹澗楊學文。字必節。厲太鴻云。天下同文集載王學文月夜一絕云。明蟾破雨欲流冰。一碧涵空萬籟沈。和夢起來猶是蝶。滿襟花氣露痕深。

有詞四闋。詞綜載其三。摸魚兒送汪水雲之湘一闋。並見元草堂詩餘。

摸魚兒　記當年舞衫零亂。零鈴忍按新闋。杜鵑枝上東風晚

點點淚痕凝血。勞信歇。念初試琵琶曾識關山月。悲絃易絕。

奈笑罷聾生。曲終愁在。誰解寸腸結。　浮雲事。又作南柯夢徹。一簪聊寄華髮。乾坤桑海無窮事。纔歷昆明初刧。誰共說。都付與焦桐寫入梅花疊。黃花送別。休更問湘魂。獨醒何在。沈醉浩歌發。

歷代詩餘又載其桂枝香和詹天游就訪一闋。

桂枝香　晚天涼露。天上玉簫吹。飛聲如羽。金闕高寒。開却一庭梅雨。漫漫八表塵埃。夢把文章洗。空千古。精神一似。風裳水佩。蘭皋蘅浦。　看萬里跳龍躍虎。甚花嬌英氣。劍淸塵嫵。憔悴江南。應念山臆貧女。朱樓十二春無際。倚蒼寒青岫如故。茶香酒熟。月明風細。試教歌舞。

劉天迪

劉天迪。字雲閒。西昌人。元草堂詩餘載其詞六闋。詞綜選其三。歷代詩餘選其一。錄虞美人春殘念遠一詞。

虞美人　子規解勸春歸去。春亦無心住。江南風景正堪憐。到得而今不去待何年。　無端往事縈心曲。兩鬢先驚綠。薔薇花發望君歸。謝了薔薇又見楝花飛。

蕙風詞話云。春亦句。淡而穆。却未易道得。並子規解勸之解字。亦爲之有精神。竊謂詞學自宋迄元。乃至雲閒等輩。清妍婉潤。未墜力雅之道。亦猶書法自六朝迄唐至褚登善徐季海輩。餘韻猶存。風格毋容稍降矣。設分元賢繼起者。不爲詞變爲曲風會所轉移。俾肆力於倚聲。以語南渡名家。何遽多讓。雲閒輩所詣止此。豈曰其才限之耶。

周孚先

周孚先。字梅心。西昌人。

元草堂詩餘載其詞三闋。歷代詩餘詞綜均選其二。錄鷓鴣天禁酒一詞。

鷓鴣天　曾唱陽關送客時。臨歧借酒話分離。如今酒被多情苦。卻唱陽關去別伊。　懽會遠。渺難期。黃壚門掩晝陰遲。青樓更有癡兒女。漫憶胡姬捧勸詞。

蕙風詞話云。句中有韻。能使無情有情。且若有甚深之情。是深於情工於言情者。由意境醞釀得來。非小慧爲詞之比。

曾允元

曾允元。字舜欽。號鷗江。西昌人。

其詞共五闋。均見詞綜。元草堂詩餘僅載四闋。月下笛一闋。詞律亦收之。錄其點絳脣水龍吟春夢二詞。

點絳脣　一夜東風。枕邊吹散愁多少。數聲啼鳥。夢轉紗窗曉。　來是春初。去是春將老。長亭道。一般芳草。只有歸時好。

蕙風詞話云。後段看似毫不喫力。政恐南北宋名家。未易道得。所謂自然從追琢中出也。

蜀詞人評傳

水龍吟　日高深院無人。楊花撲帳春雲暖。回文未就。停針不語。繡床倚徧。翠被籠香。綠鬟墮膩。傷春成倦。儘雲山煙水。柔情一縷。又暗逐。金鞍遠。　鸞珮當年甚處。似當年。劉郎仙苑。凭肩後約。畫眉新巧。從來未慣。枕落釵聲。簾開燕語。風流雲散。甚依稀難記。人間天上。有緣重見。

蕙風詞話云。作慢詞。起處必須籠罩全闋。近人輒作景語徐引。乃至意淺筆弱。非法甚矣。此詞起調。從題前攝起。以下逐層意境自能逶迤入勝　儘雲山至金鞍遠數句。尤極迷離惝怳。非霧非花之妙。

段平章夫人

補續全蜀藝文志引南詔事略云。元段平章夫人高氏。天全招討女也。有玉嬌詞一闋。

玉嬌詞　風捲殘雲。九霄冉冉逐。龍池水雲一片綠。寂寞倚屏幃。春雨紛紛促。蜀錦半閑。鴛鴦獨自宿。好語我將軍。只恐樂極悲生怨鬼哭。

明代

有明文學。雖多蹈襲舊規。而倚聲一藝。頗不乏佳構。徵諸吾蜀。則前後二楊。實爲當代詞壇巨擘。最推作手。今觀其詞。風華瀏亮。淸麗芊綿。縟旨星稠。繁辭綺合。洵妙品也。且升庵之功。不僅在按譜塡詞。其網羅詞家之佚文佚事。鈎稽曲調。品藻流別。勒成數種。專科之學。隱然是倡。尋其所由。豈太史經綸未展。懷抱莫述。退施其才於湖山烟水。日與黃夫人相對桂湖濱。流連酬唱。而樂爲此歟。其著述雖已多所不傳。要其可考者尙富也。受其影者。當時如沈天羽王元美諸名家。遂有草堂詩餘評本之出。西蜀詞人。代有其才。詞之浸浸不成絕響者。其賴是乎。

楊基

楊基。字孟載。嘉州人。以大父仕江左。生於吳中。九歲背誦六經。著書十餘萬言。名曰論鑑。洪武二年。授滎陽知縣。謫居鍾離。久之。用薦江西行省幕官。坐省臣得罪。落職。六年。起奉使湖南廣右。召授兵部員外郎。出為山西按察使。基少負詩名。與高啟張羽徐賁為友。時號吳中四傑。有眉菴集十二卷。四川通志云。其詩頗沿元季穠纖之習。或時類小詞。故藝苑卮言謂其情至之語。風雅掃地。集初為郯鎮板行。成化中。吳人張習重刻。巴縣江朝宗為之序。習為後志云。

按眉菴詩集。坊間有有正味齋單行本。

眉菴詞一卷。詞七十一闋。見晨風閣叢書中。

沈宗畸眉庵詞跋云。楊孟載眉菴詞一卷。從明高安陳邦瞻所刻明初四家詩寫錄。即眉菴集十二卷之末卷。

孟載詞。新俊有致。小令尤佳。其詩句頗多可入詞者。

樂府紀聞云。楊孟載少時見楊廉夫。命賦鐵笛。歌成。廉夫喜曰。吾意詩境荒矣。今當讓子一頭地。當時有老楊小楊之目。眉庵詞。饒有新致。

蓮子居詞話云。眉菴詞。工秀輕俊。未洗元人之習。

詞史云。明初四傑。張徐二氏。不以詞名。楊氏詩次高氏。而詞則差勝。

詞曲史云。眉菴詞。遠宗白石。饒有新致。

詞學通論云。眉庵詞新俊可喜。尤宜於小令。清平樂浣溪紗諸調。更爲擅場。蓋眉庵聰慧。故出語便媚。其佳處並不峚臨花間草堂。與中葉後元美升菴諸作。不可同日語矣。靜志居詞話云（見后）洵然。

柳塘詞話云。楊孟載詩。如西湖柳枝。綽約近人。春草詩。六朝舊恨斜陽外。南浦新愁細雨中。落花詩。無人搖動秋千索。黃鳥飛來架上啼，絕妙好詞也。其情致不及格者。拚醉蠻愁醒。愁因醉轉增。菩薩蠻調也。尚短柳如新折後。已殘花似未開時。浣溪紗調也。

詞人評傳

靜志居詞話云。孟載詩芳草漸于歌館密。落花偏向舞筵多。細柳已黃千萬縷。小桃初白兩三花。布穀雨晴宜種藥。葡萄水暖欲生芹。雨頡風頏枝外蝶。柳遮花映樹頭鶯。燕子綠蕪三月雨。杏花春水一聲鵑。江浦荷花雙鷺雨。驛亭楊柳一蟬風。一路詩從愁裏得。二分春向客中過。立近晚風迷蛺蝶。坐臨秋水映芙蓉。羅幕有香鶯夢暖。綺窗無月雁聲寒。眉常淺蹙橫曉綠。臉消殘纈膩春紅。小雨送花青見蓴。輕雷催筍碧抽尖、蠶屋柘煙朝焙繭。鶴爐沈火晝烹茶。試填入浣溪沙。皆絕妙好辭也。

沈天羽盛稱孟載詞。故其草堂詩餘所選頗多。王昶明詞綜亦選五首。茲錄其著者。

清平樂

欺煙困雨。拂拂愁千縷。曾把腰肢羞舞女。贏得輕盈如許。　猶寒未暖時光。將昏漸曉池塘。記取春來楊柳。風流全在輕黃。

沈天羽云。促做冷欺花將烟困柳作句。每句弄態。人出之則直。又云。觀物妙。

浣溪沙 花朝

鸞股先尋鬬草釵。鳳頭新繡踏青鞵。衣裳宮樣不須裁。　軟玉鏤成鸚鵡架。泥金鐫就牡丹牌。明朝相約看花來。

沈天羽云。富麗盡花朝氣象。又云。先尋新繡鏤成鐫就八字生看花句。

按劉毓盤詞史亦選此詞。

夏初臨 送春

瘦綠添肥。病紅催老。園林昨夜春歸。深院東風。輕羅試著單衣。雨餘門掩斜暉。看梅梁乳燕初飛。荷錢猶小。芭蕉漸長。新竹成圍。　何郎粉淡。荀令香銷。紫鸞夢遠。青鳥書稀。新愁舊恨。在他紅藥欄西。記得當時。水晶簾一架薔薇。有誰知。千山杜鵑。無數鶯啼。

沈天羽云。聲韻嬝密。又曰。當時句。嘘枯吹生。

按詞曲史亦選此詞

燭影搖紅　簾

花影重重。亂紋匝地無人卷。有誰惆悵立黃昏。疎映宮妝淺。只有楊花得見。解匆匆尋芳覓使。多情長在。幕雨迴廊。夜香庭院。　曾記揚州。紅樓十里東風軟。腰肢半露玉娉婷。猶恨蓬山遠。閑閣如今怎遣。看草色青青似翦。且教高揭。放數點春。一雙新燕。

按詞綜詞學通論選此闋。

踏莎行　春暮

淺碧凝鬟。輕紅染瓣。東風着意催初綻。不須抵死恨開遲。遲開却得遲遲看。　醉眼微醒。覊魂欲斷。斜陽流水東西岸。只知人有萬千愁。花枝更有愁千萬。

沈天羽云。麗句相高。意能翻進。

浣溪沙　上巳

軟翠冠兒簇海棠。砑羅衫子綉丁香。閒來水上踏春陽。　風暖有人能作伴。日長無事可思量。水流花落任忽忙。

沈天羽云。兩句生成。在能字可字。

菩薩蠻　梨花夜月

水晶簾外娟娟月。梨花枝上層層雪。花月兩模糊。隔簾看欲無。　月華今夜黑。全見梨花白。花也笑姮娥。讓他春色多。

沈天羽云。重重微想。又云。梨花白不待月黑後見。月黑乃見其全。又云。游戲三昧。

憶秦娥 楊花

東風惡。一江春水楊花落。楊花落。惹人衫袖。綴人簾幙。　才飛卻墜能纖弱。倏來還去無拘着。無拘着。山遙水遠。任伊飄泊。

沈天羽云。卽不逮章蘇二公詞。而稱還揚抗。如其伎倆。

蝶戀花 春閨怨

淨洗胭脂輕掃黛。鬬草亭邊。自拗梨花戴。一段心情空自愛。風流那得常時在。　屈指春光歸已快。不捲朱簾。又恐東風怪。花影低將新月礙。水闌干外深深拜。

沈天羽云○空閨雅致○自家領略○旁人那知○空自愛三字妙○又云○清澈靈洞○又云○爲甚拜○春心動也○又云，韻字門不可代○

蝶戀花 閨怨

新製羅衣珠絡縫。消瘦肌膚。欲減猶嫌重。莫信鵲聲相侮弄。燈花幾度成春夢。　風雨又將花斷送。滿地胭脂。補盡蒼苔空。獨自移將萱草種。金釵挽得花枝動。

沈天羽云○鴛鴦數燈花○嬌怨簡盡○又云○緊媚○又云○韻亦精○

青玉案 江上閒居寫懷

平湖遇雨青如鑑。柳下賣花船纜。雌蝶雄蜂飛繞擔。杏花終是。軟紅嫩白。不比梨花淡。　一春能幾花前探。天氣無憑故相嫌。晴不多時陰亦暫。一回風雨。一回烟霧。何處堪登覽。

蜀詞人評傳

沈天羽云、流韻淒斷。

青玉案 江上間居寫懷

王孫芳草生無數。漸綠遍。長干路。春色匆匆愁裏度。幾番風雨。霎時晴霽。又是遙山暮。　芒鞋不怕春泥汙。紅藥重教曲闌護。細數落花成獨步。自緣山野。不堪廊廟。不是文章誤。

沈天羽云、明麗爛逸。又云、孟載初客饒介所。國朝以饒客安置臨濠。後應起廢。卒干金口。自緣山野句。溫厚。詩之教也。

多麗

問鶯花。晚來何事蕭索。是東風。釀成新雨。參差吹滿樓閣。辟寒金。再簪寶髻。鎏扉鎖。重護香幄。杏惜生紅。桃緘淺碧。向人憔悴未舒萼。念惟有。淡黃楊柳。搖曳映珠箔

338

。凭闌久。春鴻去盡。錦字難託。　奈夢裏清歌妙舞。驚來偏更情惡。聽高樓。數聲羌笛。管多少。梅花驚落。鸞帶慵寬。鳳鞋懶繡。新晴與共行樂。料在楚雲湘水。深處黃鶴。天涯路計程難定。長恁飄泊。

沈宗畸眉菴詞跋云。多麗一闋。與明詞綜所選字句小異。且明詞綜又增出數字、不知蘭臯司寇所據者何本。

按上詞照錄詞綜所載。以眉菴詞校之。晚來何事作底事。新作纔。參差作晚來。靈犀鎖作鎖帷屏。舒作閒。映字移。多少下增殘夢二字。天涯路計作難定七字作不似楊花四字。查詞律此調有百三十九字體及百四十字體。與此百三十八字及眉庵詞百三十四字均不同。此詞係用仄韻。疑是詞律百四十字體有缺落、對校之末舒夢三字改爲四字句。料在句之六字句。改爲上三下四之七字句。則全合矣。但此調李煒有百三十七字體。此百三十八字。或亦又一體。未始非詞律所未收者。

楊廷和

楊廷和。字介夫。新都人。升菴之父也。生於天順三年。成化十四年進士。官宰輔數十年。頗有政聲。卒於嘉靖八年。年七十一。謚文忠。明史本傳載其事蹟頗詳。

李東陽曰。吾於文翰。頗有一日之長。若經濟事。須歸介夫。

補續全蜀藝文志載其詞二闋。

蘇武慢（新黃菊馨）

小小盆池。低低屏障。生意雨前還少。葉底疏花。花間嫩葉。雨後塵容如掃。金屑霏霏。雲英燦燦。蜂蝶也來飛繞。伴詩人坐到黃昏。明日又隨清曉。　雖未見綽約仙姿。輕盈淑態。也是化機天巧。梅借幽香。菊分冷豔。相映滿庭芳草。木槿朝榮。芙蕖夜合。不似此花常好。問詩人何事無詩。恐被花神煩惱。

漁家傲 漫興

翕樂亭前花樹好。濯清樓外溪流遶。杏豔桃嬌春意鬧。遊燕少。轉頭便覺韶光老。燕廣偶從花下掃。羅衣尚覺東風峭。忽聽歌聲來樹杪。喧百鳥。管絃那似天然調。

鄒智

鄒智。字汝愚。別號立齋。合州人。成化二十二年鄉試第一。明年。登進士。改庶吉士。弘治四年卒。年二十有六。天啟初。追謚忠介。明史有傳。

補續全蜀藝文志載其水調歌頭。送蘇伯誠一詞。

水調歌頭　微雨歇煩暑。輕風迎晚涼。攜手伏波橋上。平水正蒼茫。千峯歸鳥。縱橫兩岸。飛花下上。恰好是斜陽。把酒爲君舞。君當傾幾觴。道路難。功業遠。歲華忙。莫有良天美景。終古恨空長。先生玉府。神仙小子。石城居士。爛醉雨何妨。阿真何處在。焚焚起。紫泥香。

楊　愼

楊愼。字用修。號升庵。新都人。大學士廷和之子。生於弘治元年。七歲時作擬古戰場文。正德六年。廷試第一。授翰林院修撰。嘉靖甲申。兩上議大禮疏。謫戍雲南永昌衛。復留寓瀘州十餘年。箸述極富。凡百四十種。一云四百餘種。明代之第一博洽人物也。卒於嘉靖三十八年。七十二歲。其友蜀人簡西畸爲之編次年譜。明史有傳。

簡西畸升菴先生年譜云。公穎敏過人。家學相承。益以該博。凡宇宙名物之廣。經史百家之奧。下至稗官小說之微。醫卜技能草木蟲魚之細。靡不究心多識。闡其理。博其趣。而訂其訛謬焉。平生著述。四百餘種。散逸頗多。學者恨未睹其全也。又云僑寓江陽者十數年。(江陽卽瀘州)

顧起元升菴外集序云。國初迄於嘉隆。文人學士著述之富。毋踰升庵先生者。至其奇麗奧雅。漁弋四部七略之間。事提其要。言纂其玄。唐宋以來。吾見亦罕矣又云。新都立言。巳懸日月。寥寥一代。幾見斯人。迺汝南正之。琅邪非之。摘其小疵。掩其弘美。雖文人相輕。自古爲然。而以後凌前。得無巳甚。

補續全蜀藝文志引何宇度益部談資云○用修著述之富○古今罕儔○予所見已刻者二十九種○未見已刻者三十九種○聞未刻者尚有七十一種○總之百四十種○

四川通志云○有明一代博洽者○無逾於楊慎○

蕙風詞話云○楊用修席芬名閥○涉筆瑰麗○自負見聞賅博○不恤杜譔肆欺○迹其忍俊不禁○信有奇思妙語○非尋常俊才所及○

其著述關於詞者。有詞林萬選四卷。升菴詞四卷。詞品六卷。拾遺二卷。塡詞選格。塡詞玉屑。詞選增奇。古今詞英。百琲明珠。草堂詩餘補遺。箋篌新咏。江花品藻等書。尤以詞品一籍。蒐羅富贍。考覈精詳。嘉惠後學不淺。不愧爲詞家之大功臣也。

藝苑卮言云○用修所輯百琲眞珠詞林萬選○可謂詞家功臣也○

柳塘詞話云○用修因辨禮謫戍瀘州○號爲淹博○所輯詞品百琲明珠詞林萬選諸種○亦詞家功臣也○

樂府紀聞云○成都楊愼所著書百餘種○號爲博洽○金華胡應麟嫌其熟於稗史○不

嫺於正史。作筆叢以駁之。然楊所輯百琲眞珠。詞林萬選。王弇州亦謂詞家功臣也。

沈際飛古香岑草堂詩餘四集發凡云。升庵塡詞選格。詞林萬選。詞選增奇。塡詞玉屑。詩餘補遺。古今詞英。百琲明珠等書。已不復見。

雨村詞話序云。吾蜀升庵詞品。最爲允當。勝弇州之英雄欺人十倍。

蓮子居詞話云。楊用脩詞品四卷。論列詩餘。頗具知人論世概。不獨引據博洽而已。其引據處亦足證俗本之誤。其他辨訂。淵該綜覈。終非陳耀文胡應麟輩所可仰而攻也。

詞學通論云。用脩所著詞品。雖多偏駁。顧考覈流別。研討正變。確有爲他家所不如者。

至其創調。詞律未收。吳子律頗以爲未允。而創調名起源之說。自難免於傅會。然塡詞名解一書。實繼承升庵者也。

吳子律云。紅友詞律於明人自度腔。概置弗錄。旣錄金元製矣。何獨於明而置之。謂律呂有未協。又安知律呂之必不協也。猶憲楊新都之落燈風誤佳期等調。皆當補列。

詞苑叢談引俞少卿云。詞之歌調。旣已失傳。而後人製調創名者亦復不少。如用修之落燈風款殘紅等類。不識比之樂章大聲諸集輒叶律與否。文人偶一爲之可。鄒祇謨遠志齋詞衷云。調名起源之說。起於楊用修都元敬。而沈天羽掩楊論爲已說。（中略）愚按宋人詞調。不下千餘。新度者即本詞取句命名。餘俱按譜填綴。若一一推鑿。何能盡符原指。安知昔人最始命名者。其原詞不已失傳乎。且僻調甚多。安能一一傳會穢釋。自命稽古。學者常失闕疑。毋使後人徒資彈射可耳。

升菴詞四卷。一云二卷。刻本未見。今存者。歷代詩餘四十九闋。從詞綜補三闋。詞律補一闋。升菴全集補十六闋。詞品補二闋。草堂詩餘新集補三十四闋。補續全蜀藝文志補一闋。都一百零六闋。此外升菴遺集喜遷鶯一闋與補續全蜀藝文志風入松一闋。存目無詞。

按近人趙尊嶽明詞彙刻。必有升菴詞之全部。俟見時即可窺其全豹矣。茲以零星所輯詳述之。歷代詩餘四十九闋。詞綜十一闋。惟轉應曲三首未重。詞律衛儂一闋。在六醜條內。升菴全集卷十一有青玉案歸朝歡喜遷鶯鳳棲梧四闋。卷三十九漁家傲十二闋。鶯啼序一闋。重見歷代詩餘。詞品清平樂二闋。草堂詩餘新集七十六闋。重見前錄各書者四十一闋。補續全蜀藝文志風入松一闋。又謂另有風入松一闋。詞未錄。升菴遺集載江陽太守林湖山賀障詞引末云。詞寄遷鶯。意申賀燕。當有喜遷鶯詞一闋。但詞未錄。

又案李卓吾讀升菴集載竹枝詞七首。焦弱侯評云。似雅似俗。最得竹枝之體。劉禹錫後。獨此公耳。又載其楊柳枝詞二首。見明本李卓吾先生批評三大家文集。

其詞典雅秀麗。令引尤佳。然論者亦間有貶辭。

藝苑巵言云。升菴好六朝麗字。似近而遠。然其絕妙處亦不可及。

徐世溥說安軒詩餘序云。國朝詩餘之道微矣。楊用修累於多學。王元美病於少情。

柳塘詞話云。用修所作。極典贍而少生動。正李于鱗所云。銅山金埒之句。雕繪滿前者也。

王昶明詞綜序云。楊用修王元美諸公。小令中調。頗有可取。而長調則均雜於俚俗矣。

白雨齋詞話云。用修小令合者。有五代人遺意。而時雜曲語。令讀者短氣。又云。升庵鑿句琢字鍊。枝枝葉葉爲之。蓋難於大雅。

吳瞿安云。大抵用修文學。一依茶陵衣鉢。自北地哆言復古。力排茶陵。用修乃沈酣六朝。覽采晚唐。創爲淵博靡麗之詞。其意欲壓倒何李。爲茶陵別張壁壘。其用力固至正也。惟措辭運典。時出輕心。援據博則乖誤良多。摹倣慣則瑕疵互見。竄改古人。假託往籍。英雄欺人。亦時有之。要其鈎索淵深。藻采繁會。自足牢籠一世。

俞曲園詞律拾遺序云。余嘗謂唐宋以後至有明一代。而學術衰息。無論其餘。即詞爲小道。亦覺敝無足觀。雖以升菴之淵博。而所爲詞。龐亂鈎裂。他可知矣。

後人評證升菴詞者極多。即以沈天羽一家言之。亦批點七十餘闋。茲錄其最著者。

轉應曲　春

雙燕雙燕。金屋往來相見。珠簾半捲風斜。何處銜來落花。花落花落。日暮長門寂寞。

沈天羽云。平淡中含得味多。

吳瞿安云。花落花落。日暮長門寂寞。不弱兩宋之作。

轉應曲 閨秋

銀燭銀燭。錦帳羅幃影獨。離人無語消魂。細雨斜風掩門。門掩門掩。數盡寒城漏點。

沈天羽云。近情。

丁紹儀云。促織一闋。非不典麗。讀之索然意盡。然銀燭一闋。與前詞有清空實實之分。

吳瞿安云。門掩門掩。數盡寒城漏點。不弱兩宋之作。

清平樂

傾城豔質。本自神仙匹。二八承恩初選入。身是三千第一。　月明花落黃昏。人間天上銷魂。且共題詩團扇。笑他買賦長門。

詞品云。太白清平樂詞。見呂鵬遏雲集載四首。黃玉林以其二首無清逸氣韻。止選二首。傾脊補作二首。永昌張愈光見而深愛之。以爲遠不忘諫。歸命不怨。埃辭中有風雅也。荒淺敢望前人。然亦不孤愈光之賞爾。

案升菴二詞。上錄係第二闋。

鷓鴣天　西莊　秋水澄清勝酒醅。野烟籠樹似樓臺。彈聲林鳥山和尚。寫字寒蟲水秀才。乘興去。興闌回。夕陽影裏說徘徊。正思修禊明年約。無奈鳴騶得得催。

沈天羽云。奇確。不過其地不知。

雨村詞話云。用修鷓鴣天西莊詞句云。彈聲林鳥山和尚。寫字寒蟲水秀才。山和尚謂山鳥。水秀才滇中蟲名也。

南鄉子　荊州元夕　玉簫送殘梅。片片隨風入鏡臺。臺下新粧傳玩處。徘徊。臘尾春頭恨幾回。　絲雨濕香街。禁任花燈不放開。悶上紫姑香火會。遙猜。紅豆音書甚日來。

沈天羽云。燈為雨禁。禁字欲加之罪。

雨村詞話云。用修荊州元夕南鄉子詞。有悶上紫姑香火會句。今人皆習用之而不知顚末○且謂不切元宵也○按氏族譜○紫姑姓何○名媚○萊陽人○壽陽李景納爲妾○大妻妒之○正月十五日陰殺之于廁中○後封爲廁神○歲時記○元夜迎紫姑神以卜○謂此○

昭君怨　樓外東風到早。染得柳條黃了。低拂玉闌干。怯春寒。　正是困人時候。午睡濃於中酒。好夢是誰驚。一聲鶯。

沈天羽云○因法得趣○

吳瞿安云○此詞上闋○不弱兩宋人之作○

南柯子懷鄉　黃鶴蓬萊島。青鳧杜若洲。愁人寂夜夢仙遊。不信一身流落向南州。　萬里家山路。三更海月樓。離懷脈脈思悠悠。何日錦江春水一扁舟。

沈天羽云。用修戊雲雨。思故鄉。末兩句一往一返

漁家傲 秋雨

雲掩遙山山掩翠。雨聲急戰荷聲碎。綠錦離披紅錦墜。花葉背。波間驚起鴛鴦睡。　瀲灧芳尊人共對。碧筒涼沁初消醉。濕煙香霧籠歸袂。搖玉轡。南風馬上聞蛙吹。

沈天羽云。一秋雨觸人兩般。又云。鳳管秋聲。又評濕煙三句云。大籟。

款殘紅 暮春

花徑款殘紅。鳳沼縈新皺。有意惜餘春。無計消長晝。香醪瀉玉窪。瑞腦噴金獸。誰與共溫存。寂寞黃昏後。　頻移帶眼寬。只恁懨懨瘦。不見又思量。見了還依舊。爲問頻相見。何似長相守。天生並頭蓮。好結同心藕。

沈天羽云○兩首五言古詩分不開○又云○余有詞云○陡然相見猶可○别後思量奈何○不如他○又云○結句莫作板重論○

又云　此楊慎自名調○乃八韻五言古詩○實合生查子二調爲一調　換頭用李之儀謝池春慢語○

長相思　閨情

雨聲聲○夜更更○牕外蕭蕭滴到明○夢兒怎麽成○　望盈盈○盼卿卿○鬼病懨懨太瘦生○見時他也驚○

沈天羽云○夢兒要他何用○况夢不成○又云○是他誤我○驚他不差○又云　想與響直奪古調○

誤佳期　元夕

今夜風光堪愛○可惜那人不在○臨行多是不曾留○故意將人怪○　雙木架秋千○兩下深深拜○條香燒盡紙成灰○莫把心兒壞○

沈天羽云○不使性而他人罪過不待切責自見○又云歡開戀歌没命成灰土○終不罷相憐　死心語要極透露○

木蘭花 題情　弓鞵一搦淩波迴。冉冉盈盈羞顧影。擎茶步緩乳花凝。鬥草歸遲苔露冷。雲鬟[illegible]。[illegible]瞑。掌中無力搦瓊枝。濁思半消殘酒醒。

沈天羽云：「艷麗」。

箇儂 艷情　恨箇儂無奈。嬌羞眼。看花偷攬。[illegible]落花。[illegible]下。月榛春跡。聞氣不知名。似仙樹御香。水邊韓國。羅襦襟解聞香澤。雌蝶雄蜂。東城南陌。何人輕憐痛惜。窺宋玉鄰牆。巫山寧隔。尋尋覓覓。又暮雲凝碧。良夜千金。繁華一息。楚宮盼睞留客。愛長袖風流。鍾情何極。唱道是。鳳幃深處附素足。顫裊周旋惡。憐伊儘傾側。叫檀郎莫枉春夕。恐佳期別後。青天樣。何由再得。

沈天羽云。根究情苗。誰在眼上。誰在脚下。又云。可期不可名。氣妙至此。元一百八十餘人四百五十餘劇瀚句。又云。下文怎又說聞香澤。又云。唱好是。唱道是。元曲中襯詞。又云。不言遠。言青天樣。宋來。

按此調即六醜。詞律言之頗詳。

風入松　刺桐花裊咽新蟬。力響咽寒泉。遠上凝黛修蛾歛。碧池誰粧點。淡粉濃臙。嫩水靴雲蹙浪。嬌雲卵色烘天。荷葉又田田。藕在阿誰邊。蓮子擘開須見意。香絲到底相牽。留取團圞明月。西樓共醉嬋娟。

補續全蜀藝文志云。升菴先生逸稿。有馬上寄晴風入松一詞。未經板行。是其寄內江友人者。後書云。久不作字。小憩驛亭。改訂舊稿。願希[illegible]。留紙[illegible]行。

其先生親筆書。今藏於錦水家。

其平生風流事蹟頗多。所謂愈悲憤愈狂放者。其升庵之謂乎。

桐下聽然云。楊用修少時。善琵琶。每自爲新聲度之。及第後。猶於暑月夜。綰兩角髻。著單紗半臂。背負琵琶。共二三騷人。攜尊酒。席地坐西長安街上。歌所製小詞。撮撥到曉。適李閣老早朝過之。聽其聲。異常流。令人詢之。則云楊公子修撰也。李爲之下車。楊遽趨進李曰。朝尚早。願爲先生更彈。彈罷而火城將熄。李先入朝。楊亦隨著衣而至。朝退。進閣揖李先生及其尊人。李笑謂曰。公子韻度。自足千古。何必躬親絲竹。乃擅風華。自是長安一片月。絕不聞楊公子琵琶聲矣。

樂府紀聞云。楊愼因議禮謫戍瀘州。暇時紅粉傅面。作雙丫髻插花。令諸妓扶觴游行。了不爲怍。有以舊規之者。答云。文有仗境生情。詩或托物起興。如崔延伯遇陣則召田僧超爲壯士歌。宋子京修史使麗豎燃椽燭。吳元中起草令遠山磨隃糜。是或一道也。豈能執鞭古人。聊以耗壯心遣餘年耳。知我者不可以不聞此言。不知我者不可以不聞此言。詩有羅衣香未歇。猶是漢宮恩句。顧亦富贍。

詞學通論云。用修在永昌日。曾紅粉傅面。作雙丫髻插花。令諸妓扶觴遊行。丁不愧怍。吳江沈自晉曾爲譜簪花髻雜劇。詞場豔稱之。

楊愼夫人黃氏

楊升菴夫人黃氏。遂安人。有寄外巫山一段雲一闋。

巫山一段雲　巫女朝朝豔。楊妃夜夜嬌。行雲無力困纖腰。媚眼暈紅潮。　阿母梳雲髻。檀郎整翠翹。起來羅襪步蘭苕。一見天又魂銷。

沈天羽云。豈人世中物。不可狄梁公見也。又云。短小神女賦。

晚香堂清話云。升菴夫人寄外詩有曰歸曰歸愁歲暮。其雨其雨怨朝陽之句。傳誦人口。又有滿庭芳巫山一段雲諸詞。皆爲雅麗。或比之趙松雪管夫人。然管工書竹耳。詩詞鄙俚。不及黃遠矣。

柳塘詞話云。升菴夫人黃氏有寄外巫山一段雲旅思滿庭芳數闋。流誦於世。

詞史云。用修妻黃氏亦能詩詞。才命相妨。斯其缺陷耳。

方干魯

詞人評傳

方于魯。初名大激。以字行。改字建元。新都人。萬歷時布衣。以製墨製箋名。四庫收其方氏墨譜六卷。方建元詩集十二卷。續集一卷。詞十首附集中。

趙尊嶽惜陰堂明詞彙刻提要云。于魯新都人。按四庫書目提要。千頃堂書目。靜志居詩話。並作歙縣人。當是其原籍。萬歷時布衣。以製墨名於時。凡值兼金。上自符璽圭璧。下至雜珮。凡三百八十五式。刊成圖譜。上呈乙覽。又精於造箋。嘗以百花香露和墨自作長箋。詩詞之名。乃爲其技所掩。有方建元集傳世。詞十首附焉。詞筆亦芊麗醇雅。

案明詞綜亦云歙縣人。選其臨江仙一詞。

茲錄其臨江仙一首。

臨江仙　小市橋橫堪繫馬。雙溪水暖浮鷗。青帘風颭酒罏頭。垂楊當戶牖。芳草帶煙流。　千里故人鷄黍約。百錢挂杖

358

登樓。竹林把臂又春遊。無嗟逆旅客。且作醉鄉侯。

趙聲嶽引阮郎歸上半闋云。畫眉人去若爲歡。秋風衣帶寬。盈盈一水待更闌。新妝今又殘。皆細膩可誦。知其技之不僅在製舉製箋也。

范文光

范文光。內江人。天啟元年舉人。歷官僉都御史巡撫川南。後殉難死。

詞綜聽秋聲館詞話均載其浣溪沙再贈梁姬正文一詞。

浣溪沙　夙世剛修半面緣。西風吹上五湖船。秋來瘦骨倍堪憐。　癡想只教魂孟浪。閒情空對影留連。相思同入藥爐煎。

詞藻詞苑叢譚均載其搗練子贈金陵楊姬。桂殿秋贈金陵劉姬二詞。

搗練子 曲兒高。月兒斜。春風塲上說楊家。自是調高難得和。誤將人面比桃花。

桂殿秋 不在豔。不須多。樽前一擲與橫波。梨花着雨春容冷。應喚金陵小素娥。

詞藻云。范文光續花間集。皆畫船歌席題贈之作。有贈金陵揚姬搗練子。又贈金陵劉姬桂殿秋。二詞程村載倚聲集。情致昵人。不減前輩風流。志之可當東京夢華錄也。

王化龍

王化龍。字封可。廣漢人。
詞綜載其蝶戀花一詞。
蝶戀花　小院幽窗風弄曉。柳織烟籠。鬧罷棠梨了。枝上流鶯啼更早。惜花人共春花老。　金鴨香深簾外裊。繡到鴛鴦。轉惹儂情惱。鏡掩孤鸞羞獨照。眉山一點愁多少。

楊珩

楊珩。成都人。補續全蜀藝文志載其滿江紅懷蔣道林先生用岳武穆韻一詞。
滿江紅　挑盡孤燈。寶鼎內紫泥香歇。望銀河。牛斗參差。

爲誰激烈。廣寒風送九秋香。虛堂簾捲三更月。憶美人家住翠雲深。相思切。　煉苗芽。烹白雪。說空無。斷生滅。更何人日夕乾乾。補完天缺。西域遙牽象馬來。東周空灑麒麟血。好相攜掉臂祝融峯。金鰲闕。

姚繼先

姚繼先。成都人。補續全蜀藝文志載其蝶戀花秋景念奴嬌中秋前望月二詞。

蝶戀花　雲綴長空飛鷺小。落日回光。倒掛靑山杪。北去歸鴉聲漸悄。寒蛩一路吟衰艸。　新月陡看澄素表。聯絡疎星。晃映西南角。澗水驚拖銀漢杳。流螢點點穿蘿巧。

念奴嬌　盈盈秋月。幾時圓。我先寄語風伯。急把天邊狂霧掃。莫釀山南雨孽。直放蟾輝。安迎兔魄。八表涵虛碧。開簾四望。清光到處融液。　更見流水連霄。輕烟淡鎖。容我雙鳧。小駕扁舟搖淨影。眇覷蓬壺仙跡。五斗鯨吞。一航鷗運。九萬溟鵬擊。興來長嘯。可知今夕何夕。

程可中

程可中。字仲權。新都人。四庫收其詩文集二十二卷。有詞二十二首。

趙恢嶽惜陰堂明詞彙刻提要云。可中有汝上集。四庫著錄。謂其爲七子末派。詞二十二首。輕淸騷蕩。蓋咏槐蔭閣二十二景者。有云。浮蛆漸呼佳釀酒。蟠虬半老手栽松。隔岸幽禽窺醉客。漫收輭草鬬華茵。有云。靈篁近沾芸草潤。龍涵深鬬玉光浮。岸卉妝紅臨寶鏡。簾風吹綠弄冰紈。幾曲洞天玄鑰閉。半庭晚照紫蘭生。要均名貴可誦也。

按四庫提要云。仲樓寧休人。趙氏云新都人。當有所據。

清代

慨吾蜀自獻賊亂後。聲名文物。悉委刼灰。司馬揚王之遺風。蕩然掃地。雖有孑遺。有清二百餘年。詩古文辭。工者亦尠。遑論倚聲。卽曰費先李王諸賢可稱。然多爲明季遺老。或流寓他行省。幾若無與於蜀也。顧以岷峨鍾靈江山毓秀論之。潛蟄鬱積旣久。當必有所謂文學魁傑者出。故張南皮王湘綺來蜀後。吾蜀文運。斐然奮發。嚮然丕振。人才之盛。不僅一二數。而倚聲之學。亦以漸盛。雖光暉朗朗如朝日初升。然似猶未洩其萬一者。然則繼續而昌盛之。其將有待於後進歟。

费密

費密。字此度。新繁人。明時諸生。王阮亭讀其大江流漢水。孤艇接殘春句。以爲十字可以千古。遂與訂交。由是詩名滿天下。平生究心性之學。著有宏道書。卽深推漢儒之精。非宋賢所能及。此在淸代漢學未萌芽時。其卓識如此。所著尚有荒書三卷。燕峯詩集若干卷。詩餘二卷。

先著

先著。字渭求。號蠲齋。瀘州人。學極博洽。尤工於詩賦。獻賊亂後。僑寄大江南北。晚居金陵。自號遷夫。偕諸名士往來。酬唱無虛日。詩文盛傳於世。著有之溪老生集。勸影堂詞若干卷。

復有詞潔一書。意在詆剝詞律者。

四川通志云○沈德潛錄其詩入別裁集○謂遂夫自云○先世居瀘○或云托言蜀地○并托言姓先○如明代之孫一元○不知果秦人否○按著係唐神童先汪之後○祖籍居蜀○並非假托○別裁集所云○乃傳聞之誤耳○

張邦伸錦里新編云○先著○瀘州人○本神童先汪之後○學極博洽○尤工詩賦○未云○有之溪老生詩勸影堂詞若干卷行世○

遂子居詞話云○瀘州先著以為宋詞宮調失傳○決非四聲可盡○又云○先著詞潔○意在詆剝萬氏○通融取便○

按瀘州志謂先著為瀘人○以上三說證之確矣○今瀘兩向有先姓者○並世居瀘○以此證之尤確○

李雨村蜀雅選其詩六首云○謂求詩○造句必新○遣言必雅○亦詞壇中飛將也○

按林山腴先生云○嘗有人語以滬上蟫隱廬書局有元刻勸影堂詞二冊出售○價二十元○以其蜀人之作也○速函購之○已售矣○然則此刻今猶在人間○但未知何時得見耳○

蜀詞人評傳　清　二十八

何明禮

何明禮。字希顏。崇慶州人。乾隆己卯解元。著有浣花草堂志八卷。太平樂府一卷。

李調元

李調元。字雨村。綿州羅江人。乾隆進士。官潼商道。藏書數萬卷。愛才若渴。嘗輯函海一書。多至二百餘種。有童山詩文集。雨村詞話。其詞曰蠢翁詞二卷。

聽秋聲館詞話云。綿州李雨村觀察調元所刊函海一書。蒐采升菴著述最多。惜校對未甚精確。

丁紹儀錄其二詞。

浣溪沙　斜掩金鋪日影移。水晶簾子鎮垂垂。楊花偏傍繡幃吹。玉步搖敧籠鬢嬾。金泥裙卸整腰遲。春愁一片化遊絲。

謁金門　風過處。吹落一庭輕絮。幾陣簾纖窗外雨。綠迷芳草渡。纔見蜂酣蝶舞。又早燕來鴻去。試問落花誰作主。流鶯嬌不語。

聽秋聲館詞話云。雨村自著童山詩文。亦不甚警策。詞則更非所長。惟浣溪沙謁金門爲集中之最。

李鼎元

李鼎元。字墨莊。羅江人。調元之弟也。官宗人府主事。丁紹儀錄其詠闌干金縷曲一詞。

金縷曲　婉轉情何極。襯花陰。春藏幾許。蝶蜂曾識。曲彔玲瓏呈幻影。低護青青草色。正睡起海棠無力。偏惹柔腸縈九轉。便烏陽午影扶難直。桃源路。一灣隔。　跨躡鶴步還愁入。算惟有槐邊蟻度。柳邊鶯擲。月夜縱橫添斷竹。羽客憑虛弄笛。早絆住花間遊屐。酒點茶痕人去後。更誰憐粉唾黏塵跡。留殘蔭。襯苔碧。

聽秋聲館詞話云。晉情瀏亮。頗能體物而不滯於物。

王棠

王棠。雙流人。四川通志謂有梅齋詩餘。

沈蕊仙

沈蕊仙。父江南人。客大足。生蕊仙。適大足劉某。有瀟湘詞一卷。

楊繼端

楊繼端。字古雪。遂甯人。同知楊輯五女。船山太守弟主簿張問策室。有古雪齋詩餘一卷。見徐乃昌小檀欒室彙刻閨秀百家詞中。錄詞一闋。

金縷曲　憶母

兩載笠闈隔。夢魂中。相倚歡笑。宛然疇昔。痛煞椿庭長逝後。蜀嶺吳山分翼。聽杜宇催歸聲急。身不爲男終遠別。看慈烏反哺悲何及。知甚日。侍晨夕。　浮生薄宦萍蹤跡。念隨行。天涯夫壻。也同爲客。兒已半生愁病裏。白髮那堪相憶。惟默祝康彊逢吉。故里重經門巷改。幸眼前愛護佳兒媳。思往事。淚頻拭。

唐　榛

唐榛。字玉亭。夔州人。鑄萬女。宜興周書古室。徐乃昌閨秀詞鈔據衆香詞錄其詞三闋。茲錄其一。

浣溪沙　深掩重門白晝清。東風午院落花輕。碧紗窗外雨新

晴。烟鎖垂楊愁欲結。夢迴香閣恨初生。枝頭黃鳥一聲聲

。

王懷孟

王懷孟。字小雲。大竹人。以童年舉於鄉。與其兄魯之並名噪一時。世人方之二陸云。

有小雲詞賸一卷。附待鶴樓詩鈔後。

王柏心序小雲詞賸云、詞凡二百餘闋、汰而存之、得七十六首。此不足盡君才。然覽者可以得其概矣。

按堅利王子壽先生以古文名當時。其推重小雲甚至。此詞賸、即咸豐己未靜倪書屋鋟本也。

其詞豪宕而多情語。舉二闋以證之。

名詞人詞作

金縷曲 偕劉芸農李武子黑瑤臺大醉作

直掃浮雲坐。倚天風。飄然一席。長空飛墮。落拓乾坤高會少。得意人纔幾個。聽鳥唱提壺聲過。勸我春醉須醱盡。洗青衫莫讓紅塵涴。有大地。容君臥。 浮空宮闕連青瑣。指嵯峨雲臺在右。凌煙在左。突兀雄心千萬疊。惟有青山似我。一長嘯。龍吟入破。欲駕尻輪遊八極。奈日輪西轉天如磨。詢後約。幾時果。

木蘭花 張千湖 題詠

玉人何處也。幾回拍遍江樓。恨露洗瑤臺。雲飛玉岫。好夢誰收。秋江恨。芙蓉冷。愛花人多只爲花憂。到得再來時候。落花都是東流。 零香剩粉夜悠悠。從莫捲花篝。甚一寸柔腸。兩行清淚。便了春遊。近來可。相思勾是。一分流水一分愁。更有三分無賴。二分月滿揚州。

王柏心云。小雲於詩。以奇氣爲主。不規規體格。詞亦然。瑤臺大醉一闋。最雄宕。豪逸者往往不減稼軒龍洲。又好作情語。掩抑悽斷。大類屯田方回之作。

左錫嘉

左錫嘉。字小雲。華陽曾詠之妻也。有冷吟仙館詩餘一卷。家刻本。

華陽人物志云。小雲嫠居後。更字冰如。世家江蘇陽湖。乾隆中湖南巡撫左輔仲甫之女孫也。幼有文采。與洪亮吉黃景仁李申耆陸繼輅惲敬張琦輩友善。尤工倚聲。有女七。錫嘉次在六。八歲失母。年二十。歸華陽曾太僕詠。詠時官戶部京曹。尋詠卒。扶柩歸蜀。家貧。鬻書及翦通草花爲生活計。後撫三子皆貴顯。年六十五卒。所著冷吟仙館詩若干卷。詩餘一卷。文存一卷。未去蜀時已自刻之。而其績事尤見珍於世。比之南樓老人及惲清於云。

（按上段未钞全文。節錄大意。）

曾伯淵

曾伯淵。華陽人。卽左冰如長女也。適江南袁氏。所著浣月詞一卷。

朱鑑成

朱鑑成。字眉君。富順舉人。官內閣中書舍人。有題鳳館詩文集。詩餘一卷。鑑成在同光間。治詩古文並有名。而其詞尤爲顧道穆復初所推重。與復初同客袁江。兩人始試爲詞。後皆卓然成家云。

宋育仁

宋育仁。字芸子。富順人。光緒進士。有問琴閣詞一卷。

按問琴閣詞。初刻於京師。附詩後。其後又有城南詞庚子秋詞。多與王半塘朱古微唱和者。刻問琴閣叢書五種中。

錄其詞一闋。

清商怨 庚子避亂西山作

草間蛩語。離宮弔月傷心處。亂山無數。不見高城暮。　極目桑乾。腸斷回潮去。咸陽炬。可憐焦土。淚灑燕山路。

胡延

胡延。字長木。一字研孫。成都人。官至江蘇糧儲道。所著有苾鍔詞五卷。卽其在金陵時自刻者。

朱虹父

朱虹父。　西陽人。光緒舉人。所箸有選夢樓詞。瀘州陶氏排印本。

毛瀚豐

毛瀚豐。字叔昀。仁壽人。以進士官山東知縣。初光緒丙子。吳觀禮主考四川鄉試。榜發。得瀚豐及華陽喬樹枏。賦二生行以寵異之。其詩後爲樹枏印行。詞則多與朱虹父宋芸子諸人酬唱。所作無刻本也。

378

張祥齡

張祥齡。字子馥。漢州人。以庶常散館授懷遠知縣。所著半篋秋詞。與易實甫況夔笙鄭叔問諸名流唱和爲多。餘爲感逝之作。合江李超瓊紫璈用手稿本付諸石印。

宋芸子半篋秋詞跋云。子馥亦數稱清眞白石。所爲亦時得其眞髓。顧其取徑夢窗。尤以此持論。叔夏目夢窗如七寶樓臺。拆下不成片段。讀夢窗甲乙稿。所徵良然。子馥學自爲詞。以夢窗立幹。而兼采兩宋濟邊竹屋草窗諸家。無夢窗之澀。可謂善取。特以此持論。奉夢窗爲不祧。則意庸有未盡乎。夫詞太疏則失味。太密則傷韵。疏密得也而意不深。則不能感人。古人或求兼之。然清眞白石皆以疏快取致。小山六一。皆留意於疏密之閒。南唐小令。則專以雋永取神味。未可求之一家也。子馥今更好小山及南唐小令。依律而和之。則所作取徑夢窗猶□也。

嚴偉半篋秋詞序云。半篋秋詞者。外舅張子馥先生感逝之作也。方先生居蜀時。與外姑曾季碩夫人同執贄湘潭王湘綺門下。曾夫人有桐鳳樓詩刊。湘綺老人爲之序。洎曾歿。先生適客蘇臺。愴懷故劍。情見乎詞。故是篇多感逝之作。

錄其詞一闋。

千秋歲（丁亥偕季碩遊惠山今六年矣春仲重來用涪翁哭少遊韻哭之予與季碩文字之交更勝於黃陸也（案陸字疑秦字之誤））恨彌天外。白日驚風退。金釵斷。瑤環碎。荷搖含淚鏡。柳嚲銷魂帶。青草徧。荒園蝴蝶飛成對。　約待瑤臺會。珠玉黃沙蓋。簾影底。無人在。彩雲樓閣換。冷霧山川改。年未老。桃花幾見塵揚海。

范　溶

范溶。字玉賓。華陽人。以庶常散知福建和平縣。後以道員分湖北補用。初受知於張南皮。復爲王湘潭所稱許。有辛齋詩文集若干卷。辛齋詞一卷。

華陽人物志云。王賓少美風姿。有璧人之目。家貧。年十六。不能竟讀。已入行伍充散卒矣。兄濂故多交遊。成都武謙。知名士也。見賓惜之。令從己學。稍習爲詞賦。南皮張文襄公來校士。試第一入縣學。與仁壽毛澂綿竹楊銳漢州張祥齡四人者。同時受知。出試外郡。則乘傳以從。州里榮之。由是多得文襄指授。學益進。肄業尊經書院。王闓運亦加歎賞。稱爲徐庾亞。光緒戊子。始以優行貢京師考知縣。又四年辛卯。舉於鄉。又四年。成進士。選庶吉士。年已四十餘矣。濬楷書本精善。久不得意。則悉棄殿廷式而專肄北碑。向例貢士覲朝考。三等無用庶常者。而濬以北碑絫。竟置三等。然讀卷大臣。皆知濬故。卒遇館選。郡人以爲美譚。散館授福建和平縣知縣。數年不樂爲令。輸秦晉急賑。改道員湖北。引見出京。行及武昌而沒。濬自見拔文襄後。文采藉甚。識與不識。咸用金馬玉堂相期許。及遲暮乃入詞林。而懷抱亦已斲盡。論者憐其才而悲其遇。詩文遺稿。散落不復可求。蜀秀尊經兩集。所載則少作而已。

張丙炎

張丙炎。字夢臞。蜀人。有聞妙香室長短句。錄其詞一闋。

憶舊遊 九日偕太侔癸叔登江亭題壁

記支筇訪菊。側帽簪萸。來叩禪關。不是吟秋客。是悲秋宋玉。懶賦衰蘭。叢蘆暗引涼吹。積水沒空潭。歎此日登臨。便無風雨。儘夠荒寒。蕭然。黯凝睇。見衰草天黏。敗葉霞翻。舊事渾疑夢。問人間何世。如此江山。吞聲野老相對。爭忍說開元。又立盡斜陽。煙塵障目愁倚闌。

見詞學季刊第一卷第四號

趙　熙

趙熙。字堯生。榮縣人。光緒進士。官御史。有直聲。工詩。鼎革後。始爲詞。有香宋詞三卷。成都霜柑閣刻本。爲丁巳戊午兩年作。

詞曲史云。香宋詞以周吳之格律。參蘇辛之氣勢。凝重奔放。兼而有之。樹詞壇之異幟焉。

錄其詞一闋。

邁陂塘（江恭人墓）　亂花邊。卿應認我。一杯來奠黃土。紅心滿地蘼蕪草。遮得檀郎無路。卿且住。是風風雨雨。漠漠薶愁處。人間更苦。算非死非生。不夷不惠。留命草頭露。　傷心事。我十年無父。廿年先已無母。紙錢風裏黃門淚。托而朝朝暮暮。天萬古。更好好相將。泉路雙兒女。逢春掃墓。賸茅屋鷄聲。水田牛迹。腸斷白楊樹。

朱策勳

朱策勳。字篤誠。一字青長。號天頑居士。江安人。清光緒舉人。其詞已印者有還齋詞稿二十八卷。手寫石印本。錄其詞一闋。

夜半樂　岸山微綠。舟師喚曉。旋枕投荒浦。經水驛魚村。一重重樹。長灘怪石。饞蛇怒虎。每當篙槳齊鳴。野鳧驚起。漸斷港荒礪夕陽暮。　遠峯漸近漸淺。市隱黃蘆。寺標紅柱。殘照裏。歸鴉同人分路。溼煙孤里。垂楊古道。畫出冷冷清清。關山行旅。遠行客。含啼無一語。　到此更念。吹面尖風。打蓬寒雨。不定得來宵宿何處。望天涯。千山萬水迷歸路。更幾日渺渺穿荊楚。短長亭子多難數。

周岸登

周岸登。字道援。號癸叔。威遠人。清光緒舉人。有二窗十稿合爲蜀雅。復有蜀雅續稿。

詞史云。蜀雅詞。辭麗密而律特精嚴。其邛都詞中。多賦西南邊事。足備職方。

錄其詞一闋。

風流子　觀舞和清眞

斜日轉銀塘。蘋風度。少女踏春陽。看輕雪乍回。碧蓮翻沼。小腰慵舉。紅杏倚牆。殢人處。慢歌調舞。節遲拍昵金簧。佳俠豔光。笑時飛電。醉魂驚眼。邀處停觴：司空渾閒事。清狂減。還自注目瑤廂。記否舊家。金釵十二成行。歎老來結想。承平遺恨。怕描殘粉。愁賦翻香。多少夢梁餘話。說也何妨。

季灝《兩宋詞人小傳》

季灝(1912–1982),字聲如,浙江省青田縣人。上海持志大學畢業。曾任上海各大學聯合會常務委員。1946年當選為上海市參議會參議員,兼申報社主任秘書、青年中學校長、獨立出版社協理等職,并任上海法商學院、立信會計專科學校教授。1949年去台灣後從事律師業務。著有《法學通論》《李後主著作考》《兩宋詞人小傳》等。

《兩宋詞人小傳》内收約二百家兩宋詞人的小傳,并各附詞作一、二首。此書最初由民治出版社1947年版,台灣維新書局1967年再版。本書據1947年民治出版社版影印。

兩宋詞人小傳

季灝編著

民治出版社印行

兩宋詞人小傳

季灝編著

上海民治出版社印行

中華民國三十六年十二月初版

兩宋詞人小傳

定價國幣

編著者 季灝

發行者 民治出版社 上海乍浦路三四四弄二三號

代表人 季聲如

印刷者 獨立出版社上海印刷廠 上海乍浦路一三七—一四一號

經售處 民治出版社 全國各大書局

序言

詞之起源，是以歌辭爲據的。朱熹言古時先有徒歌，然後被之管弦。宋祁所謂『歌必曼聲乃和』。因爲樂工訂譜，常是增損歌辭，以求合樂的，把歌辭間那些泛聲逐一添上實字，這樣遂成爲長短句了；因就其長短之節爲句，取便歌者，於是詞就興起來了。

詞之興在於中唐，而盛於兩宋。宋人的詞傳於今者極多，除一些零章散見的之外，明清人彙刻詞集，所收的共有一百三十家；北宋約四十家，南宋約九十家，這個數量已是不少了。

北宋初年的詞人，以晏殊范仲淹歐陽修張先爲著，他們大都受花間派與南唐二主及馮延己的影響，而所作的也多是小令。到柳永和蘇軾二人出來，纔有慢詞，慢詞是可以曼聲而歌，通常叫做長調。柳永是一位精通音律的人，生當仁宗朝時太平盛世，歌臺舞榭，競唱新聲，因此他在坊曲間寫出許多慢詞，創製許多新調，伶妓傳習，散布四方。因此慢詞盛行。如秦觀黃庭堅賀鑄諸人都曾受他的影響，而所作的詞也極多，都能表現清雋健樸的風格。

至於蘇軾的詞，是詞中的一個別支，但他却能替詞壇上開了一個新的局面。他是以詩爲詞，直抒胸臆，並不拘於音律。在當時雖沒有什麼人去倣傚，而其影響流於一百年後，在辛棄疾的作品中纔表現出來。他詞的特色是奔放雄奇。所以後人謂詞家之有蘇，正像詩中有杜。四庫全書說：『詞至柳氏而一變，至蘇氏而又一變。』

此後詞漸臻於深造的時期，至周邦彥而集北宋詞的大成。邦彥原是宋代第一流詩人，而又深明樂理，能自製曲，在嚴格的詞律之中，創製新的歌調，而出以清麗婉美的辭章，情旨深厚，實在已是開闢南宋詞人的先路了。

我們觀北宋詞顯然分兩種風格：蘇軾是豪放的；周秦是婉麗的。此外李清照的詞是兼具豪放清雋，獨往獨來，是別具風格的。

宋室南渡之後，北方的半個中國都陷於胡人，半壁山河，而議和議戰，又無定局，當時的詞人，自不免有些憤激難平之感。後又因文網極嚴，於是詞人的興比愈深，而詞旨也愈晦了。

由是南宋的詞也分爲兩派：一派是崇尚蘇軾的，如辛棄疾，陸游，劉克莊，陳亮，張孝祥，劉過等，他們的作品的情緒都是慷慨激宕的，這一類詞的發展，完全是時代所造成的：一面是因爲金人的侵凌；一面是爲了蘇氏的作品被久厭之後，自然會引起多許人的同感和共鳴了；另一派是宗法周秦的：如姜夔，吳文英，張炎，周密，王沂孫等，他們的詞都是詞采綺麗，聲情婉轉，因爲專究音律，而意境不免稍隔了。至於後來學他們的人，因豪放不足，而流於粗率，由於婉約的流弊，也愈以雕琢堆砌爲工麗了。

上面所述的是兩宋詞的一個楔子，也可說是宋詞演變的一個小影。至於詞人各具有他的性格及其作風的，以及他所感受的影響與給予後來的啓示等等，這些都是蘊蓄在每一詞人的傳敍中的。所謂『讀其文應知其人』這確是研究文學作品的一個重要的工作，而本書編撰的微旨也就在於此。

本編詳錄兩宋詞人約二百家，考其姓氏里居，和生平事蹟，仕途交游以及他的詞生活等，各家並附錄代表作一二首，或佳句麗語而摘錄，以歷代詞話中的名言評語，由此可窺見諸家詞之體格與神致間的風趣，詞的修養及其在詞壇上的地位。聊爲欣賞宋詞者的一些參考而已，倘望海內賢達賜以教正爲幸。

中華民國三十六年十二月青田季灝序於滬濱

目次

兩宋詞人小傳 目次 二

南宋詞人小傳……三七

兩宋詞人小傳 目次

北宋詞人小傳

潘閬

潘閬字逍遙，大名人。太宗朝賜進士第，曾坐事被收繫，後得釋放，做滁州參軍。他是北宋初年一個很重要的詩人，詞也寫得很好。他的逍遙詞有四印齋彙刻宋元三十一家詞本，有酒泉子十首，都是詠杭州西湖的景色；其第五首長憶孤山云：『長憶孤山，山在湖心如黛簇。僧房四面向湖開，輕棹去還來。芰荷香噴連雲閣，閣上聲清猿下鐸。別來塵土汙人衣，空役夢魂飛。』陸子遙說他的詞「句法清古，語帶煙霞，近時罕及。」

寇準

字平仲，下邽人。太平興國中進士，累官至尚書右僕射，集賢殿大學士，封萊國公。乾興初，貶為雷州司戶參軍，後來就死在雷州。（公元九六一——一〇二三）著有巴東集，有明刊，有宜秋館彙刊宋人集本。他的詞頗有花間的風味，如陽關引一首云：『塞草煙光闊，渭水波聲咽，春朝雨霽輕塵歛。征鞍發。指青青楊柳，又是輕攀折。動黯然，知有後會甚時節。更盡一杯酒，歌一闋。歎人生裏，難歡聚，易離別。且莫辭沉醉，聽取陽關徹，念故人千里，自此共明月。』詞句淺露易解。

王禹偁

字元之，鉅野人。太平興國八年進士第。累知制誥。入翰林爲學士。咸平初年出爲黃州太守，後轉從蘄州卒。（公元九五四——一〇〇一）有小畜集三十卷，外集七卷，乾隆刊本。他也是北宋一位著名的詩人，所作的詞雖然不多，但很有意緒値得耐味。如點絳脣云：『雨恨雲愁，江南依舊稱佳麗。水村漁市，一縷孤煙細。天際征鴻，遙認行如綴。平生事，此時凝睇，誰會憑闌意。』

錢惟演

字希聖，吳越王俶之子。少補牙門將，歸宋累遷翰林學士，樞祕院使。改保大軍節度使，知河陽，後坐事落職，爲崇信節度使歸鎭卒。諡文僖。有擁摩集。他雖是降王之子，做過大官，然他的小詞却很悽惋動人。最有名的玉樓春一首云：『城上風光鶯語亂，城下煙波春柏岸。綠楊芳草幾時休？淚眼愁腸已先斷。情懷漸變成衰晚，鸞鏡朱顏驚暗換。昔年多病厭芳樽，今日芳樽惟恐淺。』黃叔暘云：『此公暮年之作，詞極悽惋。』沈際飛說他：『芳樽恐淺，正斷腸處，情尤眞篤。』

晏殊

字同叔，撫州臨川人。七歲就能作文；實是一個大天才。宋史本傳：『景德初以神童薦。召與進士千餘人並試庭中，殊神氣不懾，援筆立就，賜進士出身。』『仁宗慶歷二年，拜集賢殿學士，同平章事。宋史又稱他『平居好賢，當世知名之士如范仲淹，孔道輔，歐陽修，皆出其門。及爲相，益務進賢材；而仲淹，韓琦，富弼皆進用。』他到慶歷四年罷相，至和二年死。（公元九九一——一〇五五）諡元獻。性剛簡，奉養清儉。文章贍麗，應用不窮。尤工詩，閒雅有情思。（宋史本傳）

葉夢得避暑錄話中說：『晏元獻公雖早富貴，而奉養極約。惟喜賓客，未嘗一日不燕飲。每有佳客，必留；亦必以歌樂相佐，談笑雜出。稍闌，即罷遣歌樂，曰：「汝曹呈藝已徧，吾當呈藝。」乃具筆札，相與賦詩，率以爲常。』

晏殊是北宋第一個大詞人，他有意於爲詞，且爲之而工。宋六十一家詞選例言云：「晏同叔去五代未遠，馨烈所扇，得之最先，故左宮右徵，和婉而明麗，爲北宋倚聲家初祖。』

北宋初詞，大都以二主一馮爲法。中山詩話說他酷喜南唐馮延巳的陽春集，而其自作亦不減馮氏樂府。殊有珠玉詞，見宋六十家詞刊本，又有晏端書刊本。

他的詩接近李商隱一派，以工巧濃麗爲主，他的詞雖也受詩的影響，然閑雅富麗之中帶着一種悽惋的意味，風格自高。如浣溪紗云：『一曲新詞酒一杯，去年天氣舊亭臺。夕陽西下幾時回？無可奈何花落去，似曾相識燕歸來，小園香徑獨徘徊。』詞林紀事云：『元獻尙有示張寺丞王校勘七律一首：「元己清明假未開，小園幽徑獨徘徊。春寒不定斑斑雨，宿醉難禁灩灩杯，無可奈何花落去，似曾相識燕歸來。遊梁賦客多風味，莫惜青錢萬選才。」中三句與此調同，只易一字，細玩無可奈何一聯，情致纏綿，意調諧婉，的是倚聲家語，若作七律，未免軟弱矣。』

又如木蘭花云：『綠楊芳草長亭路，年少拋人容易去。樓頭殘夢五更鐘，花底離愁三月雨，無情不似多情苦，一寸還成千萬縷。天涯地角有窮時，只有相思無盡處。』同叔不僅蘊藉多情，嘗感戀愛的辛辣味兒，雖然他的兒子幾道亦不能爲他辯護未嘗作婦人語也。雨村詞話說：『晏殊珠玉詞極流麗，能以翻用成語見長，如「垂揚只解惹春風，何曾繫得行住？」又「東風不解禁揚花，濛濛亂撲行人面。」等句是也，翻覆用之，各盡其極。』

范仲淹

字希文，吳縣人。大中祥符進士。仁宗時與富弼率兵同拒西夏。旋召拜樞密副使，進參知政事。出爲河東陝西宣撫使，遷戶部侍郎，徙青州。卒諡文正。（公元九八九——一〇五二）當他鎮守延安時，西夏相戒莫敢犯，說：『小范老子胸中自有數萬甲兵。』足見他是一位文武兼美的人物。

宋初名臣做詞的，以晏歐爲專家，此外寇準韓琦偶作小詞，也很不差。仲淹的詞，彊村叢書輯有范文正公詩餘一卷，詞雖不多，然而高古豪宕，睥睨諸家，已在開啓蘇辛的宗風，絕非尋常艷詞可比。

范詞如蘇幕遮云：『碧雲天，黃花地，秋色連波，波上寒煙翠。山映斜陽天接水，芳草無情，更在斜陽外。黯鄉魂，追旅思，夜夜除非好夢留人睡。明月樓高休獨倚，酒入愁腸，化作相思淚！』詞苑說范文正公這詞『正氣塞天地而情語入妙。』沈際飛說：『「芳草更在斜陽外」，「行人更在春山外」兩句，不厭百回讀。』

又御街行云：『紛紛墜葉飄香砌，夜寂靜，寒聲碎。眞珠簾捲玉樓空，天淡星河垂地。年年今夜，月華如練，長是人千里。愁腸已絕無由醉，酒未到，先成淚。殘燈明滅枕頭欹，諳盡孤眠滋味。都來此事，眉間心上，無計迴避。』李于麟說：『月光如晝，淚深于酒，情景兩到。』

歐陽修

字永叔，號六一居士。廬陵人。四歲而孤，母鄭氏親誨之學。舉進士試南宮第一，擢甲科。累遷知制誥翰林學士，歷樞密副使，參知政事，與韓琦同輔政。熙寧初，與王安石不合，遷兵部尙書，以太子少師致仕。卒諡文忠。（一〇〇七——一〇七二）

歐陽修是文學史上最著名的人。他始從尹洙遊，爲古文，與梅堯臣游，爲歌詩相倡和，遂以文章名天下。他的事蹟詳見宋史三百十九卷本傳。

樂府紀聞說：『歐陽永叔中歲居穎，日自以集古一千卷，藏書一萬卷，琴一張，棋一局，酒一壺，以一老翁居五物間，稱六一居士。』他有六一詞，見六十家詞本，又有歐陽文忠近體樂府三卷，及醉翁琴趣外篇六卷，見雙照樓景宋元明本詞刊本。

歐陽修的詞直接五代，仍是花間一派，所以他的詞往往和馮延巳的詞相混。後人以爲歐公是一代儒宗，不應有豔麗之詞，遂疑這些豔詞是僞作的。其實北宋不是一個道學的時代，作豔詞並不犯禁，正人君子也並不以此爲諱。樂府雅詞曾慥序說『當時小人或作豔曲，謬爲公詞，今悉刪除。』其實他所收的八十多首詞中仍有不少的豔句。

現在舉他幾首著名的詞如採桑子云：『羣芳過後西湖好，狼藉殘紅，飛絮濛濛，垂柳闌干盡日風。笙歌散盡遊人去，始覺春空。垂下簾櫳，雙燕歸來細雨中。』蝶戀花云：『庭院深深深幾許？揚柳堆煙，簾幕無從數。玉勒雕鞍遊冶處，樓高不見章臺路。——雨橫風狂三月暮，門掩黃昏，無計留春住。淚眼向花花無語，亂紅飛過鞦韆去。』臨江仙云：『柳外輕雷池上雨。雨聲滴碎荷聲。小樓西角斷虹明。闌干倚處，待得月華生。燕子飛來窺畫棟，玉鉤垂下簾旌。涼波不動簟紋平，水精雙枕，旁有墮釵橫。』又如青玉案云：『一年春事都來幾？早過了三之二。綠暗紅嫣渾可事，綠揚庭院，暖風簾幕，有箇人憔悴。買花載酒長安市。又爭似家山見桃李。不枉東風吹客淚，相思難表夢魂，無據，惟有歸來是。』揚升庵云：『離思黯然，道學人亦作此情語。』可見歐詞是自己眞性情的表露，有很高的文學的價值。

張先

字子野，吳興人。天聖八年進士，官至都官郎中。有安陸詞一卷，刻入彊村叢書。

高齋詩話說：『子野嘗有詩云：「浮萍斷處見山影，」又長短句云：「雲破月來花弄影，」又云：「隔窗送過秋千影，」並膾炙人口，世謂張三影。』

張先與柳永齊名。晁補之說：『人以爲子野不及耆卿富。而子野韻高，是耆卿所乏處。』先詞格韻雖較高，但也少有情致，集中俗詞亦多。

張先生於太宗淳化元年（九九〇）死時約在元豐初年（一〇七八），年約九十。

先詞如一叢花云：『傷高懷遠幾時窮？無物似情濃！離愁正引千絲亂，更東陌飛絮濛濛。嘶騎漸遙，征塵不斷，何處認郎蹤！ 雙鴛池沼水溶溶，南北少橈通。梯橫畫閣黃昏後，又還是新月簾櫳。沈恨細思，不如桃杏，猶解嫁東風。』又天仙子云：『水調數聲持酒聽。午醉醒來愁未醒。送春春去幾時回？臨晚鏡，傷流景，往事後期空記省。 沙上並禽池上瞑。雲破月來花弄影。重重簾幕密遮燈。風不定，人初靜，明日落紅應滿徑。』苕溪漁隱叢話：『有客謂子野曰：「人皆謂公張三中，即心中事，眼中淚，意中人也。」公曰：「何不目之爲張三影？」客不曉，公曰：「雲破月來花弄影。嬌柔嫩起，簾押卷花影。柳徑無人，墮飛絮無影。此余生平所得意也。」』

晏幾道

字叔原，號小山。晏殊的幼子。有小山詞一卷，宋六十名家詞及彊村叢書都有刊本。

黃庭堅小山詞序云：『叔原固人英也，其癡亦自絕人。仕宦之連蹇，而不能一傍貴人之門，是一癡也；論文自有體，不肯一作新進士語，此又一癡也；費資千百萬，家人飢寒，而面有孺子之色，此又一癡也；人百負之而不恨，已信人終不疑其欺己，此又一癡也。』

幾道自敍他的詞說：『始時沈十二廉叔，陳十君寵家有蓮鴻蘋雲，品清謳娛客。每得一解，即以草授諸兒，吾三人持酒聽之，爲一笑樂。』

黃山谷云：『叔原樂府，寓以詩人句法，精壯頓挫，能動搖人心，合者高唐洛神之流，下者不減桃葉團扇。』白雨齋詞話云：『詩三百篇大旨歸於無邪。北宋晏小山工於言情，出文獻文忠之右；然不免思涉於邪，有失風人之旨，而措詞婉妙，則一時獨步。』碧鷄漫志說：『叔原詞如金陵王謝弟子，秀氣勝韻，得之天然，殆不可學。』如臨江仙云：『身外閒愁空滿，眼中歡事常稀。明年應賦送君詩。細從今夜數，相會幾多時？淺酒欲邀誰勸？深情惟有君知。東溪春近好同歸：柳垂江上影，梅謝雪中枝。』又云：『夢後樓臺高鎖，酒醒簾幕低垂。去年春恨却來時，落花人獨立，微雨燕雙飛。記得小蘋初見，兩重心字羅衣，琵琶弦上說相思。當時明月在，曾照彩雲歸。』蝶戀花云：『醉別西樓醒不記。春夢秋雲，聚散眞容易！斜月半窗還少睡，畫屏閒展吳山翠。　衣上酒痕詩裏字，點點行行，總是淒涼意。紅燭自憐無好計，夜寒空替人垂淚。』鷓鴣天云：『彩袖殷勤捧玉鍾，當年拚却醉顏紅。舞低楊柳樓心月，歌盡桃花扇底風。從別後，憶相逢，幾回夢魂與君同。今宵賸把銀釭照。猶恐相逢是夢中。』這些詞都是情調纏綿，抒寫婉曲，眞是雋雅蘊藉的作品。

宋祁

字子京，安州安陸人。天聖中進士。累官翰林學士承旨，卒贈尚書，諡景文。（公元九九八——一〇六一）詳見宋史二百八十四卷。

子京詞名甚著，詞傳者却不多。有西湖猥稿，出麾小集，都很好的。他的詞如玉樓春云：『東城漸覺春光好，縠皺波紋迎客棹。綠楊煙外曉寒輕，紅杏枝頭春意鬧。浮生長恨歡娛少，肯愛千金輕一笑。爲君持酒勸斜陽，且向花間留晚照。』因爲這詞，使他得了『紅杏枝頭春意鬧尙書』之號。

張昇

字杲卿，韓城人，第進士，累官參知政事。出鎭河陽，後以太子太師致仕，卒諡康節。

昇詞傳者不多，然頗有豪邁之氣，不似花間的作風。例如離亭燕一首云：『一帶江山如畫，風物向秋瀟灑。水浸碧天何處斷，霽色冷光相射。蓼嶼荻花洲，掩映竹籬茅舍。　雲際客帆高掛，煙外酒旗低亞。多少六朝興廢事，盡入漁樵閒話，悵望倚層樓，寒日無言西下。』

梅堯臣

字聖俞，宣城人。爲都官員外郎。他是歐陽修的好友。是當時大詩人之一，間亦作詞。有宛陵集六十卷，附錄一卷，有四庫全書本，淸末刊本，四部叢刊本。　他的事略見東都事略卷一百十五文藝傳，宋史卷四百十二文苑五。

聖俞詞意境高超，尤擅詠物。如詠草詞蘇幕遮云：『露堤平，煙墅杳，亂碧萋萋，雨後江天曉。獨有庾郎年最少，窣地春袍，嫩色宜相照。　接長亭，迷遠道，堪怨王孫，不記歸期早。落盡梨花春又了。滿地斜陽，翠色和煙老。』

韓琦

字稚圭，安陽人。天聖中進士。歷同中書門下平章事，集賢殿大學士。卒謚忠獻。有安陽集。宜秋館彙刊宋人集本。

語林云：『歐陽公平日少許人，唯服韓稚圭。嘗因事嘆曰：「累百歐陽修，何敢望韓公。」』

他的詞的風情，可以詞苑所謂『情韻勝人』四字概之。現錄其點絳唇一首云：『病起懨懨，庭前花影添憔悴。亂紅飄砌，滴盡真珠淚。惆悵前春，誰向花前醉。愁無際，武陵凝睇，人遠波空翠。』

林逋

字君復，錢塘人。隱居在杭州西湖的孤山，生平就不做官。真宗曾詔長吏歲時勞問，卒謚和靖先生。世稱爲林和靖，善作詩。終身不娶。夢溪筆談說他『常養兩鶴，縱之則飛入雲霄，盤旋久之，復入籠中。』他很喜歡梅花，曾有『疏影橫斜水深淺，暗香浮動月黃昏』的名句。相傳有梅妻鶴子之說。

逋高逸倨傲，世事亦皆能之。有林和靖詩集，清代有好幾種刊本。他的詞如長相思云：『吳山青，越山青，兩岸青山相送迎，誰知離情。　君淚盈，妾淚盈，羅帶同心結未成，江頭潮已平。』亦頗蘊蓄情意。

李冠

字世英，山東人。世傳其蝶戀花一詞云：『遙夜亭皋閑信步，才過清明，漸覺傷春暮。數點雨聲風約住，朦朧淡月雲來去。桃杏依稀香暗渡，誰在秋千笑裏輕輕語，一寸相思千萬緒，人間一沒個安排處。』王安石也很贊賞這首詞說：『張子野的「雲破月來花弄影」，不如冠之「朦朧淡月雲來去」也。』

王安石

子介甫，臨川人，自號半山老人。慶歷二年進士，神宗朝累除知制誥翰林學士，拜同中書門下平章事，加尚書左僕射兼門下侍郎，封荊國公，卒謚曰文崇。（公元一〇二一——一〇八六）寗間追封舒王。有臨川集一百卷，臨川先生歌曲一卷，補遺一卷，見彊村叢書。

安石是神宗時代最重要的執政者，他有遠大的政治眼光，想變法以圖國家自強，祗是當時和者絕寡，所以他的新法都告失敗，不久金人南征，北宋也隨之而亡。

他的詞的氣格與別的詞人不同，可說是脫盡花間習氣，另有一種豪超不羣的風韻，這是由於他的獨往獨來的勇氣和才能而成的。碧雞漫志云：『王荊公長短句，不多合繩墨處，自雍容奇特。』如桂枝香云：『登臨送目，正故國晚秋，天氣初肅。千里澄江似練，翠峯如簇。歸帆去棹斜陽裏，背西風，酒旗斜矗。彩舟雲淡，星河鷺起，畫圖難足。念禮往昔，繁華競逐。歎門外樓頭，悲恨相續。千古憑高對此，漫嗟榮辱。六朝舊事如流水，但寒煙衰草凝綠。至今商女，時時猶唱後庭遺曲。』

古今詞話云：『金陵懷古諸公寄調桂枝香者，三十餘家，惟王介甫爲絕唱。東坡見之，歎曰：「此老乃野狐精也。」』詞源也說此詞『淸空中有意趣，無筆力者未易到』又如，『晚來何物最關情，黃鸝三兩聲。』（菩薩蠻）如：『紅箋寄與煩惱，細寫相思多少。醉後幾行書字小，淚痕都搵了』（謁金門）『而今誤我秦樓約，夢闌時，酒醒後，思量著。』都是十分淸雋，眞摯多情，善於抒達心意。

王安國

字平甫，臨川人，安石的弟。舉進士；又舉茂才異等，熙甯初年，拜西京國子教授，任祕閣校理卒。有王校理集。

王平甫軀幹魁碩，兩眉宇秀朗，嘗盛夏入館中，方下馬，流汗，劉攽見而笑曰：『君眞所謂汗淋學士也』。（見東軒筆錄）

他的詞如淸平樂云：『留春不住，費盡鶯兒語。滿地殘紅宮錦汙，昨夜南園風雨。　小憐初上琵琶，曉來思繞天涯。不肯畫堂朱戶，春風自在楊花。』

韓縝

字玉汝，靈壽人。絳維的弟。舉進士。英宗朝做淮南轉運使；神宗朝屢知樞密院事；哲宗朝拜尚書右僕射兼中書侍郎，出知潁昌府，以太子太傅致仕。卒贈司空崇國公，謚莊敏。

復齋漫錄云：『公兄弟皆爲宰相。京師人呼爲『桐木韓家』蓋公家門有梧桐木，取爲稱以別魏公。』

他的詞如鳳簫吟云：『鎖離愁連綿無際，來時陌上初熏。繡幃人念遠。暗垂珠露，泣送征輪。長行長在眼，更重重遠水孤雲；但望極樓高，盡日目斷王孫。消魂，池塘別後，曾行處綠妒輕裙，恁時攜素手。亂花飛絮裏，緩步香茵。朱顏空自改，向年年芳意長新。偏綠野嬉游醉眼，莫負青春。』亦很有戀情。

柳 永

字耆卿。初名三變，字景莊，崇安人。景祐元年進士爲睦州掾官，官至屯田員外郎。

柳永以樂章擅名。葉夢得避暑錄話云：『爲舉子時，多游狹邪，善爲歌辭。教坊樂工每得新腔，必求永爲辭，始行於世。於時聲傳一時。』夢得又說：『余仕丹徒，嘗見一西夏歸朝官云：「凡有井水飲處，即能歌柳詞。」』可見柳詞傳播之廣了。他有樂章集一卷，見六十家詞刊本及彊村叢書本。

柳永一生，專精於『詞』，他可說是慢詞的代表作者。相傳宋仁宗留意儒雅，深斥浮豔虛華之文。永則好爲淫冶之曲，嘗作鶴冲天詞，因之落第，後來改名方得中第。黃叔暘說：『耆卿長於纖豔之詞，然多近俚俗。』所以格調不高；但其蘊藉動人處，眞要『十七八女郎，按紅牙拍』以唱之，才能盡表達出來。

他的詞如雨霖鈴云：『寒蟬淒切，對長亭晚，驟雨初歇。都門悵飲無緒，留戀處，蘭舟催發。執手相看淚眼，竟無語咽噎。念去去千里煙波，暮靄沉沉楚天闊。 多情自古傷離別，更那堪冷落清秋節！今宵酒醒何處？楊柳岸曉風殘月。此去經年，應是良辰好景虛設。便縱有千種風情，更與何人說？』吹劍續錄說：『東坡在玉堂日，有幕士善歌。因問：「我詞何如柳七？」對曰：「柳郎中詞，只合十七八女郎，執紅牙板，歌「楊柳岸曉風殘月」；學士詞須關西大漢，銅琵琶，鐵綽板，唱「大江東去」」東坡爲之絕倒。』又如蝶戀花云：『竚倚危樓風細細，望極春愁，黯黯生天際。草色煙光殘照裏，無言誰會恁闌意！擬把疏狂圖一醉，對酒當歌，強樂還無味。衣帶漸寬終不悔，爲伊消得人憔悴。』

耆卿詞開北宋詞的奔放的一途，他的影響在當時極大，在後來也極大。四庫全書提要云：『張瑞義貴耳集亦曰：「項平齋言：詩當學杜，詞當學柳。杜詩柳詞，皆無表德；只是實說云云。」蓋詞本管弦冶蕩之音，而永所作，旖旎近情，使人易入。雖頗以俗爲病，然好之者終不絕也。』

蘇軾

字子瞻，號東坡，四川眉山人。與父洵，弟轍，並有文聲於世，時人號爲三蘇。嘉祐初，試禮部，歐陽修擢置第二，曰：『吾當避此人出一頭地。』熙甯中，與王安石不合，出倅杭州，再徙知湖州。當時言者摭其詞語以爲訕謗，要想置他於死，久不決，以黃州團練副使安置。元祐中，累官翰林學士，不久又出知杭州。召爲翰林承旨，歷端明殿翰林侍讀兩學士，出知惠州。紹聖中累貶瓊州別駕。建中靖國初，卒於常州。（公元一〇三六——一一〇一）高宗卽位，贈太師，謚文忠。有東坡居士詞一卷，汲古閣刊宋六十家詞本。東坡樂府二卷，有四印齋所刻詞本，有彊村叢書本。

東坡的詩詞和文章都很好的，他是文學史上一個很著名的作家。他常說：『作文如行雲流水，初無定質，但常行於所當行，止於所不可止。雖嬉笑怒罵之辭，皆可書而誦之。』他又謂劉景文說：『某生平無快意事，惟作文章，意之所到，則筆力曲折，無不盡意，自謂世間樂事，無逾此者。』

四庫全書提要曰：『詞至軾而一變，如詩之有韓愈，遂開南宋辛棄疾等一派。』胡寅說：『詞曲至東坡，一洗綺羅香澤之態，擺脫綢繆宛轉之度；使人登高望遠，舉首高歌，逸懷浩氣超于塵垢之外。於是花間爲皂隸，而耆卿爲輿臺矣。』東坡爲詞境開一新時代，這個新時代的詞的特色有兩個要點：第一，是風格提高了；新的意境提高了風格。第二，是『以詩爲詞，』直抒胸臆，不拘於音律，凡是情感思想，可以作詩的也都可以作詞，這是一大解放。

東坡詞如水調歌頭云：『明月幾時有？把酒問青天。不知天上宮闕，今夕是何年？我欲乘風歸去，又恐瓊樓玉宇，高處不勝寒。起舞弄清影，何似在人間？　轉朱閣，低綺戶，照無眠。不應有恨，何時長向別時圓？人有悲歡離合，月有陰晴圓缺，此事古難全。但願人長久，千里共嬋娟。』念奴嬌（赤壁懷古）云：『大江東去，浪淘盡千古風流人物。故壘西邊，人道是三國周郎赤壁。亂石崩雲，驚濤裂岸，捲起千堆雪。江山如畫，一時多少豪傑！　遙想公瑾當年，小喬初嫁了，雄姿英發；羽扇綸巾，談笑間，強虜灰飛煙滅。故國神遊，多情應笑我，早生華髮。人生如夢，一樽還酹江月。』又卜算子云：『缺月掛疏桐，漏斷人初靜。時見幽人獨往來，漂渺孤鴻影。　驚起卻回頭，有恨無人省。揀盡寒枝不肯棲，寂寞沙洲冷。』如念奴嬌的橫放傑出，卜算子的清空靈雋，臨江仙的曠達高逸，這些都是其他詞家不能攀及的。所以東坡在北宋詞人中眞可算是一位怪傑了。

黃庭堅

字魯直，分寧人，自號山谷老人。生於慶歷五年，卒於崇甯四年。（公元一〇四五——一一〇五）治平四年，舉進士，調汝洲葉縣尉。熙甯五年除北京國子監教授。受知於蘇軾。元祐初，召爲校書郎，神宗實錄檢討官，後除祕書丞國史編修官。紹聖元年謫涪州別駕，安置黔州。徽宗即位，復起用爲監鄂州稅。崇甯初編隸宜州卒。有山谷詞一卷，汲古閣刊宋六十家詞本，又山谷琴趣外編三卷，有涉園景宋金元明本詞續刊本。

庭堅的詩，爲江西派的始祖，影響至今不絕。但用典甚多，不像他的詞却流利明顯，他的小詞多爲歌坡而作的，風格在柳永與秦觀之間，如望江東及水調歌頭諸詞的意境已近東坡，不是耆卿一派了。

他的水調歌頭詞云：『瑤草一何碧？春入武陵溪，溪上桃花無數，枝上有黃鸝。我欲穿花尋路，直入白雲深處，浩氣展虹霓。祇恐花深裏，紅霧溼人衣。坐玉石，倚玉枕，拂金徽。謫仙何處？無人伴我白螺杯。我爲靈芝仙草，不爲朱唇丹臉，長嘯亦何爲？醉舞下山去，明月逐人歸。』

秦觀

字少游，揚州高郵人。宋史文苑傳稱其少時豪雋慷慨，溢於文辭……強志盛氣，好大而見奇。蘇東坡在徐州的時候，很賞識他的詩，將他介紹給王安石，安石也很稱賞他。他在元祐初年，因蘇軾薦舉賢良方正，除太學士，累官兼國史院編修官。紹聖初，章惇等執政，排斥元祐黨人，他也被貶逐，徙郴州，橫州，雷州。元符三年放還，至藤州，醉臥光化亭，忽索水飲，家人以一盂注水進，他含笑視之而死。（一〇四九——一一〇〇）他有淮海詞三卷，有汲古閣六十家詞本，彊村叢書本，高郵刊淮海集本。

他的詞情韻兼勝，當時人以爲在蘇黃以上。晁補之說：『近來作者皆不及少游。』藝概云：『少游詞得花間尊前遺韻，却能自得清新。』陳亦峯說：『秦少游自是作手，近開美成，導其先路，遠祖溫韋，取其神不襲其貌，詞至是乃一變焉；然變而不失其正，遂令議者不病其變，而轉覺有不得不變者。』少游詞近於柳永，而意境稍勝於柳，但有時也還不免俗氣。柴夢得避暑錄話云：『子瞻最喜少游，然猶以氣格爲病，故常戲云：「山抹微雲秦學士，露花倒影柳屯田。」』他的滿庭芳詞云：『山抹微雲，天黏衰草，畫角聲斷譙門。暫停征棹，聊共引離尊。多少蓬萊舊事，空回首煙靄紛紛。斜陽外，寒鴉數點，流水繞孤村。銷魂，當此際，香囊暗解，羅帶輕分，漫贏得青樓薄倖名存。此去何時見也？襟袖上空惹啼痕。傷情處，高樓望斷，燈火已黃昏。』晁无咎說，此詞中如「斜陽外，寒鴉數點，流水繞孤村。」雖不識字人亦知是天生好言語。周止庵說他將身世之感，打算入豔詞，又是一法。他如浣溪紗阮郎歸減字木蘭花諸首都很好的。總之，他的詞沒有一首不入律。正如柴少蘊說：『少游樂府，語工而入律，知樂者謂之作家。』

張耒

字文潛，淮陰人。舉進士。歷官起居舍人。出知潤州。後坐黨籍謫官。晚年監南嶽廟，主管崇福宮。有宛丘集十三卷，柯山集五十卷。見宋史卷四百四十四文苑六。

元祐諸詞人中，皆有詞集，祇有張耒作詞最少，沒有詞集。他的詞傳於世者僅有少年游風流子秋蕊香三闋而已，但都富有風致。現錄其秋蕊香云：『簾幕疏疏風透，一線香飄金獸，朱闌倚遍黃昏後，廊下月華如晝。別離滋味濃如酒，令人瘦。此情不及牆東柳，春色年年依舊。』

晁補之

字無咎，鉅野人。自號濟北詞人。第進士。元祐初，除祕書省正字。爲揚州通判，後召還爲著作郎。坐黨籍被徙。大觀末，知泗州卒。（公元一〇五三——一一〇一）有雞肋詞，逃禪詞六卷，有汲古閣琴趣外篇本，又有雙照樓景宋元明本詞本。

補之的詩才本不甚高，但他的詞却很質樸的，亦頗含有遷謫的哀怨的情調，這是他的特點。試看他的永遇樂詞云：『松菊堂深，芰荷池小，長夏清暑。燕引雛還，鳩呼歸往，人靜郊原趣。麥天已過，薄衣輕扇，試起遶園徐步。聽衙宇欣欣，童稚共說夜來初雨。蒼苔徑裏，紫葳枝上，數點幽花垂露。東里催鋤，西鄰助餉，相戒淸虔去。斜川歸輿，翛然滿目，回首帝鄉何處，只愁恐輕鞍犯夜，霸陵舊路。』

陳師道

字履常，又字無已，號後山。彭城人。元祐初，蘇軾薦爲徐州教授，遷太學博士，以祕書省正字終。（公元一〇五三——一一〇一）有後山詞一卷，汲古閣刊宋六十家詞本。

師道長於五七言詩，時有佳句；但他對於詞頗自矜許，如菩薩蠻，淸平樂，南鄉子諸詞，終少本色語，遠遜於當時的大詞人。

李之儀

字端叔，無棣人。歷樞密院編修官，通判原州。徽宗時提舉爲河東常平，後坐事編管太平。就居姑熟。有姑溪詞，有汲古閣刊宋六十家詞本。

端叔的小詞，淸婉峭淡。如卜算子云：『我住長江頭，君住長江尾。日日思君不見君，共飲長江水。此水幾時休？此恨何時已？只願君心似我心，定不負相思意。』這簡直是一首淡淸而有情致的戀歌，可比於子夜曲了。

賀鑄

字方回，衞州人。孝惠皇后族孫，娶宗女，授右班殿直。元祐中，通判泗州，又倅太平。退居吳下，自號慶湖遺老。（公元一〇六三——一一二〇）有東山詞，見名家詞本，及四印齋所刻詞本，又有涉園景宋元明本續刊本，及彊村叢書本。

張文潛云：『方回樂府絕妙一世，盛麗如游金張之堂，妖冶如攬嬙施之袪，幽索如屈宋，悲壯如蘇李。』陸放翁云：『方回狀貌奇醜，俗謂之賀鬼頭。喜校書，朱黃未嘗去手。詩文皆高，不獨工長短句也。』李易安也說『賀詞苦少典重』。四家詞選序云：『耆卿鎔情入景，故淡遠，方回鎔景入情，故穠麗。』陳亦峯云：『方回詞極沈鬱，而筆勢又飛舞，變化無端，不可方物。』

中吳紀聞說鑄有小築在姑蘇盤門之內十餘里，地名橫塘。方回往來其間，作青玉案云：『淩波不過橫塘路，但目送芳塵去。錦瑟年華誰與度？月臺花榭，綺窗朱戶，惟有春知處。碧雲冉冉蘅皋暮，綵筆新題斷腸句。試問閑愁都幾許？一川烟草，滿城風絮，梅子黃時雨。』這詞最為世人所膾炙。後山谷有詩云：『解道江南斷腸句，只今惟有賀方回。』而方回亦以『梅子黃時雨』之句，人皆呼為賀梅子。

能改齋漫錄說方回眷戀一姝，別久，姝寄詩云：『獨倚危闌淚滿襟，小園春色懶追尋。深恩縱似丁香結，難展芭蕉一寸心。』方回因賦石州慢云：『薄雨催寒，斜照弄晴，春意空闊。長亭柳色纔黃，遠客一枝先折。烟橫水際，映帶幾點歸鴉。東風消盡龍沙雪。還記出門時，恰而今時節。　將發，畫樓芳酒，紅淚清歌，頓成輕別，已是經年，杳杳音塵都絕。欲知方寸，共有幾許清愁：芭蕉不展丁香結，枉望斷天涯，兩厭厭風月。』真算能『鎔景入情』了。

毛滂

字澤民，衢州人。為杭州法曹。受知東坡後，乃出京汴之門。嘗知武康縣。又知秀州。有東堂詞，見六十家詞刊本及彊村叢書刊本。

滂有富陽僧舍作別語贈妓瓊芳之惜分飛詞一首：『淚溼闌干花著露，愁到眉峯碧聚。此恨平分取，更無言語空相覷。斷雨殘雲無意緒，寂寞朝朝暮暮。今夜山深處，斷魂分付潮囘去。』頗爲東坡所賞識。時東坡守杭州，滂爲法曹掾。秩滿辭去，是夕宴客，有妓歌此詞。東坡問誰所作，妓以毛法曹對。東坡語坐客曰：『郡寮有詞人不及知，某之罪也。』翌日，折柬追還，留連數日，滂因此得名。

晁冲之

字叔用，一字用道，鉅野人。第進士，後坐黨籍被廢。居具茨山下。有具茨集十五卷，有坊刊本，有海山仙館叢書本。近趙萬里輯有晁叔用詞一卷。

他是補之的兄弟。他的詞淡語有深致，咀之無窮。臨江仙云：『憶昔西池池上飲，年年多少歡娛。別來不寄一行書。尋常相見了，猶道不如初。安穩錦屏今夜夢，月明好渡江湖。相思休問定何如，情知春去後，管得落花無！』

周紫芝

字少隱，宣城人。舉進士。歷樞密編修，守興國。有竹坡詞三卷。見汲古閣刊宋六十家詞本。

竹坡詞富有自然之趣，自關情境的地方不少。孫競序說：『竹坡樂章，清麗婉曲，非苦心刻意爲之。』如醉落魄云：『江天雲薄，江頭雪似楊花落。寒燈不管人離索，照得人來，眞個睡不著。　歸期已負梅花約，又還春動空飄泊。曉寒誰看伊梳掠，雪滿西樓，人生闌干角。』

程垓

字正伯，眉山人。有書舟詞，見汲古閣刊宋六十家詞本。

毛子晉云：『正伯與子瞻中表兄弟，故集中多溷蘇作，其酷相思諸闋，詞家皆極欣賞，謂秦七黃九莫及也。』酷相思云：『月掛霜林寒欲墜，正門外催人起。奈離別如今眞個是！欲住也留無計，欲去也來無計！馬上離情衣上淚，各自供憔悴。問江路梅花開也未？春到也須頻寄，人到也須頻寄。』

陳克

字子高，自號赤城居士，臨海人。僑寓金陵。紹興中爲勅令所定官。有赤城詞一卷。見彊村叢書刊本又有趙萬里輯本。

子高菩薩蠻云：『赤闌橋盡香街直，籠街細柳嬌無力。金碧上青空，花晴簾影紅。黃衫飛白馬，日日青樓下。醉眼不逢人，午香吹暗塵。』陳質齋云：『子高詞格頗高，晏周之流亞也。』陳亦峯也說：『子高詞婉雅閒麗，暗合溫韋之旨。晁无咎毛澤民等遠不逮也。』

謝逸

字無逸，臨川人，第進士。有溪堂詞，見汲古閣刊宋六十家詞本。

他有花心動一詞，有特異的作風；小令亦頗蘊蓄。如蝶戀花云：『豆蔻梢頭春色淺，新試紗衣，拂袖東風軟。紅日三竿簾幙卷，畫樓影裏雙飛燕。　攏鬢步搖青玉碾，缺樣花枝，葉葉蜂兒顫。獨倚闌干凝望遠，一川煙草平如剪。』

杜安世

字壽域，京兆人。有壽域詞一卷，見汲古閣刊宋六十家詞本。

他的詞善寫景色，情意都很深的。如鶴冲天中的『單夾衣裳，半籠軟玉肌體。石榴美豔，一撮紅綃比，窗外數修篁寒相倚。』諸句，把初夏情景渲染得甚好。

舒亶

字信道，明州慈谿人。治平二年進士。試禮部第一。神宗朝爲御史中丞。徽宗朝累除龍圖閣待制。近趙萬里輯有舒學士詞一卷。

他的詞極有意味。虞美人云：『芙蓉落盡天涵水，日暮滄波起。背飛雙燕貼雲寒，獨向小樓，東畔倚闌看。浮生只合尊前老，雪滿長安道。故人早晚上高臺，寄我江南，春色一枝梅。』

李廌

字方叔，華山人。居長社。有月岩集。

他的詞多佳句。如虞美人中『玉闌干外淸江浦，渺渺天涯雨。好風如扇雨如簾，時見岸花汀草漲痕添。』諸句。

王觀

字通叟，官至翰林學士。宣仁太后以其應制詞近褻摘之。因自號逐客。有冠柳集。

他的詞很受柳永的影響，當時流傳殊盛。如慶清朝慢一詞，眞是絕妙好辭。

朱服

字行中，烏程人。熙甯中進士。紹聖初爲中書舍人，歷禮部侍郎。後因坐與蘇軾游，貶爲海州團練副使。有漁家傲詞云：『小雨纖纖風細細，萬家楊柳青烟裏。戀樹濕花飛不起，愁無際，和春付與東流水。九十光陰能有幾，金龜解盡留無計。寄語東陽沽酒市，拚一醉，而今樂事他年淚。』

章楶

字質夫，浦城人。試禮部第一。因平夏州有功，擢樞密直龍圖閣端明殿學士。卒謚莊簡。

他的詞長於詠物，描寫細膩。如詠柳花之水龍吟一首中云：『傍珠簾散漫，垂垂欲下，依前被風扶起。』詩句蘊藉明潔，的是佳作。

韋驤

字子駿，錢塘人。皇祐中進士。累官尚書主客郎中。有韋先生詞一卷，見彊村叢書本。

驤詞頗有豪放之氣，小詞疏暢明白。其減字木蘭花云：『人生可意，祇說功名貪富貴。遇景開懷，且盡生前有限杯。韶華幾許？鵜鴂聲殘無覓處。莫自因循，一片花飛減却春。』

劉涇

字巨濟，簡州人。舉進士。元符間，官職方郎中。有前後集。所作詞清遠有逸韻。如清平樂中云：『睡起花陰初轉午，一霎飛雲過雨』

張景修

字敏叔，常州人。元豐末爲饒州浮梁令。

敏叔的詞，字句清佳，氣韻甚高，祇是所傳者不多。如詠柳之選冠子中『春易老，細葉舒眉，輕花吐絮，漸覺綠陰成幔』又如：『恨青青江客，江頭風笛，亂雲晚容』諸語，頗可索味。

陳亞

字亞元，揚州人。官至司封郎中。有澄源集。

亞元的詞善於言情，富有深意。如『相思意已深，白紙書難足。字字苦參商，故要檳郎讀。』（生查子上半）

葛勝仲

字魯卿，丹陽人。第進士。歷知汝州湖州。卒謚文康。有丹陽詞一卷。見汲古閣刊宋六十家詞本。

魯卿詞有點絳唇云：『秋晚寒齋，藜牀香篆橫輕霧。閑愁幾許，夢逐芭蕉雨。雲外哀鴻，似替幽人語。歸不去，亂山無數，斜日荒城鼓。』意境淸高，不媿於大家。

趙令疇

字德麟，太祖次子，燕王德昭元孫。元祐中，簽書穎州公事。紹興初，襲封安定郡王，同知行在大宗正事，有聊復集，近趙萬里輯一卷。

德麟妻王氏能詩，因有『白蓮作花風已秋，不堪殘睡更回頭。晚雲帶雨歸飛急，去作西窗一夜愁。』一詩，遂與德麟爲親。王方直謂爲『二十八字媒』也。

德麟詞淸超絕俗。有蝶戀花云：『欲減羅衣寒未去，不卷珠簾，人在深深處。殘杏枝頭花幾許，啼痕止恨淸明雨。盡日水沉香一縷，宿酒醒遲，惱破春情緒。飛燕又將歸訊誤，小屏風上西江路。』

蘇過

字叔黨。蘇軾少子。晚通判中山府，留家穎川營。自號斜川居士。時人稱爲小坡。有斜川集。詳見宋史卷三百三十八蘇軾傳中。

他的詞長於寫景情境頗深如點絳唇，中『高柳蟬嘶，采菱歌斷。秋風起，晚雲如髻，湖上山橫翠。』等句可見。

王詵

字晉卿，太原人。尙英宗女魏國大長公主。歷官定州觀察使，開國公，駙馬都尉。諡榮安。他的詞頗爲黃庭堅周邦彥所稱譽：謂爲『淸麗幽遠』。

王雱

字元澤，王安國子。舉進士，官至龍圖閣直學士。有小詞媚兒眼，盛傳當時。如『海棠未雨，梨花先雪，一半春休』不媿爲名雋之句。

秦覯

字少章，秦觀之弟。他有黃金縷一詞甚著名。中如『燕子銜將春色去，紗窗幾陣黃梅雨』『夢斷綵雲無覓處，夜涼明月生南浦』等句，皆極雋永有深情。

魏夫人

夫人襄陽人，道輔之姊。曾布丞相之妻，封魯國夫人。朱晦庵云『本朝婦人能文者唯魏夫人及李易安二人而已。』雅編云：『魏夫人有江城子捲珠簾諸曲，膾炙人口。其尤雅正者，則菩薩蠻……深得國風卷耳之遺。』她的菩薩蠻詞云：『溪山掩映斜陽裏，樓臺影動鴛鴦起。隔岸兩三家，出牆紅杏花。　綠楊堤下路，早晚溪邊去。三見柳綿飛，離人猶未歸。』

李元膺

兩宋詞人小傳　二六

元膺東平人。南京教官。紹聖間，李孝美作墨譜法式，元膺爲序，大約是這時人。趙萬里輯有李元膺詞一卷。他的詞如洞仙歌云：『雪雲散盡，放曉晴庭院。楊柳於人便青眼。更風流多處，一點梅心。相映遠，約略顰輕笑淺。　一年春好處，不在濃芳小豔，疏香最嬌軟。到清明時候，百紫千紅，花正亂，已失春風一半。早占取，韶光共追游；但莫管春寒，醉紅自暖。』李于麟云：『梅心映遠，一字一珠；春寒醉紅自暖，得暘谷初回趣。』

時彥

字邦美，開封人。舉進士第，累官吏部尚書，嘗爲開封尹。

他的詞很好。如青門飲中『醉裏秋波，夢中朝雨，都是醒時煩惱』之句，清婉幽獨，自有深意。

米芾

字元章，號海嶽外史，又號鹿門居士。襄陽人。世稱米襄陽。爲人倜儻不羈，世人又稱他叫米顛。他爲文奇險，詩詞高逸。而妙於翰墨，畫山水人物，自成一家。愛金石古器。他官至禮部員外郎，世又稱爲米南宮。著有寶晉英光集・書史・畫史等書。

葛郯

字謙問，丹陽人。有信齋詞一卷，有名家詞本。

謝薖

字幼槃。布衣。有竹友詞一卷。有彊村叢書本。

晁元禮

一作端禮，字次膺。他的先世是澶州清豐人，後徙家彭門。熙甯六年進士。晚以承事郎爲大晟府協律。有閑適集，閑齋琴趣六卷。

次膺的詞，佳者可與周美成蘇東坡相比擬。苕溪漁隱叢話云：『中秋詞自東坡水調歌頭一出，餘詞盡廢；然其後亦豈無佳詞，如晁次膺綠頭鴨一詞，殊清婉，但樽俎間歌喉以其篇長憚唱，故湮沒無聞焉。』按綠頭鴨詞：『晚雲收，淡天一片琉璃。爛銀盤，來從海底，皓色千里澄輝。瑩無塵，素娥淡佇。靜可數，丹桂參差。玉露初零，金風未凜。一年無似此佳時。露坐久，疎螢時度，烏鵲正南飛。瑤臺，冷闌干凭暖，欲下遲遲。念佳人，音塵別後，對此應解相思。最關情，漏聲玉永。暗斷腸，花影偷移。料得來宵，清光未減，陰晴天氣又爭知？共凝戀，如今別後，還是隔年期。人強健，清尊素影，長願相隨。』

周邦彥

字美成，錢塘人。元豐中，獻汴都賦萬餘言，神宗召爲太樂正。後出教授廬州，知溧水縣。哲宗晚年，召還，除祕書省正字。徽宗朝，仕至徽猷閣待制，提舉大晟府。出知順昌府，提舉洞霄宮。晚居明州卒。自號清眞居士。（公元一〇五七——一一二一）。

宋史本傳稱他：『好音樂，能自度曲；製樂長短句，詞韻清蔚，傳於世。』他是一個音樂家而兼一個詩人，所以他的詞音調美諧，情旨濃厚，風趣細膩，爲北宋一大家。詞的婉麗一派，至邦彥而集大成。陳郁藏一話腴謂『貴人學士，市儈，妓女，皆知其詞爲可愛。』强煥云：『美成詞摹寫物態，曲盡其妙。』邦彥多寫兒女之情，後人往往將他和柳永並論，其實周詞風格高，非柳詞可比。周詞善用唐人詩句，能融化自得新意。

邦彥的詞有六十家刻本名片玉詞；四印齋刻本名清眞集；彊村叢書有陳元龍注本片玉集十卷。又大鶴山人有清眞詞校本。

周詞如瑞龍吟云：『章臺路，還見褪粉梅梢，試花桃樹。暗暗坊陌人家，定巢燕子，歸來舊處。黯凝佇，因念箇人癡小，乍窺門戶。侵晨淺約宮黃，障風映袖，盈盈笑語。　前度劉郎重到，訪鄰尋里，同時歌舞，惟有舊家秋娘，聲價如故。吟牋賦筆，猶記燕臺句。知誰伴名園露飲，東城閒步？事與孤鴻去！探春盡是傷離意緒。官柳低金縷。歸騎晚，纖纖池塘飛雨。斷腸院落，一簾風絮。』又如少年游云：『朝雲漠漠散輕絲，樓閣淡春姿。柳泣花啼，九街泥重，門外燕飛遲。而今麗日明金屋，春色在桃枝。不似當時，小橋衝雨，幽恨兩人知。』又如浣溪沙云：『翠葆參差竹逕成。新荷跳雨淚珠傾。曲闌斜轉小池亭。風約簾衣歸燕急，水摇扇影戲魚驚。柳梢殘日弄微晴。』

万俟詠

字雅言，自號詞隱。崇甯中充大晟府制撰。有大聲集。周美成爲他作序。山谷亦稱他爲一代詞人。黃昇說他的詞『發妙音於律呂之中，運巧思於斧鑿之外。』其清明應制詞中爲『天如洗，金波冷浸冰壺裏』

之句，可謂平而工，和而雅了。

宋徽宗

名趙佶，神宗第十一子。建元建中靖國崇甯大觀政和重和宣和，在位二十五年。靖康二年北狩，和他的兒子欽宗一同被金人俘虜北去。紹興五年，崩於五國城。廟號徽宗。他的詩文書畫都很好，尤工長短句，近彊村叢書輯有徽宗詞一卷。

徽宗是許多皇帝中富於天才的人，他生平的際遇和詞才和李後主煜很相似：初期極綺麗清閑皇家生活中享樂，國家衰微，後來被金人虜去，離遠祖國，他所作的詞非常悲痛，也和李後主一樣的，終日以眼淚洗面了。

他的燕山亭詞云：『裁翦冰綃，輕疊數重，淡着燕脂勻注。新樣靚妝。豔溢香融，羞煞蕊珠宮女。易得凋零，更多少無情風雨。愁苦，閒院落，淒涼幾番春暮。　憑寄離恨重重。這雙燕何曾會人言語。天遙地遠，萬水千山，知他故宮何處！怎不思量，除夢裏有時曾去。無據，和夢也近來不做！』詞苑叢談云：『哀情哽咽，彷彿南唐李主，令人不忍多聽。』梁任公云：『昔人言宋徽宗爲李後主化身。此詞均感頑豔，亦不減「簾外雨潺潺」諸作。』王靜庵云：『後主之詞，眞所謂以血書者也，宋道君皇帝燕山亭詞略似之。』詞品云：『徽宗此詞，北狩時作也。詞極淒惋，亦可憐矣。』他如眼兒媚，臨江仙諸詞，皆淸麗淒惋也。

李清照

號易安居士，濟南人，李格非的女兒。她母親是狀元王拱辰的女兒。能做文章。她生於神宗元豐四年，廿一歲時嫁太學生諸城趙明誠（夫婦志趣相合，感情極篤。她在金石錄後序中云：『……每朔望謁告出，質衣取半千錢，步入相國寺，市碑文果實歸，相對展玩咀嚼，自謂葛天氏之民也。……每獲一書，即共同校勘，整集籤題。得書畫彝鼎，亦摩玩舒卷，指摘疵病。夜盡一燭爲率。……每飯罷，坐歸來堂，烹茶，指堆積書史，言某事在某書某卷第幾頁第幾行，以中否角勝負，爲飲茶先後。中，即舉杯大笑，至茶傾覆懷中，不得飲而起。甘心老是鄉矣。』建炎中，明誠病死。時金人南侵，她奔走台州溫州越州杭州之間；家藏書物，十去七八。紹興中，她年五十二，作金石錄後序，時在杭州。甲寅年她避亂西上，遂居金華。死時不可考。（一〇八一——？）後人相傳她有改嫁張汝舟之說，清俞正燮會做辯誣，近人胡適也有辯她辯誣的考證。她有詞六卷，文七卷，今皆不傳；所傳者僅寥篇而已曰漱玉集一卷，見汲古閣詩詞雜刊本，又有四印齋所刊詞刊本，李文裿輯本，趙萬里輯本。

清照爲最有天才之女詩人，詩文皆工。她論詞，對於北宋諸家，皆不致滿意，亦可見其自負也。她的詞在當時很受人崇敬。如辛稼軒有時也有『效李易安體』之作。可見她的影響。四庫提要云：『清照以一婦人，而詞格乃抗軼周柳，雖篇帙無多，固不能不寶而存之，爲詞家一大宗矣。』

她的詞最著名的是聲聲慢詞云：『尋尋覓覓，冷冷清清，悽悽慘慘戚戚。乍暖還寒時候，最難將息。三杯兩盞淡酒，怎敵他晚來風急？雁過也，正傷心，卻是舊時相識。　滿地黃花堆積，憔悴損，而今有誰堪摘？守着窗兒，獨自怎生得黑！梧桐更兼細雨，到黃昏點點滴滴。這次第，怎一個愁字了得！』鶴林玉露謂此詞起頭連疊七字，創意出奇。詞苑叢談說似大珠小珠落玉盤也。又如　醉花陰云：『薄霧濃雲愁永晝，瑞腦消金獸。佳節又重陽，玉枕紗廚，半夜涼初透。　東籬把酒黃昏後，有暗香盈袖。莫道不消魂，簾捲西風，人比黃花瘦。』瑯環記云：『易安作此詞，明誠嘆絕，苦思求勝之，乃忘寢食三日，夜得十五闋，雜易安作以示友人陸德夫。德夫玩之再三曰：『只有莫道不消魂三句絕佳。』陳亦峯說：『深情苦調，元人詞曲，往往宗之。』

葉夢得

字少蘊，吳縣人。紹聖四年進士，累官龍圖閣直學士。以崇信軍節度使致仕。後居吳興弁山，自號石林居士。有石林詞一卷。見六十家詞刊本，又有葉廷琯刊本。

關子東說：『葉公妙齡，詞甚婉麗。晚歲落其華而實之，能於簡談時出雄傑，合處不減東坡。』毛子晉說：『石林居士晚年居卞山下，奇石森列，藏書數萬卷，嘯詠自娛。所撰詞一卷，與蘇柳並傳，綽有林下風，不作柔語殢人，眞詞家逸品也。』

他的詞如賀新郎云：『睡起流鶯語，掩蒼苔房櫳向晚。亂紅無數，吹盡殘花無人見，惟有垂楊自舞。漸暖靄，初回輕暑，寶扇重尋明月影。暗塵侵，上有乘鸞女，驚舊恨，遽如許。江南夢斷橫江渚，浪黏天，葡萄漲綠，半空煙雨。無限樓前滄波意，誰采，蘋花變取。但悵望，蘭舟容與，萬里雲帆何時到。送孤鴻，目斷千山阻，誰爲我，唱金縷。』

汪藻

字彥章，德興人。崇甯中，第進士。高宗朝累官中書舍人，兼直學士院擢給事中遷兵部侍郎兼侍講，拜翰林學士。後出知外郡。奪職。居永州卒。（公元一〇七九——一一五四）有浮溪詞一卷，見彊村叢書本。

藻詞蘊藉高超。如點絳脣云：『新月娟娟，夜寒，江靜山銜斗。起來搔首，梅影橫窗瘦。好箇霜天，閒却傳杯手。君知否？亂鴉啼後，歸興濃如酒。』

劉一止

字行簡，湖州歸安人。宣和三年進士。紹興初召試除祕書省校書郎，監察御史，歷遷給事中。進敷文閣待制致仕。有苕溪樂章一卷。見彊村叢書刊本。

一止有『曉行』爲題的喜遷鶯一詞，盛傳京師，當時人皆稱他爲『劉曉行』。其詞云：『曉光催角，聽宿鳥未驚，鄰鷄先覺。迤邐煙村，馬嘶人起，殘月尙穿林薄。淚痕帶霜微凝，酒力衝寒猶弱。歎倦客，悄不禁重染，風塵京洛。追念人別後，心事萬重，難覓孤鴻託。翠幌嬌深，曲屛香暖，爭念歲華飄泊。怨月恨花煩惱，不是不會經著，者情味，望一成消減，新來還惡。』許蒿廬說：『曉行情景，宛在目前，宜當時以此得名。』

向鎬

字豐之，河內人。有喜樂詞。見四印齋彙刊宋元三十一家詞本。

他喜用當時的白話入詞。例如如夢令云：『誰伴明窗獨坐？我和影兒兩個。燈燼欲眠時，影也把人抛躱，無那，無那，好個悽惶的我。』

王庭珪

字民瞻，廬陵人。政和中進士。有盧溪詞。

他的詞比當時作家的風格，並無什麼特異。如『淡煙殘燭，醉入花間宿。』等句可知。

王灼

字晦叔，遂甯人。有頤堂詞一卷，見彊村叢書本他的詞亦是平穩，沒有他所作的碧鷄漫志那麼著名。

陳與義

字去非，自號簡齋居士。原係蜀中人，後徙居河南葉縣。紹興中，歷中書舍人，拜翰林學士，知制誥，尋參知政事，提舉洞霄宮。（公元一〇九〇——一一三八）有無住詞一卷。見六十家刊本，又有彊村叢書刊本。

黃花庵云：『去非詞雖不多，語意超絕，識者謂可摩坡仙之壘。』方回瀛奎律髓稱：『杜甫爲一祖，而以黃庭堅陳師道及與義爲三宗。如以詞論，則師道爲勉强學步，庭堅爲利鈍互陳，皆逈非與義之敵矣。』

去非的詞清婉奇麗，其最優的是『夜登小閣憶洛中舊游』之臨江仙一闋云：『憶昔午橋橋上飲，坐中都是豪英。長溝流月去無聲。杏花疏影裏，吹笛到天明。二十餘年成一夢，此身雖在堪驚。閑登小閣眺新晴，古今多少事，漁唱起三更。』王世貞云：『杏花影裏，吹笛到天明』爽語也。此詞在濃與淡之間。』

沈際飛云：『意思超脫，腕力排奡，可摩坡仙之壘。』

趙長卿

自號仙源居士。南豐宗室，有惜香樂府。他的詞　清淡而有風致。如卜算子句云：『人道長眉如遠山，山不似長眉好』又更漏子中『月來衣上明』之句，亦清佳可愛。

呂渭老

一作濱老，字聖求，秀州人。宣和末朝士。有聖求詞一卷。見六十家詞刊本。

趙師秀云：『聖求詞婉媚深窈，視美成耆卿伯仲。』楊愼也說：『聖求在宋不甚著，而詞甚工。』其詞如小重山云：『半夜燈殘鼠上檠，小窗風動，竹月微明。夢魂偏寄水西亭，琅玕碧，花影弄蜻蜓。千里暮雲平，南樓催上燭，晚來晴。酒闌人散斗西傾，天如水，團扇撲流螢。』詞境都佳。

蔡伸

字伸道，自號友古居士，莆田人。宣和中進士。官彭城倅。歷左中大夫。有友古詞一卷。見汲古閣刊宋六十家詞本。

他的詞如柳梢青句云：『自是休文，多情多感，不干風月』亦自清癯。

曹組

字元寵，潁昌人。宣和三年進士。官給事殿中官止副使。有寵於徽宗。任睿思殿待制。有箕潁集。

他的詞微思遠致，清俊脫塵。如『詠梅』之驀山溪句云：『想佳人天寒日暮，黃昏院落，無處著清香，風細細，雪垂垂，何況江頭路。』頗多幽趣。

李甲

字景元，自號華亭逸人。華亭人。其詞有劉毓盤輯本。凡十四首。詞意淺近，比興深遠，言有盡而意無窮。如憶王孫云：『萋萋芳草憶王孫，柳外高樓空斷魂。杜宇聲聲不忍聞，欲黃昏，雨打梨花，深閉門。』

向子諲

字伯恭，自號薌林居士，臨江人。建炎初，直龍圖閣，江淮發運使。後遷戶部侍郎。有酒邊集一卷。有雙照樓景刊宋元明本詞本。又有二卷本，汲古閣刊宋六十家詞本。

伯恭詞多眞情語，如『風流可惜長孤冷，懷抱如何得好開』（鷓鴣天）

徐伸

字幹臣，三衢人。政和初，以知音律爲太常典樂，出知常州。有青山樂府，現在失傳。

黃花庵云：『青山詞多離調，惟二郎神一曲，天下稱之。』其詞云：『悶來彈鵲，又攪碎，一簾花影。漫試著春衫，還思纖手。熏徹金貌爐冷，動是愁端如何向。但怪得，新來多病。嗟舊日沈腰，如今潘鬢，怎堪臨鏡。重省別時淚溼。羅衣猶凝。料爲我厭厭，日高慵起，長託春酲未醒。雁足不來，馬蹄難駐。門掩一庭芳景，空佇立，盡日闌干，倚偏晝長人靜。」婉轉自然。王壬秋謂爲「妙手偶得之作」

田爲

字不伐。里居未詳。崇甯間，供職大晟樂府。黃花庵說他工於樂府。碧鷄漫志說他的才思，足與万俟雅言相抗。其詞如江神子慢中句云：「此恨對語猶難，那堪更寄書說」亦似豔語也。

南宋詞人小傳

張元幹

字仲宗，別號蘆川居士，長樂人。紹興中，以送胡邦衡詞得罪除名；然因此亦得大名。有蘆川詞一卷。見六十家詞刊本。又二卷本，有雙照樓景宋元明本詞本。

仲宗在宣和間，已有張樂府的聲譽。他的詞多清麗婉轉，與秦觀周邦彥，可以肩隨。他的全集中詞凡百六十篇，四庫全書提要說他以賀新郎詞及寄詞一闋爲壓卷，其詞慷慨悲涼，數百年後尚想見其抑塞磊落之氣。賀新郎詞云：『夢繞神州路，悵秋風連營畫角，故宮離黍。底事崐崙傾砥柱，九地黃流亂注？聚萬落千村狐兔，天意從來高難問！況人情易老悲難訴，更南浦送君去。涼生岸柳催殘暑，耿斜河疏星淡月，斷雲微度，萬里江山知何處？回首對床夜語，雁不到，書成誰與。目盡靑天懷今古，肯兒曹恩怨爾汝！舉大白，聽金縷。』

趙鼎

字元鎭，聞喜人。崇甯初進士。累官尚書左僕射，同中書門下平章事，兼樞密使。卒諡忠簡。有得全居士集。詞一卷。有別下齋叢書本，有四印齋所刻詞本。

趙鼎是宋室中興的一位名臣，但他善於寫詞，卻很婉媚，不減花間。如蝶戀花詞中的『盡日東風吹絲樹，向晚輕寒，數點催花雨。』等句，可玩味也。

岳飛

字鵬舉，相州湯陰人。宣和間應眞定宣撫幕，累立戰功，南渡歷少保河南北諸路招討使，進樞密副使，封武昌郡開國公。罷爲萬壽觀使。爲秦檜所誣害，殞大理寺獄。（公元一一〇三——一一四一）淳熙六年，賜謚武穆。嘉定四年，追封鄂王。淳祐六年，改謚忠武。

岳飛本是南渡後一位名將，所以他的詞是豪邁的，充分地表現出國事與戰爭的憤激的熱情。沈際飛說他膽量意見文章，悉無古今。他的滿江紅一詞，何等氣慨，何等志向，千載下讀之凜凜有生氣焉。詞云：『怒髮衝冠，憑闌處，瀟瀟雨歇。抬望眼，仰天長嘯，壯懷激烈。三十功名塵與土，八千里路雲和月。莫等閒白了少年頭，空悲切。靖康恥，猶未雪，臣子恨，何時滅？駕長車，踏破賀蘭山缺！壯志飢餐胡虜肉，笑談渴飲匈奴血。待從頭收拾舊山河，朝天闕。』

曾覿

字純甫，汴人。紹興中，爲建王知客。孝宗受禪，覿權知閤門事。後進開府儀同三司，加少保。有海野詞一卷，見汲古閣刊宋六十家詞本。

純甫詞多悽惋。如憶秦娥云：『風蕭瑟，邯鄲古道傷行客。傷行客，繁華一瞬，不堪思憶。叢台歌舞無消息，金尊玉管空陳迹。空陳迹，連天草樹，暮雲凝碧。』

張孝祥

字安國，歷陽烏江人。紹興二十四年廷試第一。孝宗朝累遷中書舍人。領建康留守。進顯謨閣直學士致仕。有于湖集三卷，見六十家詞刊本。又于湖居士樂府四卷，有雙照樓景刊宋元明詞本。又于湖先生長短句五卷，拾遺一卷，有涉園景宋金元明詞刊本，又有四部叢刊影宋本。

四朝見聞錄云：『張孝祥精於翰墨，人稱紫府仙。』査恂叔說：『于湖詞聲律宏邁，音節振拔，氣雄而調雅，意緩而語峭。』湯衡也說：『于湖平昔為詞，未嘗著稾，筆酣興健，頃刻即成，無一字無來處。』如念奴嬌云：『桐庭青草，近中秋，更無一點風色。玉界瓊田三萬頃，著我扁舟一葉。素月分輝，銀河共影。表裏俱澄澈。怡然心會，妙處難與君說。應念嶺海經年，孤光自照，肝膽皆冰雪。短髮蕭騷襟袖冷，穩泛滄浪空闊。盡挹西江，細斟北斗，萬象為賓客。扣舷獨嘯，不知今夕何夕？』王壬秋說此詞飄飄有凌雲之氣，覺東坡水調猶有塵心。眞是筆勢奇偉可愛。

康與之

字伯可。官郎中。他是南渡初年的詞人，很受高宗的賞識。有順庵樂府五卷。

伯可的詞多係婉媚之作，因他是代表當時朝臣貴族的。黃昇說：『伯可以文詞待詔金馬門，凡中興粉飾治具，及慈甯歸養，兩宮歡集，必假伯可之歌詠，故應制之詞為多。』他的慢詞合律，時人謂可與柳永並肩。但他也很感受到當時時勢喪亂的影響，有『豪華盡成春夢，留下古今愁』（訴衷情）之慨。

辛棄疾

字幼安，號稼軒，濟南歷城縣人。十歲時，受學於蔡松年。蔡氏工詩詞，爲金朝一大文學家。時同學有黨懷英，人因稱爲『辛黨』，時南渡已十餘年，山東久在金人統治之下。棄疾心不忘宋，有志南歸。會金主亮南征大敗，被殺死。時山東豪傑並起，耿京自稱天平節度使，用棄疾掌書記。棄疾勸京歸宋，耿京乃令賈端奉表南歸。高宗大喜，授以承務郎，用耿京知東平府節度使如故。及北還復命時，耿京已被部下張安國殺死去降金國。棄疾回到海州，會約統制王世隆及忠義人馬全福徑赴金營，擒捉張安國以歸，獻俘行在，斬於市。高宗以爲江陰簽判。孝宗時以大理少卿出爲湖南安撫，後改江西安撫。治軍有聲。仕至寶謨閣待制，進樞密都承旨，未受命而卒。（公元一一四〇——一二〇七）宋末，追贈少傅，謚忠敏。

棄疾有英才，性豪爽，崇尚氣節。他在湖南時，別創新軍名湖南飛虎軍，雄鎮一方。後在江西時以賑濟事解除民困。與朱熹友善，熹沒，時黨禁方嚴，棄疾獨爲文哭之。

棄疾的詞，縱橫慷慨，變化奇放，不主故常。無論長調小令，都是他的人格的表現。是南宋詞中第一大家。自蘇軾以詩爲詞，到棄疾更加解放，完全與樂語脫離，自闢新徑。世稱蘇辛。吳子律云：『稼軒詞別開天地，橫絕古今。』四庫提要說他能於翦翠刻紅之外，屹然別立一宗。四家詞選序論云：『稼軒斂雄心抗高調，變溫宛成悲涼。』陳應行云：『瀟灑出塵之姿，自在如神之筆，邁往凌雲之氣，猶可以想見也。』只要他的詞中喜用典，因爲他的才氣足以赴之。其後如劉克莊輩學他作風，却是滿紙典故，乃至離用書，不復成詞矣。王靜安云：『南宋詞人，白石有格而無情，劍南有氣而乏韻，其堪與北宋頡抗者，惟幼安一人耳。近人主南宋而祧北宋，以南宋之詞可學，北宋不可學也。學南宋者，不主白石則主夢窗，以白石夢密可學，幼安不可學也。學幼安者，率祖其粗獷，滑稽處可學，佳處不可學也。幼安之佳處，在有性情，有境界。即以氣象論，亦有傍素波干青雲之概，寧後世齷齪小子所可擬耶？』

稼軒詞如念奴嬌云：『野塘花落，又匆匆過了清明時節。刬地東風吹客夢，一枕雲屏寒怯。曲岸持觴，垂楊繫馬，此地曾輕別。樓空人去，舊游飛燕能說。　聞道綺陌東頭，行人曾見，簾底纖纖月。舊恨春江流不盡，新恨雲山千疊。料得明朝，尊前重見，鏡裏花難折。也應驚問，近來多少華髮？』梁任公云此南渡之感。

又賀新郎云：『綠樹聽鵜鴂，更那堪鷓鴣聲住，杜鵑聲切。啼到春歸無人處，苦恨芳菲都歇。算未抵人間離別，馬上琵琶關塞黑；更長門翠輦辭金闕；看燕燕，送歸妾。　將軍百戰身名裂，向河梁回首萬里，故人長絕；易水蕭蕭西風冷，滿座衣冠似雪，正壯士悲歌未徹：啼鳥還知如許恨，料不啼清淚長啼血，誰共我，醉明月。』周止庵謂此詞前半闋北都舊恨，後半闋南渡新恨。

小調如菩薩蠻云：『鬱孤臺下清江水，中間多少行人淚。西北是長安，可憐無數山。　青山遮不住，畢竟東流去。江晚正愁余，山深聞鷓鴣。』又如醜奴兒云：『少年不識愁滋味，愛上層樓。愛上層樓，爲賦新詞強說愁。　而今盡識愁滋味，欲說還休，欲說還休，却道天涼，好箇秋！』

陸游

字務觀，號放翁，山陰人。年十二，能詩文；以蔭補官。孝宗時，特賜進士出身。詩人范成大帥蜀，用他爲參議官，以文字相交，不拘禮法。紹熙初，遷禮部郎中，兼實錄院檢討官。嘉泰二年，同修國史，實錄院修撰，免奉朝請。明年書成，升寶章閣待制，致仕。他生於公元一一二五，死於一二一〇，年八十六。

陸游爲南宋最偉大的詩人之一。早歲有志功名，常以恢復中原爲念，故所作詩詞，多悲壯激烈，既已無可奈何，晚年漸歸閒適，描寫自然景物，淸麗可喜。與范成大楊萬里等同爲自然詩人。有放翁詞一卷，見宋六十家詞刊本，又渭南詞二卷，附刊渭南文集中。並有四部叢刊本及汲古閣本。

他的詞有激昂慷慨和閒適飄逸的兩種境界。劉克莊云：『其激昂感慨者，稼軒不能過；飄逸高妙者，與陳簡齋朱希眞相抗頡；流麗綿密者，欲出晏叔原賀方回之上。而世親之者絕少。』詞林紀事云：『蒿廬師云：南渡後唯放翁爲詩家大宗，詞亦掃盡纖淫，超然拔俗。』宋六十一家詞選例言亦說放翁之詞，求之有宋諸家，無可方比。例如卜算子（詠梅）云：『驛外斷橋邊，寂寞開無主。已是黃昏獨自愁，更看風和雨。無意苦爭春，一任羣芳妒。零落成泥碾作塵，只有香如故。』卓人月謂『末句想見勁節』又好事近云：歲晚喜東歸，掃盡市朝陳迹。揀得亂山深處，釣一潭澄碧。賣魚沽酒醉還醒，心事付橫笛。家在萬重雲外，有沙鷗相識。』又如雙頭蓮云：『華髮星星，驚壯志成虛，此身如寄。蕭條病驥，向暗裏消盡當年豪氣。夢斷故國山川，隔重重煙水身萬里。舊社凋零，靑門後遊誰記。盡道錦里繁華，嘆官閑晝永，柴荊添睡，淸愁自醉，念此際付與何心事。縱有楚柁吳檣，知何時東逝！空悵望，鱠美菰香，秋風又起。』詞意雄快，多着有悽涼恬退的風致。

放翁在早年時，曾有一段婚姻上的悲痛的故事，他原娶唐氏，伉儷頗相得，但他的母親却與唐氏不和，他不得已而出之。不久，她便改嫁同郡一趙姓者，春日出遊，相遇於禹跡寺南之沈園。唐語其夫，爲致酒肴，陸悵然賦釵頭鳳云：『紅酥手，黃藤酒，滿城春色宮牆柳。東風惡，歡情薄，一懷愁緒，幾年離索，錯，錯，錯！春如舊，人空瘦，淚痕紅浥鮫綃透。桃花落，閒池閣，山盟雖在，錦書難托，莫，莫，莫！』唐氏和之，未幾，遂怏怏卒。放翁後復過沈園時，更賦詩云：『落日城頭畫角哀，沈園非復舊池臺。傷心橋下春波綠，曾見驚鴻照影來。』悲痛悽惋之情，滿溢行間。又放翁有示兒絕筆詩，亦頗著名，膾炙人口云。其詩云：『死去原知萬事空，但悲不見九洲同。王師北定中原日，家祭毋忘告乃翁！』此詞兼有豪放婉麗之妙，其忠節亦可見矣。

陸淞

字子逸，號雪溪，山陰人。官辰州守。放翁兄行也。

淞有瑞鶴仙詞云：『臉霞紅印枕，睡覺來冠兒還是不整。屏間麝煤冷，但眉峯壓翠，淚珠彈粉。堂深晝永，燕交飛，風簾露井。恨無人說與，相思近日，帶圍寬盡，重省，殘燈朱幌，淡月疏窗，那時風景。陽臺路迥，雲雨夢，便無準。待歸來，先指花梢教看，欲把心期細問，問因循過了青春，怎生意穩。』張叔夏謂此詞頗有樂府遺意。

范成大

字致能，號石湖居士，吳郡人。紹興二十四年進士。累官至吏部尚書，拜參知政事，進資政殿學士，提舉洞霄宮。卒謚文穆。（一一二五——一二〇四）有石湖集一卷。見知不足齋叢書本。又見彊村叢書刊本。趙萬里有重訂本。

陳亦峯云：『石湖詞音節最婉轉，讀稼軒詞後讀石湖詞，令人心平氣和。』致能詩亦自成一格，與陸放翁齊名。稱爲南宋東南文壇之彥。其詞如憶秦娥云：『樓陰缺，闌干影臥東廂月。東廂月，一天風露，杏花如雪。隔烟催漏金虯咽，羅幃黯淡燈花結。燈花結，片時春夢，江南天闊。」

楊萬里

字廷秀，吉水人。紹興中進士。後遷寶文閣待制，致仕。有誠齋集。廷秀長五七言詩，與范陸揚名。所作詞不多。亦瀟灑可喜。如好事近云：「月未到誠齋，先到萬花川谷。不是誠齋無月，隔一庭修竹。如今纔是十三夜，月色已如玉。未是秋光奇絕，看十五十六。」

張掄

字才甫，南宋故老。有蓮社詞一卷，見彊村叢書刊本。他的詞亦頗含悽惋。如「舊恨無處著，新愁還又作。夜夜單於聲裏，燈花共珠淚落。」

曹勛

字功顯，陽翟人。宣和中官至太尉，提舉皇城司。有松隱樂府三卷，又補遺一卷，見彊村叢書本。勛詞多應制之作，詞亦平淡。如「四檐成韻，孤坐無人問」「一江殘照落霞，紅鱸聲中」

葛立方

字常之，丹陽人。紹興中進士。官至吏部侍郎。有歸愚集，詞一卷，見汲古閣刊宋六十家詞本。立方詞喜用疊字，別有意趣。如卜算子一詞云：「裊裊水芝紅，脈脈蒹葭浦，淅淅西風澹澹烟，幾點疏疏雨。草草展杯觴，對此盈盈女，葉葉紅衣當酒船，細細流霞舉。』

朱　熹

字元晦，一字仲晦。婺源人。進士第。累官轉運副使，以煥章閣待制，致仕。卒謚文。（公元一一三○——一二○○）有文公集。

元晦是南宋一個有名的理學家，後人稱之爲朱子，他對於四書經籍，多有集注，見解甚高。他的詞則不免有道學家的意味，但在當時也很有名的。

陳　亮

字同甫，永康人。有龍川集，詞一卷。

同甫的散文，氣魄極盛，詞亦疏放。周密說他好談天下大略，以氣節自居，而詞亦疏宕有致。他的水龍吟上半云：『遲日催花，淡雲閣雨，輕寒輕暖，恨芳菲世界，遊人未賞，都付與鶯和燕。』又虞美人云：水邊臺謝燕新歸，一點坭香，濕帶落花飛。』亦頗哀豔。

俞國寶

國寶，臨川人。淳熙間太學生。有醒庵遺珠集。

國寶有風入松一詞爲上所稱賞，並改其末句二字。詞云：『一春長費買花錢，日日醉湖邊。玉驄慣識西湖路，驕嘶過沽酒樓前。紅杏香中歌舞，綠楊影裏秋千。暖風十里麗人天，花壓鬢雲偏。畫船載得春歸去，餘情付湘水湘煙。明日重扶殘醉，來尋陌上花鈿。」沈際飛謂此詞自然馨逸。

曾慥

字端伯。編有樂府雅詞。

岳珂

字肅之，號倦翁，岳飛之孫。累官戶部侍郎，淮東總領兼制置使。有龍川詞一卷，補遺一卷。見汲古閣刊宋六十家詞本，又有四印齋刊本。

岳珂對於詞頗有高超的見解，但他自己所作的詞，卻未能相稱。如祝英臺中諸詞，可算是他最好的代表作了。

張鎡

字功甫，號約齋，西秦人。官奉議郎直祕閣。有南湖詩餘一卷，見彊村叢書刊本。

功甫能詩，一時名士大夫，莫不與之交游，其園地聲妓者服玩之麗甲天下。所以他的詞豪侈而有清尚。如滿庭芳（促織兒）云：『月洗高梧，露溥幽草，寶釵樓外秋深。土花沿翠，螢火墜牆陰。靜聽寒聲斷續，微韻轉淒咽，悲沉，爭求侶，殷勤勸織，促破曉機心。兒時曾記得，呼燈灌穴，斂步隨音，任滿身花影，獨自追尋，攜向華堂戲鬥，亭臺小籠巧裝金。今休說，從渠牀下，涼夜聽孤吟。』周草窗謂此詞詠物入神。詞苑云：『高調兼形容處，心細如絲髮，皆姜詞之所未發：』

楊旡咎

字補之，淸江人。不仕。自號淸夷長者。有逃禪詞一卷，見汲古閣刊宋六十家詞本。

旡咎詞多情語，其麗豔風流，迴腸蕩氣之處，不亞於柳詞。他的瑞鶴仙云：『看燈花落盡更欲換，門外初聽剝啄。一樽赴誰約？甚不知早暮忘！貪歡樂。嗔人調謔，飲芳客索强倒惡。漸嬌慵不語，迷奚帶笑，柳柔花弱。難貌扶歸鴛帳，不褪羅裳，要人求托。偷偷弄搦紅玉，軟輭香薄。待酒醒，枕臂同歌新唱，怕瞧愁聞畫角。問昨宵可煞歸遲，更休道著。』眞是詞意入微，曲盡情態。

趙彥端

字德莊，係宋宗室。淳熙中以直寶文閣，知建寧府。有介庵集四卷。詞一卷，見汲古閣刊宋六十家詞本。

他曾作謁金門一詞，中有『波底夕陽紅濕』句，大爲阜陵所稱賞。又有豆葉黃一詞也頗絕妙。詞云：『粉牆丹檻柳絲中，簾箔輕明花影重。午醉醒來一面風。綠葱葱，幾顆櫻桃葉底紅。』

韓元吉

字旡咎，號南澗。許昌人。寓居信州。隆興間，官吏部尙書，有焦尾集，又南澗詩餘一卷，見彊村叢書刊本。

元吉與辛棄疾陸游等友善，也頗多贈答之詞。他的詞不無受稼軒的影響，也很豪放疏宕。黃花庵謂：

『南澗名家，文獻政治文學，爲一代冠冕。』現錄他的詞好事近云：『凝碧舊池頭，一聽管絲淒切。多少梨園聲在，總不堪華髮。杏花無處避春愁，也傍野煙發。惟有御溝聲斷，似知人嗚咽。』麥孺博說賦體如此，高於比興。

袁去華

字宣卿。江西奉新人。紹興中進士。官知石首縣。

去華善爲歌詞，於綺麗中寓有豪放之氣。有適齋類稿八卷。

黃公度

字師憲，號知稼翁。莆田人。紹興中，除尚書考功員外郎。有知稼翁集十一卷。又知稼翁詞一卷，見汲古閣刊宋六十家詞本。

公度的詞擅有自然的秀美。洪邁說他的詞『宛轉清麗，』實可當之無媿。如菩薩蠻云：『眉尖早識愁滋味，嬌羞未解論心事。試問憶人否？不無言，但點頭。嗔人歸不早，故把金杯惱。醉看舞時腰，還如舊日嬌。』

仲并

字彌性，江都人。紹興中進士。授平江教授，後爲淮東安撫司參事。有浮山詞一卷，見彊村叢書本。

并詞無多出色。所以集中佳作甚少。

王 韓

字溫甫，常家於東浦。他與辛稼軒諸人相友善，祇是他酬和的詞却很平平。他的詞集名東浦詞，有汲古閣刊宋六十家詞本。毛晉雖曾刊過他的詞，但頗有不滿意處。其實集中也不無佳妙之句。

吳 儆

字益恭，休甯人。紹興中進士。淳熙初，爲邕州通判。後轉任朝散郎。致仕。有竹洲詞一卷，見候刊名家詞本，又有宋元名家詞本。

益恭的詞很是淺顯，所以多有眞情實意。如西江月云：『竹裏全無暑氣，溪邊長有清風。荷花落日照酣紅，雨過遙山翠重。老作宮祠散漢，本來田舍村翁。腰纏三萬祿千鍾，也是一場春夢。』自有一種自然渾樸的風趣。

劉 過

字改之，號龍州道人。吉州人。他本工詩。曾與辛稼軒陸游等贊議伐金。他曾伏闕上書，請光宗過宮：復以書抵時宰陳恢復方略不報。放浪湖海間。有龍州詞二卷，補遺一卷。見六十家詞本，又見彊村叢書刊本。

他的詞學稼軒。黃花庵云：『改之，稼軒之客，詞多壯語，蓋學稼軒者也。』宋六十一家詞選例言說他是稼軒附庸，得其豪放，未得其宛轉。但藝概却說他『自饒俊致，亦足自成一家。』如弔岳武穆王忠烈廟之六州歌頭云：『中興諸將，誰是萬人英？身草莽，人雖死，氣塡膺，尙如生！年少起河北，劍三尺，弓兩石；定襄漢，開虢洛，洗洞庭。北望帝京，狡兎依然在，良犬先烹。過舊時營壘，荆洛有遺民，憶故將軍，淚如傾。說當年事，知恨苦。不奉詔，僞耶眞？臣有罪，陛下聖，可鑒臨，一片心。萬古分茅土，終不到，舊姦臣。人世夜，白日照，忽開明。袞佩冕圭百拜，九原下榮感君恩。看年年三月，滿地對花春，鹵簿迎神。』

胡銓

字邦衡，廬陵人。建炎初進士。紹興中因抵疏詆和議，謫吉陽軍。孝宗時，復官至資政殿學士。卒謚忠簡。有澹菴長短句一卷。見四印齋刊宋四名臣詞本。

胡銓的詞抒情調興，自然流露，一點沒有刻意做作，這是他的長處。我們且看其醉落魄云：『百年强半，高秋獨在天南畔。幽懷已被黃花亂，更恨銀蟾，故向愁人滿。招呼詩酒顚狂伴，羽觴到手判无算。浩歌箕踞巾聊岸，酒欲醒時，興在盧同盌。』

程大昌

字泰之，休寗人。紹興中進士。孝宗朝官至權吏部尙書，龍圖閣直學士。卒謚文簡。有文簡公詞一卷。見彊村叢書本。

大昌擅長經學。他的詞較爲遜色。未有大成就。

岳崈

字宗卿，江陰人。隆興初年進士。拜同知樞密院事。卒謚文定。有文定公詞一卷，見四印齋宋元三十一家詞本。

崈詞如夜行船云：『水滿平湖香滿路，繞重城藕花無數。小艇紅妝，疏簾青蓋，煙柳畫船斜渡，恣樂追涼忘日暮，簫鼓月明人去。猶有淸歌沿遞，聲在芰荷深處。』寫景如畫。集中多此意境。

楊炎

號止濟翁，廬陵人。他與辛稼軒友善，所作的詞也受稼軒的影響，却時多雋語。如『楊柳結成羅帶恨，海棠染就胭脂色，想深情幽怨，繡屏間雙鸂鶒。』又如『吾生如寄，尚想三徑菊花叢。』等句。

洪皓

字光弼，鄱陽人。第進士。建炎中，以徽猷閣待制，爲通問使。因忤秦檜，被安置英州。後從袁州。卒謚忠宣。有鄱陽詞一卷。見彊村叢書本。

洪适

字景伯，皓的兒字。中博學宏詞科。累官尚書右僕射，同中書門下平章事，兼樞密使。有盤洲集二卷。詞一卷，見彊村叢書本。

适弟邁亦能詞，人稱爲三洪。三洪中以适詞爲最佳。如浣溪紗句云：『好教斜插髻雲邊，淡妝仍向醉中看』亦覺清婉。

侯寘

字彥周，東武人。紹興中，知建康。有嬾窟詞一卷。見汲古閣刊宋六十家詞本。寘詞情意真摯。如『半嚬還笑眼回波，去欲更留眉斂翠』『北風休遣雁南來，斷送不成今夜睡』諸句，却少婉約的風致。

京鏜

字仲遠，號松坡居士。豫章人。紹興中進士。官左丞相。有松坡居士樂府一卷，見彊村叢書本。鏜詞富於風韻，頗可玩味。其好事近一闋云：『急雨逐驕陽，洗出長空新月。更對銀河風露，覺今宵都別。不須乞巧拜中庭，枉共天孫說，且信平生拙，極耐歲寒霜雪。』

章良能

字達之，麗水人。居吳興。淳熙五年進士。除著作佐郎。寧宗時官至參知政事。又按周公瑾云，文莊章公名穎，字茂獻，不知孰是。

齊東野語說：『文莊章公自少好雅潔，性滑稽。居一室，汎掃汙飾，陳列琴書，親朋或譏其齷齪無遠志。一日，太書素屏云：「陳蕃不事一室，而欲掃除天下，吾知其無能爲矣！」識者知其不凡。』

他所作的小詞，極有思致。如小重山云：『柳暗花明春事深，小闌紅芍藥，已抽簪。雨餘風軟碎鳴禽，遲遲日，猶帶一分陰。往事莫沈吟，身閒時序好，且登臨。舊游無處不堪尋，無處尋，惟有少年心。』語意甚婉約。

嚴仁

字巽吉，廬陵人。工詞，情意悽婉。如尋梅不見之疏影詞云：『江空不渡，恨蘼蕪杜若，零落無數。遠道荒寒，婉娩流年，望望美人遲暮，風煙雨雪陰晴晚。更何須春風千樹，儘孤城，落木蕭蕭，日夜江聲流去。日晏山深聞笛，恐他年流落，與子同賦。事闊心違，交淡媒勞，蔓草沾衣多露。汀洲窈窕餘醒寐，遺佩環，浮沉澧浦，有白鷗，淡月微波，寄語逍遙容與。』

黃公紹

字直翁，邵武人。咸淳初進士，隱居樵溪。有在軒詞一卷，見彊村叢書刊本。公紹有青玉案詞：『年年社日停針綫，怎忍見，雙飛燕。今日江城春已半，一身猶在，亂山深處，寂寞溪橋畔。春衫著破誰針綫？點點行行淚痕滿。落日解鞍芳草岸，花無人戴，酒無人勸，醉也無人管。』詞苑云此詞『語淡而情濃，事淺而言深，眞得詞家三昧，非鄙俚朴陋者可冒。』可見公紹作品的地位了。

李彌遠

字似之，吳縣人。大觀初第進士。南渡後，以爭議和事忤秦檜，罷官歸田。有筠溪詞一卷，見四印齋彙刊宋元三十一家詞本。

彌遠詞多自然之趣，而語亦明顯，却含有深意。如菩薩蠻云：『風庭瑟瑟燈明滅，碧梧枝上蟬聲歇。枕冷夢魂驚，一堦寒水明。烏飛人未起，月露清如洗。無語聽殘更，愁從兩鬢生。』

王千秋

字錫老，東平人。有審齋詞一卷，見汲古閣刊宋六十家詞本。

千秋頗能自鑄新詞，語多巧妙。如『窗明恠得雞啼速』『遺珠滿地無人拾，歸著紅靴，踏碎一街玉』（醉落魄）『往事已同花壓褪，新歡聞似月常圓』之類是也。

潘牥

初名公筠，字庭堅，號紫巖。閩富沙人。爲人跌宕不羈。美姿容。端平初進士第三，歷太學正，通判潭州。有紫岩集一卷，近趙萬里亦有輯本。

牥詞清俊，不同凡響。其南鄉子云：『生怕倚闌干，閣下溪聲閣外山。惟有舊時山共水，依然暮雨朝雲去不還。應是躡飛鸞，月下時時整佩環。月又漸低霜又下，更闌折得梅花獨自看。』詞絜說此詞有許多折轉委婉情思。況夔笙也說小令能轉折，便有尺幅千里之妙，而意境蕭瑟。

王十朋

字龜齡，號梅溪，樂清人。高宗時廷對第一，歷知饒夔湖泉諸州。官至龍圖閣學士。卒謚文忠。有梅溪集。

呂勝己

字季克，建陽人。有渭川居士詞一卷，見彊村叢書刊本。

曾協

字同李，南豐人。有雲莊詞一卷，見彊村叢書刊本。

李處全

字粹伯。淳熙中侍御史。有晦庵詞一卷。見四印齋彙刊宋元三十一家詞本。處全的詞很豪凄惋。如『故國淚生痕，那堪枕上聞？』之句可見。

王以寧

字士周，長沙人。有王士周詞一卷，見彊村叢書刊本。

周必大

字子充，廬陵人。有平園近體樂府一卷。見彊村叢書刊本。

陳三聘

字夢弼，吳人。有和石湖詞一卷，見彊村叢書刊本。

王望之

字瞻叔。有漢濱詩餘一卷，見彊村叢書刊本。

姜夔

字堯章。饒州鄱陽人。蕭東父識之於年少客游，妻以兄子，因此寓居於吳興之武康，與白石洞天爲鄰，自號白石道人，又號石帚。他幼時曾從宦漢陽，後居夏口。其游蹤多在漢陽長沙杭州蘇州吳興合肥之間。慶元中，曾上書乞正太常樂府，得免解訖，不第而卒。據吳潛弔他的詞自序說他死於西湖。由此考知他生於一一五五年，約死於一二三五年，年約八十歲。有白石詞一卷，見六十家刊本。又白石道人歌曲，刻本甚多，許氏榆園叢刊最精。

白石道人，氣貌若不勝衣，而筆力足以扛百斛之鼎。工詩，精通音律。慶元五年，將著成之大樂議進獻於朝廷，欲正廟樂，今載宋史樂志。他的自度曲十七首，皆有旁譜，藉以考見宋之樂理。

黃花庵云：『白石詞極精妙，不減清眞，其高處有美成所不能及。』他的詞韻格最高，遺詞精美，所作小詞更富於詩意。與張炎合稱姜張，主清空者皆奉爲圭臬。宋六十一家詞選例言云：『白石爲南渡一人，千秋論定……天籟人力，兩臻絕頂，筆力所至，神韻俱到。』

張叔夏說白石暗香疏影兩曲，前無古人，後無來者，自立新意，眞爲絕唱。現在錄其詞云：『苔枝綴玉，有翠禽小小，枝上同宿。客裏相逢，籬角黃昏，無言自倚修竹。昭君不慣胡沙遠，但暗憶江南江北，想佩環月夜歸來，化作此花幽獨。猶記深宮舊事，那人正睡裏，飛近蛾綠。莫似春風，不管盈盈，早與安排金屋。還教一片隨波去，又却怨玉龍哀曲。等恁時，重覓幽香，已入小窗橫幅。』（疏影）『舊時月色，算幾番照我，梅邊吹笛。喚起玉人，不管淸寒與攀摘。何遜而今漸老，都忘却春風詞筆；但怪得竹外疏花，香冷入瑤席。江國正寂寂。歎寄與路遙，夜雪初積。翠尊易泣，紅萼無言耿相憶。長記曾攜手處，千樹壓，西湖寒碧。又片片吹盡也，幾時見得。』（暗香）

白石詞中名句甚多，如：『自胡馬窺江去後，廢池喬木，猶厭言兵。』『二十四橋仍在，波心蕩冷月無聲。』（揚州慢）『遠浦縈回，暮帆零亂向何許』？『樹若有情時，不會得靑靑如此。』（長亭怨慢）『淮南皓月冷千山，冥冥歸去無人管。』（踏莎行）王靜庵極愛此二語。『數峯淸苦，商略黃昏雨。』（點絳唇）『只恐舞衣寒易落，愁入西風南浦。』（念奴嬌）『無奈處，惟有少年心。』（小重山）等句落筆不凡，意境鬆容。

史達祖

字邦卿，號梅溪。汴人。爲韓侂胄椽史，頗擅權。後韓敗，被貶死。有梅溪詞一卷。見宋六十家詞本，又見四印齋所刻詞。

張鎡說他的詞『妥貼輕圓，情辭俱到』姜堯章說他『奇秀淸逸，有李長吉之韻，蓋能融情景於一家，會句意於兩得。』所以吳子律說他的詞爲俊品。如綺羅香云：『做冷欺花，將烟困柳，千里偸將春暮。盡日冥迷，愁裏欲飛還住。驚粉重，蝶宿西園，燕歸南浦。最妨他佳約風流，鈿車不到杜陵路。沈沈江上望極，還被春潮晚急，難尋官渡。隱約遙峯，和淚謝娘眉嫵。臨斷岸新綠生時，有落紅帶愁流處。記當日門掩梨花，翦燈深夜語。』

史浩

字直翁，鄞人。有鄮峯真隱大曲二卷。見彊村叢書本。

王質

字景文，興國人。有雪山詞一卷。見彊村叢書本。

李流謙

字無變，德陽人。有澹齋詞一卷。見彊村叢書本。

盧祖皐

字申之，又字次夔，號蒲江。永嘉人。樓鑰的外甥。慶元五年進士。嘉定時爲軍器少監，後權直學士院。有蒲江詞。見六十家詞，又見彊村叢書本。

賞耳集云：『蒲江貌字修整，作小詞纖雅。』介存齋論詞雜著亦云蒲江小令時有佳處。如江城子云：『畫樓簾幕捲新晴，掩銀屏。曉寒輕，墜粉飄香，日日喚愁生。暗數十年湖上路，能幾度，著娉婷。年華空白感飄零。擁春酲，對誰醒。天闊雲閒，無處覓簫聲。載酒買花少年事，渾不似，舊心情。』

高觀國

字賓王，陰山人。有竹屋癡語一卷。見汲古閣刊宋六十家詞本。

觀國詞立意清新，常發人所未道，尤工於詠物。古今詞話言其『工而入逸，婉而多風。』張炎把他與白石草窗諸人並列，說他的詞『格調不凡，句法挺異，能自成一家。』史達祖也稱他的詞的妙處，少游美成亦未及也。其詞之佳者如菩薩蠻云：『春風吹綠湖邊草，春光依舊湖邊道。玉勒錦障泥，少年游冶時。烟明花似繡，且醉旗亭酒。斜月照花西，歸鴉花外啼。』

黃機

字幾仲，或云字幾叔。東陽人。有竹齋詩餘一卷。見汲古閣刊宋六十家詞本。

機詞出語平淺，頗多感傷的成分。如『夢斷陽台，怯情懷，似病酒。冰奩羞對，比年時更瘦。』亦不出詞家的濫觴了。

劉儗

一名仙倫，字叔儗。廬陵人。有招山集。

他所寫的詞，句多清淡，如菩薩蠻中云『海棠已謝，春事無多；只有牡丹時，知他歸未歸？』但有時也作豪情綺麗之句，如念奴嬌中的『眼底山河，樓頭鼓角，都是英雄淚。』

張輯

字宗瑞，又號東澤。鄱陽人。有東澤綺語一卷，見彊村叢書本。輯詩詞皆工。朱湛廬云：『東澤得詩法於姜堯章，世謂謫仙復作，不知其又能詞也。』他的詞也多關懷國事，發爲沉痛慷慨之語。如『江頭又見新秋，幾多愁！塞草連天，何處是神州？英雄恨，古今淚，水東流。惟有漁竿，明月上瓜洲。』

高登

字彥先，漳浦人。有東溪詞一卷，見四印齋宋元三十一家詞本。登因事忤秦檜，被謫，所以在他的詞中頗多遷謫不平之懷。

胡仔

字元任，新安人。寓居吳興，因自號苕溪漁隱。宣和中官建安主簿。有漁隱叢話，前後集凡百卷。詞亦清佳，頗爲時人所稱。

陳經國

經國，淳祐間人。有龜峯詞一卷。見四印齋宋元三十一家詞本。經國的詞寓感慨於高逸之中，所以言淡而意近，而悲憤激昂處也不遜於張孝祥辛棄疾也。如『誰思神州，百年陸沉！』與『更剔殘燈抽劍看。』可見他當時襟懷了。

倪偁

字文舉，吳興人。紹興中進士。官太常寺主簿。有綺川詞一卷。見四印齋刊宋元三十一家詞本。

尤袤

字延之，無錫人。官至禮部尚書。諡文簡。有梁溪集。

李光

字泰發。上虞人。崇甯中進士，官至參知政事。有莊簡集十八卷，詞一卷。見四印齋刊四名臣詞本。

姚述堯

字道進，華亭人。有簫台公餘詞一卷。見彊村叢書刊本，又見西泠詞萃本。

李泳

字子永，廬陵人。與兄弟洪漳淦淅等五人，合著李氏花萼集五卷。泳詞最佳，頗有瀟灑飄逸之致。如水調歌頭中『羣山四合飛動，寒翠落檐前』『喚取龍宮仙馭，耕此萬頃田。橫笛望中起，吾意已超然。』之句，清婉雋永，的是佳作。

劉克莊

字潛夫，號後村，福建莆田人。曾知建陽縣。作梅花詩，有『東風謬掌花權柄，却忌孤高不主張』之句，言官以爲訕謗，遂免官。端平初，爲樞密院編修官，兼權侍郎官。其後屢進屢退。理宗賜他居第，又特賜同進士出身，除祕書少監，後又兼崇政殿說書，並中書舍人。他曾參劾宰相史嵩之，有直聲。咸淳三年，以煥章閣致仕。時左目失明。咸淳五年卒(一一八七——一二六九)年八十三歲。

劉克莊少年卽負文名，晚年更爲當時一大宗匠。他亦工詩，明白流暢，爲宋詩的大家。他最心服辛棄疾陸游所作詞，與辛棄疾最近，很有識見魄力，而好用典。有文集二百卷。四部叢刊收有影鈔本後村大全集。詞有汲古閣宋六十家詞本，及彊村叢書本。

克莊如木蘭花云：『年年躍馬長安市；客舍似家家似寄。靑錢換酒日無何，紅燭呼盧宵不寐。易挑錦婦機中字，難得玉人心下事。男兒西北有神州，莫滴水西橋畔淚。』又如『老眼平生空四海，賴有高樓百尺，看浩蕩千崖秋色。』(滿江紅)『多少新亭揮淚客，誰夢中原塊土！算事業須由人做！應笑書生心膽怯，向車中閉置如新婦，空目送，塞鴻去。』(賀新郞)淒涼感奮，慷慨生哀。他的懷抱于此可見了。

陸叡

字景思，號雲西。會稽人。淳祐中，沿江制置使參議，除禮部員外，崇政殿尙書。

叡詞多警句。如瑞鶴仙詞中云：『許多情，相逢夢境。便行雲都不歸來，也合寄將音信。』『對菱花與說相思，看誰瘦損！』

王炎

字晦叔，婺源人。有雙溪詩餘一卷。見四印齋刊宋元三十一家本。炎詞感傷的意味中，多追念少年時的愉快。他主張詞須具有婉轉嫵媚之趣。其自序說：『長短句命名曰曲，取其曲盡人情，惟婉轉嫵媚爲善，豪語何貴焉！』詞如『老大逢春，情緒有誰知！』『那得心情似少年，雙燕歸時候。』却也少有情趣。

蔡戡

字定夫，仙游人。有定齋詩餘一卷。見彊村叢書本。戡詞不多，但很嫵媚婉約，如『皓腕輕纏，結就相思病。憑誰信？玉肌寬盡，卻繫心兒緊。』（點絳唇）

洪咨夔

字舜俞，於潛人。嘉定初進士。官至刑部尙書，拜翰林院學士，知制誥。加端明殿學士。有平齋詞一卷。見汲古閣刊宋六十家詞本。咨的詞多酬應之作，有新意的很少。

黄昇

字叔暘，號玉林。編有花庵詞選二十卷，前十卷曰唐宋諸賢絕妙詞選，附方外閨秀各一卷，後十卷曰中興以來絕妙詞選。并本工於詞，所以持擇甚精，去取謹嚴，是研究南北宋詞所必讀的書。

他自己也有散花庵詞一卷。附在花庵詞選之後，有詞四十餘首，其選錄已作，冷暖尤自知也。他的詞極清容，不務雕琢。如『禾黍西風，雞豚曉日，活脫田家趣，客來茶罷，自挑野菜同煮。』頗有田園的風味，亦足見情懷。

黃孝通

字德夫，號雪舟。

花恂叔云：『雪舟才思俊逸，天分高超，握筆神來，當有悟人處，非積學所到也。』劉後村跋雪舟樂章，謂其詞之清麗，叔原方回不能加。』如他的湘春夜月云：『近清明，翠禽枝上消魂。可惜一片清歌，都付與黃昏。欲共柳花低訴，怕柳花輕薄，不解傷春。念楚鄉旅宿，柔情別緒，誰與溫存？空尊夜泣，青山不語，殘照當門。翠玉樓前，惟有一波湘水，搖蕩湘雲。天長夢短，問甚時，重見桃根。者次第，算人間沒箇。并刀翦斷，心上愁痕。』詞律謂此調風度婉秀，真佳詞也。

潘希白

字懷古，自號漁莊，永嘉人。寶祐進士。幹辦臨安府節制司公事。德祐初，以史館詔，未赴。

花恂叔說希白詞高淡處，可以與稼軒比肩。如『昨夜聽風雨，都不似登臨時候。』『強整帽檐欹側，曾向天涯搔首。幾回憶故國蓴鱸，霜前雁後。』（大有）

方岳

字巨山，祁門人。理宗朝任文學掌教。後曾出知袁州。有秋崖先生小稿四卷。見四印齋刊本，又有涉園景宋元明詞續刊本。

岳詞高逸豪放，自闢蹊徑。如『俯仰人間今古，此意渺滄洲。天地幾今夕？舉白與君浮。』『舊黃花，新白髮，笑重游。滿船明月猶在，何日大刀頭？』(水調歌頭)不特造句清新，兼可見其志懷也。

吳潛

字毅夫，寧國人。嘉定間進士，名列第一。淳祐中，參知政事，拜右丞相，兼樞密使，封許國公。有履齋詩餘三卷。

潛詞多很平易，頗帶感傷的情調，常有『歲多無多人易老』之慨。

汪莘

字叔耕，休寧人。嘉定間曾上書未達，即罷仕志。後築室柳溪，自號方壺居士。有方壺詩餘二卷。見彊村叢書刊本。

程懷古論莘詞云：『叔耕蘊霞箋玉滴之奇，而憂深思遠，未易遽班之賀白也。』他的詞頗有道家意味，與時調不同。如玉樓春下半云：『昨夜溪頭新溜滿，尊前自起吹龍管。明朝飛棹下錢塘，心共白蘋香不斷，』多麼嫵媚婉約，令人心眼俱明。

廖行之

字天民，衡陽人。有省齋詩餘一卷，見彊村叢書本。行之大胆的引用白話入詞，這是當時詞人所未能的，這正是他的特色。因爲自然渾成，活潑有力。如『客情那可，愁似天來大！』說來幾多明暢呵。

朱嗣發

字士榮，號雪厓。其先當炎紹之際，避兵烏程常樂鄉，遂寓居於此。曾爲朝奉郎。後歸附歟門，罕出，舉充提舉學官，辭不受。

嗣發有摸魚兒詞最佳。中有句云：『陰晴也只隨天意，枉了玉消香碎。君且醉，君不見長門青草春風淚。一時左計，悔不早荆釵。暮天修竹，頭白倚寒翠。』

蔣捷

字勝欲，宜興人。德祐進士。宋亡後即隱居不仕，自號竹山逝跡，因他居竹山，人稱竹山先生。有竹山詞一卷。見六十家詞刊本，又見彊村叢書刊本。又竹山詞二卷，見涉園景宋元明詞續刊本。

竹山詞語語纖巧，字字妍倩。其詠物詞多自出新意。藝概說他的詞『洗鍊縝密，語多創獲。』介庵論詞雜著則說他『薄有才情，未窺雅操』耳。他的賀新郎女冠子諸詞中有句云：『描上生綃畫幅，怕不是新來妝束。』『待把舊家風景，寫成閒話，笑綠鬟鄰女，倚窗猶唱夕陽西下。』

程　泌

字懷古，休甯人。紹興中進士。知福州，兼福建安撫使，封新安侯。以端明殿致仕。有洺水集，洺水詞一卷。見汲古閣刊宋六十家詞本。

泌詞近蘇辛，多有豪放之氣：如『歸來一笑，尙看看稱得人間寒食』『這回歸去，松風深處橫笛。』（念奴嬌）

汪　晫

字處微，績溪人。開禧中不舉試，棲隱山中而卒，人稱爲康範先生。有康範詩餘一卷，見彊村叢書刊本。

晫詞多佳趣。有蝶戀花云：『午夜涼生風小住，銀漢無聲，雲約疏星度。佳客欲眠知未去，對床只欠蕭蕭雨。素月四更山外吐，酒醒衾寒，消盡沈煙縷。料想玉人倚處，歸帆月訝煙中柳。』

李　昂

字俊明，號文溪。又謂字公昂，資州黎石人。（升庵詞品）或作公昂，番禺人。未知孰是。有文溪詞一卷。見汲古閣刊宋六十家詞本。

楊冠卿

字夢陽，江陵人。有客亭類稿十五卷。客亭樂府一卷，見彊村叢書本。

冠卿詞是屬於花間一派的。多綺麗作品。如夢會云：『滿園落花春寂，風緊一簾斜日。翠鈿曉寒輕，獨倚千秋無力。無力無力，蹙破遠山愁碧。』

吳文英

字君特，號夢窗，晚年又號覺翁。四明人。他的生平詳細事實已不可考。有夢窗甲乙丙丁稿。見宋六十家詞刊本，又有彊村叢書刊本，校勘最精。

文英詞名，在當時甚盛。尹煥序說：『求詞於吾宋，前有清真，後有夢窗。此非煥之言，天下之公言也。』文英也是精於音律的，只是文字的修養不如周邦彥，所以他的詞雖清麗綿密，然詞意却很晦澀，缺少真氣。張炎說他『如七寶樓台，眩人眼目。碎拆下來，不成片段。』這話是不錯的。因爲在他四稿中的詞，幾乎無一首不是靠古典和套語堆砌起來的。王靜庵云：『夢窗之詞，余得取其詞中之一語以評之：「日映夢窗凌亂碧」』可謂能一言以蔽之了。

其他的如寫京市舞女之玉樓春云：『茸茸狸帽遮梅額，金蟬羅翦胡衫窄。乘肩爭看小腰身；倦態強隨閑鼓笛。問稱家住城東陌；欲買千金應不惜。歸來困頓殢春眠，猶夢婆娑斜趁拍。』又如浣溪紗云：『門前花深夢舊遊。夕陽無語燕歸愁。玉纖香動小簾鈎。落絮無聲春墮淚，行雲有影月含羞。東風臨夜冷於秋。』

韓淲

字仲止，穎川人。爲人有高風亮節，宦游不久，卽辭歸。有澗泉詩餘一卷，見彊村叢書刊本。

淲詞多佳句麗語，而情致悱惻。如『更多少從前盟約，擬待鶯邊尋好語，恍殘紅零亂風迴薄。思往事，信如昨。』又如『隨分溪山供笑傲，這一身閑處惟能縛！琴劍外，盡杯酌。』（賀新郞）

洪瑹

字叔璵。自號空同詞客。有空同詞一卷，見汲古閣刊宋六十家詞本。

他的詞很是平易，不重雕琢。如『隱隱高城不見，恨無情春水連天，片帆如箭。』這些句子，也自有風致。

戴復古

字式之，天台人。曾從陸放翁遊。有石屏詞一卷。見汲古閣刊宋六十家詞本。

復古的詞很受稼軒的影響。如清平樂中句云：『總與江頭楊柳樹，繫我扁舟且住。』『借取春風一笑，狂夫到老猶狂。』這可看出很受稼軒的粗豪的影響。

管鑑

字仲明，龍泉人。有養拙堂詞一卷，見四印齋刊宋元三十一家詞本。

他的詞多自然的風趣。如柳梢青云：『滄雲微月，又是一年新秋佳節。天上歡期，人間何事，翻成離別？清尊欲醉還歇，怕飲散匆匆話別。若是經年得回相見，甘心愁絕。』

郭應祥

字承禧，臨江人。嘉定間進士。有笑笑詞一卷。見彊村叢書刊本。

笑笑詞中多酬應之作，不免庸俗；但其中亦有佳句，清新爲妙：『匆匆相遇匆匆去，恰如當初原未遇。』（玉樓春）之類。

魏了翁

字華父，嘗築室白鶴山下，因號鶴山。蒲江人。慶元中進士。研思經術，文品醇正。理宗朝，官至資政殿學士，福建安撫使。卒謚文靖。有鶴山集一百九卷。鶴山長短句三卷。見雙照樓景刊宋元明詞本。

了翁原是一位理學名儒，但他在詞中所表現的是清麗的句子和高逸的情懷。正如『夢草閒眠暮雨，落花獨倚春風。』（朝中措）

朱淑真

淑眞，錢塘人。自號幽栖居士。以所適非人，常懷幽怨，往往見之於詩詞。後人集爲斷腸詞一卷，見波古閣刊詩詞雜俎及四印齋所刻詞本。

淑眞小詞，佳者甚多。如蝶戀花云：『樓外垂楊千萬縷，欲繫青春少住春還去。猶自風前飄柳絮。隨春且看歸何處？綠滿山川聞杜宇，便做無情，莫也愁人意。把酒送春春不語。黃昏却下瀟瀟雨。』幽情苦緒，於此可見。世人又以爲她作有生査子一詞：『去年元夜時，花市燈如晝。月上柳梢頭，人約黃昏後。

今年元夜時，月與燈依舊。不見去年人，淚滿春衫袖。』而以她爲白璧微瑕，四庫總目提要曾爲辨明此非淑眞所作，乃見之於歐陽修集中云。

趙善括

字應齋，隆興人。有應齋詞一卷，善於寫情。見彊村叢書本。

吳泳

字叔永，潼川人。有鶴林詞一卷，見彊村叢書本。

王邁

字實之，興化仙遊人。嘉定進士。淳祐中，曾知邵武軍。有臞軒集十卷，附臞軒詩餘一卷，有彊村叢書刊本。

吳淵

字道文，甯國人。有退庵詞一卷，見彊村叢書本。

淵詞多激昂慷慨的情緒，正如他自己的詞所說『酒狂忠憤俱發。』

張炎

字叔夏，號玉田，是循王張俊的六世孫。父樞，工文學，暢曉音律，有寄閑集，旁綴音譜，今已不傳。宋亡時，張炎方二十九歲。戴表元送張叔夏西遊序中說他四十歲時，喪其資產。至元庚寅北遊，僅留數月，次年即南歸。此後益貧，曾來鄞設卜肆（袁桷贈詩自注）這也是他決心不仕，自甘遯隱。著有山中白雲詞八卷，玉田詞二卷，有曹氏許氏兩種刊本；又有四印齋所刊本，彊村叢書本。其所作詞源一書，為宋人論詞之最詳盡者。

張炎是亡國王孫，所以詞中多寓感慨。四庫提要說他『所作往往淒涼激楚，即景抒情，備寫其身世盛衰之感。』

他的詞好鍊字，名句最多。清空多雅音，惟恨少意境，不免浮滑。戈順卿云：『學玉田以空靈為主，但學其空靈而筆不轉深，則其意淺，非入之滑，即入於粗。玉田以婉麗為宗，但學其婉麗，而句不鍊精，則其音卑，非近於弱，即近於靡矣。』王靜庵云：『玉田之詞，余得取其詞中一語以評之曰「玉老田荒」』，眞確語也。他的詞如渡江雲云：『山空天入海；倚樓望極，風急暮潮初。一簾鳩外雨，幾處閒田，隔水動春鋤。新煙禁柳，想如今綠到西湖。猶記得當年深隱，門掩兩三株。愁余！荒洲古溆，斷梗疏萍，更漂流何處！空自覺圍羞帶減，影怯燈孤。常疑見桃花面，甚近來翻致無書？書縱遠，如何夢也都無？』

周密

字公瑾，號草窗。濟南人。寓居吳興弁山，自號弁陽嘯翁；又號蕭齋；又號四水潛夫。淳祐中，知義烏。今有草窗詞二卷，補遺二卷。見知不足齋叢書本；又有曼陀羅華閣刊本。又名蘋州漁笛譜二卷，集外詞一卷，見彊村叢書本。他又嘗選編南宋詞，題曰絕妙好詞，亦為詞選中的佳作。

介存齋論詞雜組云：『公瑾敲金戛玉，嚼雪盥花，新妙無與爲匹。』戈順卿云：『其詞盡洗靡曼，獨標清麗，有韶倩之色，有綿密之思，與夢窗旨趣相侔，二窗並稱允矣。』

他的小令慢調，都很纖麗婉約，時有好辭語，好意境。如南樓令云：『開了木芙蓉，一年秋已空。送新愁千里孤鴻。搖落江籬多少恨，吟不盡，楚雲峯。往事夕陽紅，故人江水東，翠衾寒，幾夜霜濃。夢隔屏山飛不去，隨夜鵲，繞疏桐。』慢調如高陽臺云：『照野旌旗，朝天車馬，平沙萬里天低。寶帶金章，尊前茸帽風欹。秦關汴水經行地，想登臨都付新詩。縱英游，疊鼓清笳，駿馬名姬。酒酣應時燕山雪，正冰河月凍，曉隴雲飛。投老殘年，江南誰念方回。東風漸綠西湖岸，雁已還人未南歸，最關情，折盡梅花，難寄相思。』

王沂孫

字聖與，號碧山，又號中仙。會稽人。元至元中，曾爲慶元路學正。宋亡後，與周密張炎等結合詞社，所作多詠物詞。他有花外集，一名碧山樂府，一名玉笥山人詞集，樂府補遺一卷。見知不足齋叢書，又見宋六十家詞及四印齋刊本。

沂孫詞琢句峭拔，有白石意度。（張叔夏語）鏤心切理，言近指遠（四家詞選序論）不惟工於詠物，且多故國之感，所以他的詞頗有託意，清空中見沉着。陳亦峯云：『王碧山詞品最高，味最厚，意境最深，力量最重，感時傷世之言，而出之以纏綿忠愛，詞中之曹子建杜子美也。』清代詞人張惠言周濟等皆極推崇他，把他列爲宋詞四大家之一。

他的詞如詠吟落葉之水龍吟云：『曉霜初著青林，望中故國淒涼早。蕭蕭漸積，紛紛猶墜，門荒徑悄。渭水風生，洞庭波起，幾番秋杪。想重厓半沒，千峯盡出，山中路，無人到。前度題紅杳杳，遡宮溝，暗流空遶。啼螿未歇，飛鴻欲過，此時懷抱。亂影翻窗，碎聲敲砌，愁人多少！望吾廬甚處？只應今夜，滿庭誰掃。』

劉辰翁

字會孟，廬陵人。少登陸象山之門。舉進士。時賈似道當權，殺害忠直。辰翁廷試對策極論之，忤賈似道，置丙第。以親老請濂溪書院山長。江萬里薦居史館；又除太學博士，皆固辭。宋亡，隱居卒。（公元一二三四——一二九七）有須溪集；須溪詞一卷，又補遺一卷。見彊村叢書本。

辰翁詞近於蘇辛。況蕙風云：『須溪詞風格遒上似稼軒，情跌宕似遺山；有時意筆俱化。純任天倪，竟能略似坡公，往往獨到之處，能以中鋒達意，以中聲赴節，世或目爲別詞，非知人之言也。』他的名詞多宋亡後作，感時撫事，語極沈痛，實爲遺民詞之冠，亦宋詞一大家也。

他的詞如蘭陵王（丙子送春）云：『送春去，春去人間無路。鞦韆外，芳草連天，誰遣風沙暗南浦？依依甚意緒！漫憶海門飛絮。亂鴉過，斗轉城荒，不見來時試燈處。春去，誰最苦？但箭雁沈邊，梁燕無主。杜鵑聲裏長門暮。想玉樹凋土，淚盤如露。咸陽送客屢回顧。斜日未能度。春去，尚來否？正江令恨別，庾信愁賦。蘇堤盡日風和雨。歎神遊故國，花記前度；人生流落！顧孺子，共夜語。』陳亦峯說『題是送春，詞是悲宋，曲折說來，有多少眼淚！』又爲元宵之望江南云：『春悄悄，春雨不須晴。天上未知燈有禁，人間轉似月無情。村市學簫聲。』亦悽然有黍離之痛。

汪元量

字大有，號水雲，錢塘人。善琴，曾爲宮妃之師。宋亡後，隨宮人留燕，後南歸。往來匡廬彭蠡間，飄飄如逸仙。有湖山類稿；水雲詞一卷，見彊村叢書本。

元量詞多故國之思。如浙江樓聞笛之好事近云：『獨倚浙江樓，滿耳怨笳哀笛，猶有梨園聲在，念那人天北。海棠憔悴，怯春寒，風雨怎禁得，回首華清池畔，渺無煙荻。』

陳允平

字君衡，號衢西，明州人。有日湖漁唱二卷。補遺二卷，見彊村叢書本，又詞學叢書本。

他的詞意境是很高的，懷抱也頗不凡。眞如他自己所說『坡翁詩夢未老，翠微樓上月曾共誰倚。』

趙崇嶓

字宗漢，號白雲，南豐人。有白雲小稿一卷，見彊村叢書本。

游九言

字誠之，建陽人。有默齋詞一卷，見彊村叢書本。

默齋詞屬句清峇，意境高逸。亦如其詞語云：『空山夜靜海波聲。』

盧炳

字叔陽，自號醜齋。有烘堂詞一卷。見宋六十家詞本。

毛晉說他的『詞中有畫』。因爲他所寫的詞，情境清新，如『薰風十里藕花香，一番踈雨釀微涼。』

柴望

字仲山，號秋堂。有秋堂集；秋堂詩餘一卷，有彊村叢書本。

秋堂詞嬌媚多姿，情境幽遠，頗有美成作風。

陳德武

德武，三山人。有白雪遺音一卷。見彊村叢書本。

衛宗武

字洪父，華亭人。淳祐間官尚書郎，出知常州。有秋聲集。又秋聲詩餘一卷，見彊村叢書本。

汪夢祥

字以南，績溪人，咸淳初爲史館編修，以忤賈似道，罷官歸。元世祖曾召之入都與仕，不屈而歸。有北遊詞一卷，是寫經歷喪亂亡國之痛的。見彊村叢書本。

陳著

字子微，鄞縣人。寶祐中進士。官至著作郎。後改臨安通判。有本堂詞一卷。見彊村叢書本。

劉學箕

字習之，崇安人。有方是閑居士詞一卷。見彊村叢書本。

學箕的詞中，有些在當時足與諸大家相抗。如戀繡衾，望江南，清平樂這些作品。

文天祥

字宋瑞，又字履善，號文山。理宗時，舉進士第一。知贛州。德祐初，元兵入侵，天祥發動郡中豪傑及溪峒山蠻，應詔勤王，拜右丞相。奉使入元軍議和，被執；至鎮江，夜遁，轉輾至溫州。益王立，召見於福州，進左丞相。都督江西，爲元兵所敗，輒走循州。至衛王立，封信國公，進屯潮陽，復爲元兵所敗，被執，拘囚燕京三年，終不屈降，遂被殺。臨刑時作正氣歌以見志懷，元世祖稱爲眞男子。著有文山集，文山詩集。

天祥詞極少，但是非常悲憤的。如大江東去（驛中言別友人）一首云：『水天空闊，恨東風不借世間英物。蜀鳥吳花殘照裏，忍見荒城頹壁，銅雀春情，金人秋淚，此恨憑誰雪！堂堂劍氣，斗牛空認奇傑。那信江海餘生，南行萬里，送扁舟齊發。正爲鷗盟留醉眼，細看濤生雲滅，睨柱吞嬴，回旗走懿，千古衝冠髮。伴人無寐，秦淮應是孤月。』

夏元鼎

字宗禹。永嘉人。有蓬萊鼓吹一卷。見彊村叢書本。

蒲壽宬

壽宬，泉州人。有心泉詩餘一卷。見彊村叢書本。

趙必瑑

字玉淵，東莞人。有覆瓿詞一卷。見四印齋刊宋元三十一家詞本。

林正大

字敬之，號隨庵。有風雅遺音二卷。見宋元名家詞本。

姚雲文

字聖瑞，高安人。咸淳進士。入元，授承直郎撫建兩路儒學提舉。有江村遺稿。

雲文詞風韻清越。情意悽清。如『夢誰到，漢家陵。儘烏紗便隨風去，要天知道，華髮如此星星，歌罷涕零。』等句，頗多感傷的情調。

張　玉

字若瓊，松陽人。有蘭雪詞一卷。見彊村叢書本。

石孝友

字秀仲。有金谷遺音一卷。孝友詞時有佳句，如『殘陽明遠水，古木集栖鴉。』（臨江仙）『山影插尖高幾度，依依銜落日。』（謁金門）

何夢桂

字巖叟，嚴陵人。咸淳進士。入元時尚在。有潛齋詞一卷。見四印齋刊宋元三十一家詞本。夢桂的詞高曠疏達，有自然之趣。如『漠漠輕雲山約住，半村煙樹鳩喚雨』『彈徹瑤琴移玉柱，蒼苔滿地花陰午』亦頗清新可喜。